講談社文庫

蛮骨の剣

鳥羽 亮

講談社

蛮骨の剣

第一章　亡霊

一

啾々《しゅうしゅう》たる風——。

まさに、幽鬼《ゆうき》の泣くような風が墓地の中を吹きぬけていた。

子《ね》の刻《こく》（午前零時）、深川万年町《ふかがわまんねん》、恵覚寺《けいかくじ》。夜闇の中に墓石や卒塔婆《そとば》の立つ墓地の隅で、五、六人の男たちが丸くなり鍬《くわ》を使って何やら掘っている。吹きぬける風に、破れた提灯《ちょうちん》が嗤《わら》うように揺れ、卒塔婆が墓石に当たってカタカタと小さな音をたてた。

男たちは黒布の頰っ被りで顔を隠し、尻《しり》っ端《ぱしょ》折りして大きく脛《すね》を出している。いずれも風体は盗人《ぬすっと》か無宿人のようだ。

提灯は持っていなかったが、頭上の皎々《こうこう》とした月明りが掘り下げた黒土の斜面に男たちの影を折り重ね、傍らに掘り返した土を黒々と小山のように見せていた。青磁色の月光が黒い墓石で撥ね、男たちの姿をぼんやり浮かび上がらせていたが、膝丈ほどに掘り下げた足元は闇の底のように真っ暗だった。その濃い闇に向かって、男たちは鍬を使い続けている。ときおり、汗の浮いた額や目が白く光ったりするが、男たちは無言だった。

ふいに、鍬をふるっていた一人がギョッとしたように手を止め、背後に立っている男に目をやった。鍬の先が何かひっかけたらしい。男の膝が小さく震えている。まわりで鍬を使っていた男たちも、手をとめて鍬の刺さったままの地面に目をやった。

「出たのかい」

背後の男がその男の肩口から足元を覗きこんだ。男の声は妙にやわらかく、おっとりしたものだった。女のように色の白い、目の細い男だ。

「泥を除けてみな」

「へ、へい……」

男は屈み込み鍬の先の泥を撥ね除けた。鍬の先に白い布のような物が見える。

「ふ、福耳《ふくみみ》の兄貴、この死骸《おろく》は臭うが、まだしっかりしてやす」

男は黒土を払いながら言った。声の震えはとまっている。予期した通りの死骸にかえってほっとし、度胸が据わったのかもしれない。

「引き出せ」

福耳の兄貴と呼ばれた男は目を細めたまま、顎をしゃくって見せた。
掘られた穴から引き出されたのは、白い経帷子《きょうかたびら》姿の仏だった。
男たちは、用意した棺桶に掘り出した仏を入れると、二人が担ぎ、あとの三人が前後につ
いて恵覚寺の山門を潜り、町の通りに出た。
人通りはまったくない。ときおり、風の戸を叩く音に怯えたような犬の遠吠えが聞こえた
りするが、人声はもちろん、夜鷹《よたか》そばの灯《ひ》も見えない。
米問屋《こめどんや》、呉服屋、魚油《ぎょゆ》問屋などの並ぶ表通りは、どの店《たな》も大戸を閉め夜の帳《とばり》に沈んでい
る。棺桶を担いだ男たちは天水桶や板塀の陰などに身を寄せ、爪先だつような足運びで巧み
に足音を消して走っていた。月明りに白く浮き上がった夜道に、男たちの短い影が踊るよう
に弾んで見える。
男たちは、軒下に呉服物、与野屋《よのや》と記された看板の掛かった店先で足をとめると、手早く
棺桶から仏を引き出し大戸の前に横たえると、足早にその場を去っていった。
死骸は俯《うつぶ》せだが片膝を折り、右腕を大戸に伸ばしている。墓穴から抜け出し、店先まで辿
り着いて力尽きたような格好だった。
近くの掘割の水面を渡ってきた風が死骸に絡まり、死臭を運んで家並の表戸を叩きながら
ヒョウ、ヒョウと吹き抜けていく。
二日後、ほぼ同じ子の刻。万年町にある与野屋の土蔵の裏手。幅一間ほどの道を隔てて夏

草の繁茂する土手があり、その先が仙台堀《せんだいぼり》になっている。

その仙台堀の水面を滑るように三艘の猪牙舟《ちょきぶね》が与野屋の裏手に近付き、渡し場に漕ぎつけると、十人ほどの男たちが次々に土手を駆け上った。

いずれも黒布で頰っ被りしている。じんじん端折《ばしょ》りに黒の股引。装束《しょうぞく》は多少違うが、集団の前に立っているのは恵覚寺にいた男たちのようだ。それに続いて、小袖に袴姿の武士が四、五人いる。武士たちは股立《ももだち》を取り、襷掛《たすきが》けに草鞋《わらじ》履きで、皆殺気立った目をしていた。

その武士たちの背後に一人だけ、奇妙な面を被った男がいた。鬼面のようにも見えたが、角も両端の切れ上がった口もなく、ぎょろりとした目や髭は閻魔《えんま》を彫ったもののようだ。

その面の男は武士らしい。痩身に黒の着流し、落とし差しにした刀の柄に左腕を載せたまま、ゆっくりとした足取りで集団の後を追う。闇に浮かびあがった閻魔の厳《いか》つい顔が、何とも不気味だった。

黒い集団が締め切った与野屋の裏木戸の前に立つと、なかの一人がヒューと短い指笛を吹いた。

すぐに、前にある木戸がギィと軋《きし》み音をたてて開いた。内側から、ぬっと黒装束の男が現れ、

「店《たな》の者ァ、白河夜船で……」

と呟くように言って、ニヤリと嗤《わら》った。だらりと前に垂らした両腕が短軀《たんく》に比して長く、妙に顔の大きな男だった。

与野屋の主人吉兵衛《きちべえ》は、階下の激しい物音に目を覚ました。廊下を走る足音、障子や襖を蹴破る音、呻《うめ》き声、家具を叩くような音……。

「お、おまえさん……！」

脇で寝ていた女房のおよしが、起き上がった吉兵衛に顔をひき攣《つ》らせて抱き付いてきた。薄い襦袢《じゅばん》の下の体が、握った細身の魚のようにびくびくと震えている。

「お、押し込みだよォ！」

そのまま唸り声をあげ腰を抜かしたおよしを、吉兵衛は抱きかかえたまま、ずるように部屋を出ようとしたところで、ガラリと襖が開いた。

アッと思う間もなく飛び込んできた男たちに吉兵衛は組み伏せられ、女房とともに猿轡《さるぐつわ》をかまされて階下に引ったてられた。

一階の帳場には十人前後の賊がいた。

部屋の隅の行灯《あんどん》に灯《ひ》が入っている。賊は店の者を帳場に集めているらしい。襖や障子に映った賊の黒い影が入り乱れ、覆い被さるように長く伸びている。数人の袴姿の者がひっ提げている刀身が薄闇の中で鈍い光を放ち、いくつもの足音と喉の奥で押し殺したような呻き声がした。

夜着のまま後ろ手に縛られた店の者は、番頭から飯炊き女まで恐怖に体を震わせ、目玉ばかりをきょろきょろさせ、引きずられるようにして帳場格子のまわりに寄せ集められてきた。どの顔も紙のように白く蒼ざめている。

「これで、全部そろったようだな」

吉兵衛がおよしと並んで座らされると、帳場の隅から低いしゃがれ声がした。

声のした方を振り返った吉兵衛は、ふいに心の臓を握り潰されたようにギョッとした。

（……鬼！）

ではなく、閻魔だ！

行灯の仄《ほの》かな明かりに、闇の中に浮かび上がったその顔は奇妙に大きく、牛のような目玉で吉兵衛を睨んでいた。吉兵衛の体が恐怖で縮み上がった。猿轡をかまされた顎ががくがくと震え、全身から力が抜けて行くのに耐えながら、頭の奥で、ここは地獄だ、おれは閻魔の前に引き出されたのだ、と本気で思っていた。

「どいつから、刎《は》ねる」

閻魔の面を被った男は柄に手をおいたまま、ゆっくりと近寄って来た。

「手前の者から」

武士らしい男の一人が、すぐ前に座っていた丁稚《でっち》の後ろ襟を摑《つか》み、部屋の中央に引きずり出した。仕着《しきせ》の裾の短い夜着の下から出た膝が揺れるように大きく震え、いったん立った丁稚はバッタのように両足をばたばたさせ、なかなか座れなかったが襟を摑んだ男が腹を抱えるようにして膝を折った。

色の白い痩せた少年だった。

丁稚は腹を折ったように前屈みに座ったが、小さく跳ねるように激しく全身を震わせ、膝頭が畳を叩いていた。襟を摑んでいた男がその丁稚の背中を前に押して首を前に突き出すようにすると、細く白い首が薄闇に浮かびあがった。

スッと影のように近寄ってきた閻魔の男は、丁稚の脇に立ち腰の刀を抜いた。間を置かず、八相《はっそう》に構えると、シェッ、と短い気合を発して刀身を一閃《いっせん》させた。

ゴッ、という頸骨を断つ音がし、丁稚の頭が一間ほども飛んで畳に転がった。頭を失った体が前に倒れ、その首根の血管《ちくだ》からビュッ、ビュッと音をたてて血が噴き出した。押し殺したような静寂の中で、迸《ほとばし》り出る血と臭いには、猛り狂うような勢いと生々しさがあった。頭を失い、閉じ込められていた生を、その細い体から一気に噴出したようにも見えた。

転がった丁稚の頭には前髪が残り、顔は浄瑠璃の人形首のように白く、大きく刮目《かつもく》したまま黒い影を長く畳に引いていた。どす黒い血に染まった切り口から、ぽつんと白蠟《はくろう》のような頸骨が突き出ている。

丁稚の背中を押さえていた男は、まだ湧き上るように丁稚の首根から出血していたが、その体を足で蹴って横に転がした。

首を刎ねた男が一度軽く刀身の血振《ちぶ》りをすると、瘧慄《おこりぶるい》のように身を震わせている女中のそばに身を寄せてきた。

二

ゑびす屋の中は混んでいた。一日の仕事を終えたぼてふりや川並《かわなみ》などが、飯台《はんだい》に肘をあて田楽を肴に思い思いに酒を飲んでいる。

夏の熱い陽が落ちて半刻《はんとき》（一時間）ほど経ったろうか。日中の猛暑から解放され、やっと生気を取り戻したのか、川並の威勢のいい声や、赤い顔で銚子を振り上げながら店の者を呼ぶ職人の濁声《だみごえ》などが、ひっきりなしに飛び交っていた。

蓮見《はすみ》宗二郎《そうじろう》は奥座敷の隅の柱に寄りかかるようにして、大根や蒟蒻《こんにゃく》の田楽を肴に一人でちびちびと飲んでいた。

部屋の西側にある半分ほど開けた窓の障子から、気持ちのいい川風が流れこんでくる。店の脇を流れる掘割の水面を渡ってくる風は、秋の気配を感じさせるような冷気を含んでいて、汗ばんだ肌にしみるようであった。

宗二郎のいる奥座敷は、飯台を並べた店の奥にひとつあるだけの座敷で、衝立《ついたて》で簡単な間《ま》仕切《じき》りはしてあるが、狭くて隣の客の話などは筒抜けになる。今も隣の席に陣取った大工らしい三人連れの話が、宗二郎の耳に手に取るように聞こえてきていた。

亡霊だとか、怨霊《おんりょう》だとか、祟《たた》りだとかいう言葉が、昂《たか》ぶった口調で、ときには妙に低い含み声でとり交わされている。

宗二郎には、取り立てて聞かなくとも、彼らの話の内容は分かった。今深川界隈《かいわい》で話題になっている「亡霊のお礼参り」のことなのだ。

ことの発端は、十日ほど前深川万年町にある呉服屋与野屋《よのや》の店先に、白い経帷子《きようかたびら》の仏が捨てられていたことからはじまった。この仏は稲吉《いなきち》という与野屋の手代で、店の金を使い込んだことが発覚し、主人に咎められたのを苦にして首を括って死んだということで、三日前に近くの恵覚寺《けいかくじ》に葬られていた。その死体を誰がどんな目的でやったのか不明だが、わざわざ掘り出して店先に捨てた者がいたのだ。

それで話が終われば、悪戯者《いたずらもの》が仕組んだ夏の悪質な怪談話程度ですむのだが、後があった。死体を店の者が墓に埋め直したその夜、与野屋が何者かに襲われたのだ。しかも、店の中は血の海、女子供まで皆殺しという惨状を呈していた。

翌朝、店の中に足を踏み入れた隣家の者が、帳場の血の海に転がっているいくつもの首を見て度肝を抜かれたという。主人を除いたどの死体も首を刎《は》ねられていたのだ。

与野屋は呉服屋といっても小体《こてい》な店《たな》で、主人と妻子、番頭、丁稚から飯炊き女までいれても十人たらずなのだが、主人だけ細紐で首を絞められ、残りの者は全員斬首され、有り金がごっそり奪われていた。

問題は主人の首を絞めた細紐だった。稲吉が首を括るのに使った細紐だったのだ。しかも、検死した岡っ引きが恵覚寺に行ってみると、埋めなおしたはずの稲吉の死体がない。掘り返した土のまわりには、死者の足跡とも思われるような裸足で歩いた跡がいくつも残っていた。

そこで、「……こいつは、首を括った稲吉が恨んででたに違《ちげ》えねえ」ということになったのだが、これを読売り（瓦版）が『亡霊のお礼参り』としてとりあげ、本所、深川界隈で売り歩いたから、噂はあっという間に広まった。

「……なんでもよ、稲吉は店の金をくすねてなかったってえことだぜ。主人の吉兵衛ってえのが、婿養子で女房に頭があがらなかった。それで、おもしろくねえもんだから、深川芸者にいれこんで、店の金を使いこんだらしいや。それを稲吉のせいにして、問い詰めたあげくに折檻《せっかん》したもんだから首を括っちまった。これじゃあ、化けてでも出たくなろうってもんだぜ」

と赤ら顔の兄貴分らしい大工が、したり顔でさかんにまくしたてていた。

宗二郎は瓦版も読んだし、町の噂も耳にしたが、さほど驚きはしなかった。夜盗が八丁堀の追及の手を他に逸《そ》らせるために、死体を掘り出して店頭に置いただけのことだろうと思っていたのだ。

「蓮見のだんな……」

衝立《ついたて》を押しやるようにして、宗二郎のそばにおさきがやってきた。

「もうちょっとだけ、一人でやっててくださいな」

いいながら、新しい銚子を一本、それに刻んだ葱《ねぎ》と鰹節《かつおぶし》をのせた冷奴を盆のまま宗二郎の膝先に置くと、肩口にしなだれかかりながら銚子をとりあげた。

た。

「ほんの一時《いっとき》だけなんですよ。手があいたら、きっと来ますから、帰っちゃいやですよ」

おさきは尻を寄せて宗二郎の太腿あたりにわざとらしく押し付けると、ついと立ち上がっ
た。

おさきは二十六。大年増の出戻りだが、なかなかの美人だ。艶のある白い肌、ふっくらした頰、切れ長の目。まぢかで、小さな唇を突き出すようにして喋られると、つい手を出したくなるような気にさせられる。

おさきは十八のとき本所の玉川屋《たまがわや》という小間物屋《こまもの》に嫁にいったのだが、子ができないという理由で離縁させられ、その後は喜八《きはち》という父親と二人でゑびす屋を切り盛りしている。

ゑびす屋は深川入船町の汐見橋の角にあり、客筋は人足や威勢のいい川並などがほとんどで、おさきを目当てに来る客も多い。

実は、宗二郎もその一人で、昨年の暮に、三十三間堂近くの川岸で酔った船頭にからまれているのを助けた縁でゑびす屋に来るようになったのである。

おさきのいうとおり、一刻《いっとき》（二時間）ほどすると、店の中はだいぶ静かになってきた。宗二郎の隣席にいた三人組の大工が帰ると、あたりは急にひっそりして、障子窓から流れこんでくる風が肌寒いほどであった。

「やっと、かたがついたわ」

おさきは新しい銚子と、煮魚の入った小丼《こどんぶり》を持って宗二郎のそばにきた。煮魚は鰹《かつお》で生姜《しょうが》

といっしょに煮付けたものだった。おさきはいつも田楽では飽きるだろうと、馴染みの客には簡単な料理を出してくれる。

「おさき、どうだ、一杯」

宗二郎が銚子をつかむと、

「駄目、わたし、飲むとすぐ赤くなるんだから……」

といいながらも、端《はな》から飲む気でそばに来たらしく、すぐに盃を取りあげた。

おさきは、酒には弱くて二、三杯飲むと、頬や首筋が朱に染まってくる。それがまたいい。ほんのり桜色に染まった首筋や肩口は、つい手を出したくなるほど色っぽい。

「ねえ、宗さん、今夜ゆっくりしてってくれるんだろ」

酒がまわったせいか、それとも酔客を相手に身についた手練手管なのか、宗さんなどと砕けた呼び方をして、肩先を宗二郎の胸元にあずけてくる。

かといって、すぐにおさきの肩口に手をまわして抱き寄せるわけにはいかない。奥座敷といっても衝立があるだけで、勝手からもちょっと首を突き出せば、二人の姿は見えるのだ。出戻りの大年増とはいえ、まさか、父親の目の前で娘のおさきは抱けない。そのへんの呼吸は承知のうえで、おさきも身をあずけてくるらしい。

仕方なく、宗二郎はおさきの尻に後ろから手を伸ばし、その膨らみを撫ぜる程度で我慢している。

「宗さん、おとッつァんがね、店を手伝ってくれれば有り難いって……」

おさきは尻を振りながら、唇を突き出すようにして喋った。

「おれが、田楽屋をか……」

おさきは一緒になって、田楽屋をやって欲しい肚《はら》らしく、ときどきこうやって誘いをかけてくる。

「ときどきでいいっていうんだよ。宗さんが暇なときだけ」

「うむ……」

「ねえ、店も繁盛してるしさァ、悪い話じゃないだろう」

ここで寄り切るつもりでいるのか、おさきは胸の膨らみまで押し付けてきた。

「うん、まァ……」

鰹の煮付けを箸でつつきながら、宗二郎は言葉を濁す。

確かに悪い話ではない。田楽屋の手伝いが楽だとは思わぬが食いっぱぐれはないだろう。

それに、一緒になれば、おさきの胸の膨らみにも尻にも遠慮なく触れるわけだ。

宗二郎は、北本所番場通りにある蓮見道場の代稽古をすることで、暮らしをたてていることになっていた。

宗二郎の父、蓮見《はすみ》剛右衛門《ごうえもん》が念流《ねんりゅう》の一派である渋沢《しぶさわ》念流の遣い手で、蓮見道場を開いたのだが老年を理由に隠居し、現在は兄の藤之介《とうのすけ》が跡を継いでいた。

父の隠居と同時に宗二郎は家を出て、ゑびす屋から二町ほど離れた甚助店《じんすけだな》という棟割《むねわり》長屋で一人暮らしを続けている。

たとえ田楽屋の婿になって刀を捨てても、非難されるような肉親縁者もいないのだが、なかなか踏ん切りがつかない。

「お取り込み中、お邪魔でしょうが、ちょいと」

その声に顔を上げると、衝立の向こうに丸顔の男が一人立っていた。

「佐吉《さきち》か」

「へえ、お楽しみのところ邪魔しちまって……」

糸のように細い目をさらに細くし、少し白くなった鬢《びん》に手をやると、ひょいと宗二郎の前にきて腰を落とした。

猫足《ねこあし》の佐吉と呼ばれる男で、深川門前仲町《もんぜんなかちょう》で鳴海屋《なるみや》という始末屋《しまつや》をやっている彦根《ひこね》の文蔵《ぶんぞう》のつなぎの男である。

丸顔で、いつも眠ったような細い目をしている。顔もどことなく猫に似ているのだが、猫足という二つ名は、その足から来ている。迅《はや》いだけでなく、猫のように足音を立てないで、尾行したり家屋敷に忍びこむ特技を持っているからなのだ。

「また、佐吉さんなの」

おさきは宗二郎から身を離して、不満らしく頰を膨らませた。

ときどきつなぎで宗二郎のところに来るので、おさきは佐吉とも顔馴染みだったのだ。

「へえ、お楽しみのところとは思いやしたが、急ぎの用だもんで」

「もうちょいと、早くか遅くに来てくださいな」

おさきはいいながら腰を上げると、佐吉のために酒と肴を持ってくるつもりらしく、座敷を出ていこうとした。

「おさきさん、あっしも飲みてえが、そうもしてられねえんで。……急ぎの用で」

佐吉は慌てていった。

「用というのは、文蔵どのだな」

宗二郎が柱に立て掛けてあった刀を引き寄せながらいった。

「へえ」

「行こうか」

宗二郎は立ち上がった。

「あら、やだ、ほんとに帰っちまうのかい」

おさきは下駄を土間につっかけるようにして走り寄ると、宗二郎の腕をとって暖簾《のれん》の外まで送りだし、

「また来ておくれよ」

と甘えた声を出し、ひょいと流し目をくれると、尻を左右に振りながら店にもどっていった。

三

宗二郎と佐吉はゑびす屋を出ると、掘割沿いの道を門前仲町に向かって歩いた。あたりはすっかり夜闇につつまれていたが、富《とみ》ケ岡《おか》八幡宮の門前から一の鳥居にかけては水茶屋や料理茶屋などが軒を並べ、軒下に吊した雪洞《ぼんぼり》や掛行灯《かけあんどん》の灯《ひ》が通りを照らしている。通りには、通行人や酔客の袖を引く水茶屋の綺麗どころや若い衆の掛け声などがいたる所で聞こえ、夜とは思えぬほど賑やかであった。

天明《てんめい》一年（一七八一）、十代将軍家治《いえはる》のころ。当時深川は吉原に次ぐ遊所で、特に富ケ岡八幡宮のある門前仲町は吉原の不夜城とまではいかないが、夜になっても華やいだ雪洞や行灯の無数の灯が通りをつつみ、参詣人や遊び人の気持を浮きたたせていた。

宗二郎は、佐吉と肩を並べて歩きながら、

「夜分、呼び出しをかけたということは、急ぎの始末とみていいようだな」

と小声で訊いた。

「へえ、だいぶ、大きな始末のようで……」

佐吉はそれ以上は言わなかった。後は、文蔵から直接聞いてくれ、ということらしい。

始末屋というのは、岡場所や料理茶屋などで遊んだ金が払えなくなった客の衣類や持ち物を引き取って金に替える仕事なのだが、当然、所持品だけでは足りない場合も多く、そんなときは付け馬として家屋敷まで同行して取り立てる。

が、彦根の文蔵がやっている鳴海屋は、ただ遊興費や借金の取り立てをするだけではない。『万《よろず》揉《も》め事《ごと》始末料《しまつりょう》』とか『御守料《おまもりりょう》』と称して、月々二分の口銭《こうせん》を貰って、客商売に有りがちな強請《ゆすり》、たかり、あるいは同業者との揉め事の始末を引き受けていた。いわば、現在の警備保障会社のようなものなのだが、もう少し間口は広く、用心棒から喧嘩の仲裁、場合によっては火付けや押し込みから店を守るようなことまでもした。

鳴海屋が今のような仕事をやるようになったのは、彦根の文蔵が若い頃、門前仲町で古着屋をやるかたわら、水茶屋や船宿で起こる酔客の喧嘩やならず者の強請などを、頼まれて片を付けていたことから始まった。

文蔵の腕と度胸の良さが、界隈の水茶屋や切見世《きりみせ》、船宿などに広まり、月々の口銭を貰って揉め事の始末をするようになったのである。

むろん、酔客の喧嘩や嫌がらせ、使用人の簡単な不始末程度のことは月々の口銭のうちでやるが、命のやりとりにもつながるような揉め事は別途に始末料を貰って、始末人たちが動く。その始末人の元締めが彦根の文蔵で、口銭を貰っている店から依頼があると、文蔵が人選して始末人を呼び出す仕組みになっていた。

鳴海屋には現在五人の始末人がいた。宗二郎はその一人で渋沢念流の遣い手でもある。北本所の蓮見道場の代稽古でたつきを得ていることになってはいたが、兄からの援助は家を出たときからとぎれている。始末人としての稼ぎがなければ、とても暮らしてはいけない。

富ケ岡八幡宮の門前から掘割沿いにしばらく歩くと、矢来《やらい》と呼ばれる竹垣で囲まれた梅川《うめがわ》という切見世が見え、女を漁る男たちの雑踏が掘割の水の音に混じって聞こえてきた。以前、梅川には鉄棒《かなぼう》の団六《だんろく》という腕のいい始末人が、路地番《ろじばん》をしていた。当時は宗二郎たちも気がむくと梅川で遊んだものだが、団六がお蘭《らん》という女の刺客に殺されてからはあまり顔を出さず、疎遠になっていた。

その梅川に続いて鳴海屋がある。表向きは板前をおいた小料理屋で、文蔵の女房のお峰《みね》が切り盛りしていた。

鳴海屋の店先の暖簾を潜ると、奥の座敷から酔客らしい哄笑が聞こえてきた。廊下を忙しそうに料理を運ぶ仲居の姿も見える。一階にある三つの部屋は客で埋まっているらしかった。

宗二郎と佐吉は、お峰の案内で二階の奥座敷に通された。

文蔵は火のない長火鉢の猫板の上の煙草盆から煙草を取り出し、煙管《きせる》に詰めているところだった。

入ってきた宗二郎と佐吉に目をやり、愛想のいい笑みを口元に浮かべた。

すでに、部屋の中には、十人ほど集まっていた。臼井《うすい》勘平衛《かんぺえ》、菅笠《すげがさ》の甚十《じんじゅう》、鵺野《ぬえの》ノ銀次《ぎんじ》、それに近頃始末人になったばかりの泥鰌屋《どじょうや》の伊平《いへい》。この四人が宗二郎と同じ始末人である。

そして、始末人の後ろに五人のヒキがいた。

ヒキというのは手引きからきている名で、探索や尾行が専門で始末人と組んで動く。猫足の佐吉もその一人で、宗二郎と組んで始末に当たることが多かった。

もう一人、まわり役の彦七《ひこしち》の顔もあった。まわり役というのは、取決めを結んだ各店《かくたな》から月二分の口銭を集めてまわるのが表向きの仕事だが、事前に揉め事を摑む情報収集役でもある。ふだん、鳴海屋には十人前後のまわり役がいるが、こうした集まりに顔を出すことはない。おそらく、彦七が何か情報を持っているのだろう。

宗二郎と佐吉は、部屋の隅に腰を落とした。

「夜分、造作をかけますなあ」

文蔵は目を細めて煙草の煙を吐き出しながら、愛想のいい声でいった。

てかてか光る頭に、ちょこんと小さな髷《まげ》がのっている。その髷も鬢もだいぶ白くなり、行灯の灯《ひ》にぼんやり浮かびあがって頼りなげに見えた。どこから見ても、人のいい隠居という風体で、本所、深川、そして神田、浅草あたりまで縄張りにしている始末屋の元締めには見えない。

「……こうして、みなさんに集まっていただいたのは、枡乃屋《ますのや》さんから、いや、枡乃屋さんだけじゃあないんで。同じ呉服屋の吉崎屋《よしざきや》さん、丸菱屋《まるびしや》さんからも始末のお話がありましてな。それで、こうしてみなさんに集まってもらった次第でして」

枡乃屋というのは、佐賀町にある呉服屋の大店《おおだな》で、他の店もそれぞれ深川では名の知れた店だった。

「みなさんもご存じでしょうが、れいの亡霊のお礼参りのことでございましてな」

文蔵のいうところによると、今朝方、枡乃屋、吉崎屋、丸菱屋の店先に経帷子の仏が捨てられていたという。どの仏もすでに腐乱し、激しい臭気を放つので店の者の手で早急に埋め直したということだった。

「枡乃屋さんをはじめ、みなさんが心配なさっているのは、与野屋さんのことがありましたでしょう。万一、押し込みにでも襲われてはと、相談にみえたわけなんですよ」

文蔵はそういうと、煙草盆の角で煙管を叩いた。

「しかし、文蔵どの、そういう話なら町方も動いているであろうが」

勘平衛が濁声をあげた。

勘平衛は宗二郎と同じ牢人だが、妻子持ちで佐賀町の長屋に住んでいる。有馬《ありま》一刀流《いっとうりゅう》の遣い手で、双手上段《もろてじょうだん》から念仏を唱えながら斬るので、拝斬《おがみぎ》りの勘平衛といわれて恐れられていた。巨軀で、不精髭をはやし、ぎょろりとした目で相手を睨む。強面《こわもて》だが、その風貌に似合わず子煩悩なところがあり、佐賀町の長屋を訪ねると、三つになる娘を背負ってあやしながら、うろうろと井戸端のまわりを歩いていたりすることもある。

「はい、確かに、町方でも見回りはするでしょうが、五日、十日と経つうちに油断が生じます。そのときが怖いとみなさんはおっしゃるわけでして」

文蔵は前に座した始末人たちにゆっくり視線をめぐらせながらいった。

「なるほど」

「この始末の値《ね》組《ぐ》みは二百両。……枡乃屋さんが百、吉崎屋さん、丸菱屋さんがそれぞれ五十というわけですが、みなさんには等分にお支払いいたします」

「元締め、それで、段取りは……」

泥鰌屋の伊平がいった。

黒の腹掛に股引、まだ、二十三と若い。ふだん泥鰌を売り歩いていることが多いせいか、浅黒い肌で顎《あご》の張った精悍《せいかん》そうな顔をしている。

「はい、段取りですが、蓮見様に枡乃屋さんを、臼井様に吉崎屋さん、甚十さんに丸菱屋さんをお願いしたいんで。……しばらくの間、それぞれの店にヒキのみなさんと一緒に泊まりこんでいただければ、かりに押し込みにあっても、店の者を守ることはできましょう」

文蔵から名が出た宗二郎、勘平衛、それに甚十も腕が立つ。

菅笠の甚十という男は、上州から流れてきた渡世人である。相当出入りの場数を踏んでいるらしく、喧嘩殺法だがやくざ者や夜盗相手ならまず後れをとるようなことはない。

「しかし、文蔵どの、相手の人数にもよるが、ヒキと二人だけでは心もとないぞ」

宗二郎がいった。

与野屋では、主人を除いた九名全員が斬首されていたという。寝込みを襲ったとはいえ、全員を斬り殺すのはかなり難しい。なかには押し入れや物置に身を隠す者もいただろうし、雨戸を破って外に逃げようとしたかもしれない。そうした騒乱の中で、全員を取り押さえ、為損じることなく首を刎《は》ねるという殺し方は、並の押し込みや無宿人のできる芸当ではない。賊の中に腕のいい武士が混じっていたのではあるまいか。

「確かに、蓮見様のおっしゃるとおりでして。……いかに腕が立つとはいえ、一人や二人の力では、押し込み全員を斬ることなどどだい無理だと承知しております。用心のためヒキのみなさんには、呼び子を持ってもらいます。まず、押し込みに気付きましたら、すぐ呼び子を吹いてもらえば、やつらはまず逃げようとするでしょう。押し込みを捕《と》らえたり、斬ったりしようと思わなくて結構でございます。鳴海屋の仕事は店を守ること。賊を捕るのは、お上《かみ》の仕事ですからな」

文蔵はチラッと視線を上げた。細い目が、行灯の赤い灯《ひ》を映して不気味な光をおびた。一瞬、穏やかな顔に刺すような凄味が宿った。これが、元締めとしての文蔵のもうひとつの貌《かお》なのかもしれない。

「……で、元締め、おれと銀次さんの役まわりは」

伊平が訊いた。

文蔵はすぐに穏やかな顔にもどり、

「はい、今回依頼のあった枡乃屋さんたちには、しばらく蓮見様たちに寝泊まりしていただければ、押し込みの侵入は防げるかもしれません。……ですが、この鳴海屋とお付き合いいただいている店は、他に何百とございます。今後、別の店に仏が二体、三体と置かれるようなことになれば、当然手がまわらなくなりましょう。その前に、何らかの手を打つ必要がございましてな」

「そのとおりで……」

「そこで、伊平さんと銀次さんには、墓を当たって欲しいんで。……彦七、そっちの様子を話してくれんかな」

　文蔵は部屋の隅で神妙な顔をして、話を聞いていた彦七の方に顔をむけた。

　彦七はまだ二十二、三と若いが、本所、深川の呉服屋を中心にまわっている男だった。

「はい、重吉《じゅうきち》親分から聞いたんですが、枡乃屋さんの店先にあった仏は、三日ほど前、心の臓の病で倒れて死んだ又造《またぞう》という桶職人だそうで。倒れたところがちょうど、枡乃屋さんの店の前だったという話です。又造の死体を埋めたのが、万年町の海林寺《かいりんじ》。……次ぎに吉崎屋さん、こっちは長患いで離れに寝ていた熊次郎《くまじろう》という隠居だそうです。葬ったのがやはり、海林寺。……丸菱屋さんですが、この仏は店近くの仙台堀縁で殺された無宿人の仙吉《せんきち》。仏は、同じ万年町の恵覚寺に無縁仏として埋められたようで」

　彦七は澱《よど》みなく喋った。

　重吉親分というのは、門前仲町界隈を縄張りにしている岡っ引きで、文蔵の鼻薬の利いている男である。

「……どの仏も、とくに、化けてでるほどの恨みがあったとも思えませんでしょう。ただ、ここ三日ほどの間に亡くなり、多少それぞれの店とつながりがあったとはいえますが。……ここで、気になるのは寺の方で、いずれも、万年町にある寺でして」

　文蔵が彦七の話をひきとって、後を続けた。

「そういえば、与野屋のときの仏も恵覚寺だったな」

「さようで。……そこで、伊平さんと銀次さんには、万年町にある海林寺と恵覚寺以外の寺にしばらく張り込んで、いったい誰が、こんな阿漕《あこぎ》なことをするのか正体をつかんで欲しいんで」

「海林寺と恵覚寺じゃあねえのかい」

伊平は怪訝《けげん》な顔をして訊いた。

そばにいる鵺野ノ銀次は寡黙な男で、表情も動かさず二人のやりとりを聞いている。いつも暗い顔をしているが、一緒になって間もない小つるという恋女房がいる。

「いや、なあに、海林寺と恵覚寺は町方の方で張り込むでしょうから、しばらくはむこうも近付かないと思いますのでね」

文蔵のいう通りだ。当然、町方も寺に目をつけ、墓をあばくような者がいれば、引っ括る算段をつけているだろう。

万年町には七つの寺が集まっている。仏を掘り出すだけなら、他の寺を選ぶはずだ。

一通り話が終わると、文蔵は階下に向かって手を叩いた。前もって打ち合わせてあったらしく、お峰と文蔵の娘の小糸《こいと》が酒肴《しゅこう》を持って階段を上がってきた。

四

翌日、宗二郎は雨戸を叩く音で目を覚ました。目を開けると、板戸から射しこんでいる陽が、目を射るように強い。だいぶ、陽は高く上っているようだ。

「……旦那、もう、昼ですよ。そろそろ、起きたらどうです」

佐吉の声だった。

昨夜、鳴海屋を出たのは四ツ半（午後十一時）をまわってからだった。おまけに、ゑびす屋で飲んだうえに、また鳴海屋で盃を重ねたから、長屋に帰りついたときは足元もふらつくほど酔っていた。夜着にも着替えもせず、そのまま横になって眠ってしまったのだ。

佐吉にしばらく待ってもらって、顔を洗うと、昨夜鳴海屋で帰りがけに握ってもらった握り飯を水を飲みながら腹の中に流しこんだ。

昨夜、佐吉と別れる前に、与野屋と今度店の前に仏の置かれた呉服屋三店をまわってみようということになっていたのだ。

「どうにも、見ちゃァいられませんな」

歩き出すと、佐吉がいった。

「何が、だ」

皺だらけの袴を叩きながら、宗二郎は佐吉の後についた。

「そのうち、体を壊しますよ」

「心配いたすな。体は鍛えておる」

「どうです、旦那、ゑびす屋の娘と所帯を持っちゃァ」

「おさきか……。あれで、なかなか身持ちは固い。まだ、尻を触る程度だ」

「旦那、女が喜んで尻を触らせるようになりゃァ、もう、しめたもんなんで。……むこうじゃあ、抱かれたくって、今か今かと待ってるんですぜ」

佐吉は口元に小さな笑いを浮かべて振り返った。

「佐吉、このおれが大根や蒟蒻《こんにゃく》を切ったり、田楽を運んでいる姿が似合うと思うか」

「そりゃあ、まァ、似合いませんな」

佐吉は身震いするように身体を振った。

「始末屋がおれの性にあっておる。大根を切るのは、人が斬れなくなってからだ」

「ま、女房の顔色を窺って、飲みてえ酒を一杯で我慢するよりましでしょうかね……」

佐吉は独り言のように呟いた。

佐吉は酒が好きで、一度飲み過ぎて血を吐いて倒れたことがあり、それ以来家では茶碗酒一杯だけと女房に決められているそうだ。

そんな話をしているうちに、三十三間堂近くの汐見橋まで来た。

橋の袂で人だかりがしている。覗いて見ると、張り紙がしてあった。墨痕《ぼっこん》鮮やかに、次ぎのように書かれていた。

　亡者甦り、門戸を叩く
　是《これ》、大凶事の前兆《まえぶれ》なり
　深川閻魔《えんま》党、子《ね》、参

何です、これ、と佐吉が宗二郎を振り返って訊いた。猫のように細い目が、少し開いている。

「さあな、腐った仏を店先に置いただけじゃあ、もの足りないと思ったのかもしれんな」
どうやら、噂を煽《あお》って騒ぎを大きくしたい者がいるらしい。宗二郎は仏を店先に置いたのと同じ手の者だろうと思った。

「どういうことなんです」
「さあな、亡者も閻魔の指図で動いているということになるかな」
宗二郎は鼻白んだ顔をした。

三十三間堂の前を通り、大和《やまと》町から亀久橋《かめひさ》の袂付近まで来ると、また人だかりがしている。覗いてみると、やはり同じ貼紙がしてあったが、文面は違った。

火を噴き、大地揺れる
江戸大変災の前兆《まえぶれ》なり
深川閻魔党、丑《うし》、参

貼紙のまわりに集まっている職人や店者が、ひそひそと話していた。どの顔にも不安そうな表情が浮かんでいる。

三年前の安永《あんえい》七年に三原山が噴火し、鳴動は江戸まで響きわたり、噴煙が江戸の空を暗く覆った。その後も度々、三原山は噴火を繰り返していたので、江戸の市民にとって、噴火や地震は恐怖のまとだったのだ。

「閻魔党などと、聞いたことがありませんな」

「うむ……」

「丑、参、てえなァ、丑の刻に参上するってことですかい」

「そのようにとれるな」

「まさか、閻魔党とかいう一味が地震や噴火をひき起こすってえんじゃねえでしょう。悪戯にしちゃあ、阿漕《あこぎ》過ぎますぜ」

佐吉が声を荒げた。

「ただの悪戯じゃあねえ……」

深川や本所は掘割と川の町である。町と町は橋でつながり、人の流れは橋に集まり交差する。橋の袂に貼紙をしておけば、いやでも人の目につき、噂は町々に広がっていく。噂が伝播するほどに、不安や恐怖は増幅するはずだ。やがては、その恐怖や不安に耐えられなくなる者もでてくる。

「どうやら、ただの盗人《ぬすっと》の仕業でないことだけは確かなようだな」

押し込みが、町方の探索を逃れるために、騒ぎを起こしたにしては大袈裟過ぎるし、明らかに別の狙いがある。それに、押し込みや盗人の知恵ではない。

――こいつらの狙いは、いったい何なんだ……。

ただ、人心の不安を煽るだけではないはずだった。

盗人やならず者などの小悪党とは違った底の深い悪意が潜んでいる。しかも、平気で女子供の首も刎ねる残虐非道な一味だ。なんとも不気味だった。その一味が闇に潜むだけでなく、町中に貼紙までして人心を操ろうとしているようなのだ。

「旦那、今度の始末は、押し込みをおっ払うだけでは済みそうもありませんな」

めずらしく佐吉が不安げな顔をした。

佐吉も、今までの始末とは違った不気味さを感じているようだった。

漆喰《しっくい》の土蔵造りの与野屋は大戸が閉められ、静まりかえっていた。店の脇の天水桶の陰に棒縞《ぼうじま》の着物姿の番頭か手代らしき男が屈みこんでいた。あるいは、与野屋の生き残りかと思ったが、ときどき近くを通る者に鋭い視線をむけているところをみると、岡っ引きらしかった。

宗二郎と佐吉は与野屋の店先を見ただけで、引き返した。

それから、仙台堀沿いを歩き、平野町にある吉崎屋、今川町にある丸菱屋を見てから佐賀町に向かった。吉崎屋と丸菱屋の周辺に、何人も岡っ引きや下っ引きらしい男がうろついていた。その人数も彼等の目付きも、ただの押し込みや人殺しの探索とは違っている。どうやら、町方も与野屋を襲った一味を必死で捕らえようとしているようだ。八丁堀も、一味は押し込み以外に人心を惑わす企みがあると、警戒しているに違いない。

「佐吉、これだけ町方の目が光っていては、簡単には仕掛けられんぞ」

宗二郎がいった。

「旦那、やっぱり、枡乃屋や吉崎屋を襲いますかね」

「うむ……」

「あっしは、町方や世間の目を枡乃屋や吉崎屋に引き付けておいて、別の大店を襲うような気もするんですがね」

「おれはそうは思わんな」

それが成功するのは一度だけだ。警戒の手薄な別の店を襲えば、仏を店先に置いたり張り紙をしたりしたのは、追っ手の目を逸らせるためだとすぐに気付かれてしまう。大店一つ襲うためなら、何もそこまでして騒ぎたてることはない。何もせずに夜陰に紛れて襲撃した方が、かえってうまくいくかもしれない。

宗二郎が自分の考えを話すと、

「とにかく、次ぎにどんな手でくるかで、敵の狙いがはっきりするってことですかね」と佐吉は呟くようにいった。

枡乃屋に着いて鳴海屋から来たと話すと、すぐに番頭が主人のいる奥座敷に案内した。

蓑造《みのぞう》という主人は、五十を越した痩せた男だった。角帯に黒羽織という大店の主人らしい身形《なり》だったが、目鼻が不釣合なほど大きく、湯飲み茶碗を持った太い指など見ると、大工か石工の親方という感じがした。

「亡霊のお礼参りなどととんでもないことでございますよ。わたしどものところでは、又造などという桶職人など何のかかわりもございませんのでね」

蓑造は太い指を震わせ、興奮していった。

「もっともだが、与野屋さんのこともある。用心に越したことはないと思うが」

宗二郎は、女中が運んできた茶に手を伸ばし、

「それに、女子供の首も刎ねるという残虐極まりない一味だ」

と声を低くしていった。

「ええ、それなんですよ。何ともひどい話で……。わたしどもも与野屋さんのような目にあいたくはありませんからな。それで、鳴海屋さんにおすがりしたわけなんで」

蓑造は太い眉根を捩じるように寄せて、怯えた目を宗二郎にむけた。顔に似合わず小心者のようだ。

「閻魔党について、何か心当たりは」

「ま、まったくございません。……閻魔党などと、初めて聞く名でございます」

蓑造は震え声でいった。

「枡乃屋さん、心配いりませんぜ。この蓮見様は、始末人の中でも一番の腕利きでしてね。大船に乗った気でいなせえ」

佐吉が横から口をはさんだ。

「……お、お願いいたします」

蓑造は畳に両手をつくと、額をすりつけるように頭をさげた。

五

夏の強い陽射しが、武家屋敷の連なる通りを照らしていた。少し風があった。しばらく雨が降らないせいか、砂埃がたっている。

深川元町《もとまち》から大川端《おおかわばた》へぬける通り、小笠原佐渡守《さどのかみ》の下屋敷と太田摂津守《せっつのかみ》の下屋敷が向かいあっている道を、一人の老武士が歩いていた。

ちょうど、太田摂津守の屋敷から出てきた羽織に萌黄地《もえぎじ》の山袴姿の中間《ちゅうげん》が、その老武士の姿を目の前にして、思わず息を呑んで足をとめた。

異様な風体だった。

身長は低いが肩幅が広くがっしりした体軀、百会《ひゃくえ》にちかいところで白髪を無造作に藁《わら》で縛っている。粗末な木綿の袷《あわせ》に、よれよれの短い麻の袴。その袴の裾から毛脛《けずね》をむきだし、素足に草鞋履きで、道の真ん中を砂埃をあげながら歩いてくる。腰に差した刀だけは、朱鞘の拵えのいいもので人目を引いた。戦国時代の武芸者といった身形《なり》だが、泰平の世では、気の触れた貧乏牢人としか見えない。

が、二人の中間が目を奪われたのは、その風体はともかく、猛禽《もうきん》を思わせるような鋭い眼と胸を張って悠然と歩く姿に、気の触れた老武士とは違う威風堂々としたものを感じとったからだ。

その老武士の歩く先に、二人の武士の姿が見えた。御家人か江戸詰めの藩士といった身形だが、二人ともまだ若く、二十二、三に見える。暑いせいか、二人とも無言で足元に視線を落とし、首筋や額の汗を手の甲で拭いながらやってくる。同じような背丈だが、一人は太り、もう一人は痩せていた。

若侍二人と老武士が、無言で擦れ違った。

「待たれよ」

ふいに、太った方が歩をとめて振り返った。あからさまに唇を歪め、憎々しげな目を老武士にむけた。太っているせいでよけい暑いのか、赤い顔にびっしょり汗をかいている。連れの若侍も振り返った。こっちは、蔑《さげす》むような目をして鼻先で嗤っている。

「今、おぬしの袴の裾が拙者の袴に触れたが、挨拶なしか」

呼び止めた若侍は、揶揄《やゆ》するような口調でいった。

「おぬし、世間を騒がせている亡霊ではあるまいな。あの世から彷徨《さまよ》って出てきたような身形をしておるではないか」

絡み付くような目をしてもう一人の痩せた武士がいった。

老武士は向き直って二人の若侍を見たが、すぐに踵を返すと何事もなかったようにスタスタと歩き出した。

「待て！　われらを愚弄する気か」

途端に太った武士の顔が怒気でひき攣《つ》った。

すぐに、二人は駆け出し、老武士の前にまわりこんで行く手を塞《ふさ》いだ。

「何かいったらよかろう。それとも、腹が減って口もきけぬか」

太った武士が額の汗を拭いながら、真っ赤な顔をして怒鳴った。目が攣《つ》りあがり、このままでは通さぬ、というように刀の柄に手をかけている。

老武士は何のつもりか、無言のまま、右手を開いてぐいと二人の若侍の前に突き出した。大きな掌だった。白っぽく石のようにごつごつし、無数の割れ目が入っている。腕も異様に太く筋肉で盛り上がっていた。

一瞬、二人の武士は怪訝そうな顔をして目を合わせたが、老武士がすたすた歩き出すと、太った武士が逆上したように、ひき攣った声をあげた。

「おのれ！　刀にかけても、このままでは通さぬぞ」

抜刀しながら、老武士の前にまわり込む。もう一人、痩せた侍も抜刀し、背後にまわって上段に構えた。砂埃がもうもうと立った。

「さて、さて、その目は節穴のようじゃな」

老武士は呟くようにそういうと、ゆっくりした動作で刀を抜いた。

「備前国清《びぜんくにきよ》、二尺五寸じゃ」

身幅の広い腰反りの剛刀で、定寸《じょうすん》よりかなり長い。よほど膂力《りょりょく》がないと振れない大業物《おおわざ》である。

前に対峙した若侍は青眼に構えたまま、切っ先を小刻みに上下させ始めた。相手を牽制して、斬り込む隙を窺っているようだが、腰が引けている。おそらく、真剣で斬り合ったことなどないのだろう。老人と思ってみくびったに違いない。

夏の強い陽を反射して、刀身がギラギラ光る。通りを吹き抜ける風が袴の裾に絡まり、砂埃が立った。

老武士の構えも青眼。ゆったりとした構えで、微動だにしない。顔も石仏のようにまったく表情が動かない。

イヤッ、イヤッ、と気合を発しながら、正面の若侍はさかんに切っ先を上下させ、相手の構えを崩そうとしているが、老武士にはまったく動じる気配がない。大地に盤根を張ったごとく泰然と立っている。

正面の若侍の額や頬を汗が伝っていた。その汗を肩口を持ち上げて拭おうとしたとき、ふいに疾風が立ち、砂塵が顔のあたりまで舞い上がった。一瞬、前に立った若侍が顔を歪めて一歩退くのと同時に、老武士の体が前にスッと動いた。

ギラッと刀身が光り、刀の触れ合う音がかすかに風の中でした。

一瞬、黒い影が視界を掠《かす》めただけで、刀の動きも体捌《さば》きも見えぬほどの迅《はや》い動きだった。

背後の若侍は上段の太刀を降り下ろすこともできなかった。

老武士は、二人の若侍の間にさっきとほぼ同じ間隔を保ったまま立っていた。

前に立った若侍の顔がこわばり、ひき攣ったように歪んでいる。

青眼《せいがん》に構えた若侍の右の二の腕から血が吹き出し、乾いた地面に滴り落ちていた。切っ先が震え、驚愕と怯えがはっきりとその顔にでている。

「お、おのれィ！」

斬られた若侍は、ずるずると後退した。

「……まだ、やる気なら、次は腕を落とそう」

老武士の声は低く、抑揚がなかった。まったく息の乱れがない。

腕を斬られた若侍が、二、三歩大きく後退し、引け！とうわずった声で言うと、刀を提げたまま、老武士から逃れるように大きくまわりこんで駆けだした。背後にいた若侍も慌てて逃げだす。

その二人の後ろを追うように、小さな砂埃が二筋立った。

老武士は、刀を血振りし、懐紙を出して刀身を拭うと朱鞘に納めて何事もなかったように歩きだした。

そのまま老武士は、深川六間堀町を通り大川端に出ると、川沿いを歩き、小名木川《おなぎがわ》にかかった万年橋を渡って佐賀町の方へ向かった。

その老武士の後ろ、半町ほども間をとって、風呂敷を背負った大店の番頭といった身形の男が尾《つ》けていた。鬢に白いものが混じっていたが、肩幅の広い骨太のがっちりした体軀の男だった。額から右の目尻にかけて刃物の細い傷跡がある。刀傷ではなさそうだったが、その傷跡が、男の顔に陰湿な凄味を加えていた。

前を歩く老武士と擦れ違った職人ふうの男が、腰を屈めて挨拶をしたのを見ると、尾行し

ていた男は急に足を早め、

「もし、そこの大工さん……」

と商人らしい静かな声音で呼び止めた。

道具箱を担ぎあきらかに大工と分かるその男は、

「おれのことかい」

と足をとめて、振り返った。

「はい、つかぬことを伺いますが、さきほど挨拶をされたお武家様ですが、ご存じの方なんで」

「おめえは」

大工は怪訝な顔をした。

「はい、さきほど小笠原様の屋敷の前で、ちょっとしたいざこざがございましてね。あまり見事な腕なので、せめてお名前だけでも聞いておこうと思いまして……」

番頭ふうの男は、揉み手をしながら愛想のいい笑みを浮かべ、ことの経緯を簡単に話した。

「そうかい。あの先生は強《つえ》えからな。……名前かい。小野《おの》惣《そう》右衛《え》門《もん》様ってえんだよ」

大工は、棟梁と縁のある先生で、道場の床は頼まれておれが張った、と自慢そうに顎を突き出した。

「すると、道場の先生で」

「そうよ、本所菊川町で剣術指南の道場を開いてるぜ。……もっとも、あまり流行《はや》らねえみてえだがな」

「何流でございましょうか」

「な、なんてったかな。……実貫流《じっかんりゅう》だったかな」

「実貫流……」

大工は道具箱を担ぎ直すように肩で撥ね上げると、剣術は強えが変わり者だぜ、と言い置いて、足速に歩きだした。

大工と分かれた番頭ふうの男はそこに立ち止まったまま、小野惣右衛門の後ろ姿を見送っていたが、何を思ったか、そのまま踵を返すと今来た道を引き返していった。

六

深い闇の中に、かすかに夜の風が流れていた。辺りは大きく枝を張った樫《かし》や樹頂を伸ばした杉の巨木などに覆われ、鼻を摘まれてもわからぬ程の闇に包まれている。

人声も犬の鳴く声もない。わんわんと喧《かまびす》しいほどに、辺りの叢《くさむら》にすだく虫の声だけがする。

樫の太い枝の一つに、鵺野《ぬえの》ノ銀次《ぎんじ》は潜んでいた。濃紺の腹掛けに川並の穿く細い股引、上半身を包むように黒の半纏《はんてん》を羽織っている。その姿を濃い闇に溶かして、朧気《おぼろげ》な輪郭さえも見せない。

ふだん、銀次は深川の船宿、よし野《の》の船頭をしていた。

鵺野とは変わった名だが、夜闇に紛れて匕首《あいくち》で相手の喉を掻《か》き切ったとき、噴き出した血が、ひょうひょうと物悲しい音を出し、鵺の啼き声に聞こえたという噂からそう呼ばれるようになったらしい。

鵺という鳥は、トラツグミの別称で夜中になんとも寂しい声で啼くそうである。

銀次は夜目が利き、匕首を巧みに使って相手の喉を裂く。しかも、銀次は寡黙でどことなく得体の知れない不気味さを漂わせていた。まさに、銀次は鵺のような雰囲気を漂わせた男なのだ。

今、銀次は万年町に集まっている七つの寺のうちの一つ、永林寺《えいりんじ》の境内にいた。

銀次の潜んでいる樫のすぐ前に本堂や庫裏があるのだが、灯明もないらしく、伽藍《がらん》はぼんやりした輪郭だけを夜空に浮かび上がらせている。

その本堂のそばの石灯籠の端に、女が一人屈みこんでいた。銀次のヒキをしている小つるである。

小つるは黒の木綿小袖に唐桟縞《とうざんじま》の帯を後ろに垂らし、手ぬぐいを吹きながしに被って茣蓙《ござ》を小脇に抱えていた。白粉《おしろい》を厚く塗った顔だけが闇に浮き上がっている。どこから見ても、夜鷹である。

小つるは銀次の女房でもある。ふだんは船宿、よし野の抱えの芸者だが、銀次が依頼を受けるとヒキとして組むことが多い。もともと小つるは、鳴海屋でヒキをしていた鶴吉《つるきち》という男の娘だったが、鶴吉が病で倒れたとき、父親の代わりによし野に芸者として潜りこんで相手の身辺を探ったのがこの世界に入るきっかけだった。鶴吉はそのまま亡くなったが、そのとき組んだ銀次と結ばれ、そのままヒキを続けることになったのである。

女の身で手荒なことはできなかったが、深川に多い船宿や料理茶屋などに芸者として出入りできることから、相手によっては大変な力を発揮することもできた。

銀次が永林寺に潜むようになって三日経つ。

潜み始める前日、彦次《ひこじ》という無宿人が賭場で渡世人といざこざを起こし、路上で斬り殺され、この寺の隅に無縁仏として埋められたという話を聞きこんでいた。銀次は、海林寺と恵覚寺でなければ、この寺だと当たりをつけて張り込んでいたのだ。

銀次の潜んでいる樫の茂みの向こうが、墓地になっていて、闇の中に白木の卒塔婆や墓石が無数に林立していた。

その先が生垣になっていて、興泉寺《こうせんじ》という寺になっている。そこには、泥鰌屋の伊平がやはりヒキと二人で潜んでいるはずだったが、そっちにも怪しい人影はないらしく動いた気配はない。

子《ね》ノ刻（零時）をまわったころだろうか、ふいに、境内に続く石段を上ってくるらしい足音がし、ぼんやりと提灯の灯《ひ》が闇の中に浮きあがった。

誰か来る！

銀次は提灯の明りの方に聞き耳を立てた。明りは一つだが、足音は三つ。銀次は闇に目を凝らした。現れた人影はいずれも男、しかも、腰に二刀を帯びている。

……侍か。

銀次は拾っておいた小石を、小つるのそばに投げた。それが、身を隠せ、という合図だった。幸い、小石の転がるかすかな音は虫の声が消してくれる。

相手が侍では、出会った途端にバッサリという恐れもある。まして、相手が夜鷹では斬るにも躊躇がないはずだ。

三人の侍は、本堂の前を通り過ぎ、墓場の方へ向かった。三人とも顔を黒覆面で隠していた。辻斬りではない。間違いなく、仏を掘り出しに来た押し込みの一味のはずだが、いずれも侍とは意外だった。

三人は銀次の潜んでいる樫の下を通り、墓場の方へ向かった。

銀次は樹下を通る三人を見送ってから、黒い蝙蝠《こうもり》のように半纏を翻して地上に降りたった。

「おまえさん、侍だよ」

石灯籠の陰に身を隠して三人をやり過ごした小つるが、銀次のそばに足音を忍ばせて歩み寄った。

「小つる、おめえは先にここを出て、鳴海屋さんにつないでくれ」

銀次は三人の侍とやり合うのは無理だと判断したのだ。そうなれば、三人の後を尾《つ》けて、素性を探ることしか手はない。小つるがいてはかえって足手まといだし、いざという場合に逃げにくくなる。

「おまえさんは」

「おれは、やつらの後を尾ける。行け、小つる」

「わかったよ。……おまえさん、気をつけておくれよ」

そういって、小つるが歩きだしたときだった。

銀次は、境内の隅の闇の中に動くいくつかの人影を見た。

「待て、誰かいる」

刺すような鋭い声に、小つるは足をとめて銀次の方を振り返った。

「どうしたんだい……」

小つるには、闇に潜んでいる人影が見えなかったようだ。

一つ、二つ、三つ……。夜目の利く銀次は闇の中にいくつかの人影をとらえた。潜んでいるのは五人。ぼんやりとした人影が、闇の中で膨れ上がるように立ち上がり、こっちに迫ってくる。人影はどれも遊び人ふうだ。

「小つる、あの侍だけじゃねえようだぜ。……どうやらむこうでも、おれたちが潜んでるのを読んでたようだ」

銀次は、三人の侍から間をおいて町人たちが後を尾け、銀次たちが姿を現すのを待っていたらしいことに気付いた。三人の覆面の武士は、いわば待ち伏せをおびき出すための囮《おとり》ともいえた。

五人の人影は銀次と小つるを囲むように立ち、じわじわと間を詰めてきた。

「……鼠は二匹かい。どうやら、岡っ引きじゃあねえようだ。一匹は雌だぜ」

銀次の正面に立った男が、低い声でいった。

色白ののっぺりした顔で、細い目が白く浮きあがったように見えた。豊頬《ほうきょう》でやけに耳朶《みみたぶ》の大きい福耳の男だ。

「…………」

銀次は懐の匕首の柄を握った。

背後に足音を聞いて振り返ると、さっき墓にいった三人の侍がすぐそばまで引き返してきていた。どうやら完全に囲まれたようだ。とっさに、銀次は小つるを逃がす方法を探った。一気に走り、真ん中の男を斬り倒して逃げるより他に方法はなさそうだ。斬りあえば、二人とも間違いなく殺《や》られる。

幸い、引き返してきた侍たちは提灯の灯を消していた。辺りは人影がぼんやり識別できるほどの闇に包まれている。夜目の利く銀次には、敵の動きがはっきりと見えるが、相手はそう素早く動けないはずだ。

「鳴海屋の手の者かい」

福耳の男がいった。

「鵺野ノ銀次」

「女房の小つるだよ」

小つるは、茣蓙を捨て下駄を脱いで裸足になっていた。気丈な小つるは男たちに囲まれても怯《ひる》む気色はない。

「へへェ、夫婦なのかい。……そいつはいいや。二人仲良く冥途に送ってやるから恨まねえでくんな」

男の口元に下卑た嗤いが浮いた。

男たちはそれぞれ匕首を握っている。使い慣れているらしく、拝むように腰を沈めて真っ直ぐ突いてくる構えだ。前に突き出すように構えた匕首の刃が、闇の中で薄く光っている。侍たちも抜刀して、間合を詰めてきた。どうやら、銀次と小つるを端《はな》から殺《ばら》すつもりで来ているらしい。男たちの短い息の音が闇の中で弾み、刀身や匕首が蛇腹のような鈍い光を放ちながら揺れた。

息を呑むような殺気が闇の中に充満する。

「小つる、つっ走れ！」

銀次は叫ぶのと同時に、前に跳んだ。

一瞬、闇の中に銀次の黒い影が躍った。黒い半纏が翼のように翻り、匕首が猛禽の嘴《くちばし》のように闇をかすめた。

ギャッ！という悲鳴があがり、正面にいる男の首から黒い血が噴いた。闇の中で黒い飛沫が上がる。

前につんのめるように倒れる男の脇を、銀次はすり抜け反転すると、走り出した小つるの後ろを塞ぐように立った。

すかさず、脇から迫ってきた黒覆面の武士が、銀次の背に八相から袈裟に斬りこんできた。

できる！

武士は黒の着流しで、闇に溶けるようにゆらりと立っていたが、動きは素早く、太刀筋も鋭い。

一瞬、銀次は背後に跳んで逃げた。さらに、武士は鋭い踏み込みで銀次を追う。下段から斬り上げた二の太刀の刃風が、銀次の首筋をかすめる。息をもつかせぬ鋭い太刀捌きだ。体が流れるように動き、刀を振るたびに跳ねるように躍動する。よほど斬り慣れた男なのだ。

侍の目が闇の中で獲物を追う野獣のように光り、執拗に銀次の動きを追ってくる。

そのとき、先に逃げた小つるが、喉を突き上げるようにして呼び子を吹いた。

夜闇を切り裂くような甲高い音が響く。

「やろう！」

遊び人ふうの男が一人、小つるの背後に追いすがった。

銀次は、武士の前から身を翻して、小つるを追う男の背後に飛び付く。男は絶叫しながら前に転がり、首筋をおさえて叢の中でのたうちまわった。その手の間から血が噴き出し、顔面を黒く染める。銀次が、後ろから匕首で男の首の血脈を斬ったのだ。

が、銀次も背中に匕首を受けていた。福耳の男がスッと背後に身を寄せ、銀次の背を匕首の先で裂いたのだ。一瞬、銀次は反転して匕首を構えたが、福耳の男は背後に跳んでいた。

男は目を糸のように細め、口元を歪めると、チッと舌打ちした。背後から銀次の脇腹を狙って突き上げた匕首が、銀次がわずかに体を捻ったために背に浅い傷を負わせただけに終わったのだ。

「おまえさん！」

銀次の背に血を見て、小つるは硬直したようにその場につっ立った。

銀次の半纏が大きく裂け、血が流れている。血に染まった両腕をだらりと下げ、銀次は短い息を吐いた。

「小つる！　おめえは逃げろ」

何とか小つるだけでも逃したいと思った。

銀次が匕首を低く構えて、着流しの武士の方に間合を詰めようとしたとき、ふいに、寺の入口の方で甲高い呼び子が鳴った。

足音がした。……続いてもう一つ、呼び子がなり、人の走ってくる気配がした。

銀次さん、どこだ！

という男の野太い声が聞こえた。

小つるが呼応するように、また呼び子を吹いた。

「新手か」

引け！　と、黒の着流しの武士が叫んだ。

その声で、男たちは闇の中を一斉に駆けだした。逃げ足が早い。しかも、銀次に首筋を切られて倒れている二人の仲間も両脇から抱えるようにして連れ去った。

駆け寄ってきたのは泥鰌屋の伊平とヒキだった。

「銀次さん、やられたのか」

「なあに、かすり傷だぜ」

銀次は、裂けた半纏を脱ぐと、丸めて手に持った。

小つるが素早く、そばに寄って手ぬぐいで傷口の血を拭《ふ》き取ると、

「おまえさん、このままというわけにはいかないよ」

そういって、傷口に手ぬぐいを押し当てたまま、抱くように銀次のそばに寄り添った。

周辺から、いくつもの呼び子と人の声が湧き上がるように聞こえてきた。どうやら、恵覚寺や海林寺に潜んでいた岡っ引き連中が捕り方を呼び集めているらしい。

七

枡乃屋に寝泊まりしていた宗二郎と佐吉は、彦七からの知らせで、銀次たちが押し込みの一味らしい者たちとやりあったことを聞いた。

宗二郎の思ったとおり、一味に武士集団が加わっていることがはっきりしたが、こうなると迂闊《うかつ》に斬り合うわけにはいかない。まず、盗賊が侵入したとき、店の者をその凶刃から守る算段をしておく必要があった。

宗二郎は主人の蓑造に話して、手代や丁稚などもできるだけ奥の座敷で寝るようにさせ、宗二郎と佐吉の二人は裏木戸に一番近い部屋で寝起きするようにした。

佐吉にひととおり店内を探らせたが、一味の手引きをしているような者はいないようだった。もし、一味が侵入するとすれば、裏側の土塀を越え裏木戸を開けてから、裏口の板戸を外して押し入るしかない、と宗二郎は読んだのだ。

「旦那、今夜あたり来ますかね」

佐吉は蓑造の配慮で用意した酒肴の膳の前に座り、手酌でちびちびやりながら宗二郎に訊いた。

「まだだな」

宗二郎は手枕で、横になっている。

枡乃屋の店先に仏が置かれて四日経つが、まったくその気配はない。町方も交替でまだ付近に張り込んでいるらしかった。

「こんなとき、押し入ったら、袋の中に飛び込む鼠みたいなもんですからな。……それにしても、やはり、いい酒は旨い」

佐吉も、まだだと安心しているからこそ、酒など飲んでいられるのだろう。宗二郎はしばらく佐吉の相手をして話していたが、手枕のまま眠ってしまった。

……ふと、宗二郎は耳を打つ甲高い音で目を覚ました。

半鐘だ。……火事らしい。

まさか！　と思い、跳ね起きた。一味が屋敷内に火を放ったのではないかと思ったのだが、半鐘の音はかなり遠かった。

「火が出たのは、近くじゃあねえようだが……」

佐吉も目を覚ましていた。

「一味の仕業か」

「さて……、心配《しんぺえ》なのは、風ですよ」

佐吉はおきあがると襟元を合わせながら、障子を開けた。

廊下に出て雨戸を開けたらしく、半鐘の音はさっきより大きく聞こえた。宗二郎も廊下に出て覗くと、黒い家並の向こうに火の手が上がっているのが見えた。夜空を鬼灯《ほおずき》色に染め、蛇の舌のような炎が闇を舐めている。思ったよりも近いようだ。

「どの辺りだ」

「仙台堀の近く……。見当として、今川町じゃあねえかと」

「風は」

「心配ねえ。大川方面だ。それに、これくれえの風なら、燃え広がることもあるめえ」

佐吉は辺りに視線をまわして、風の方向を見定めているらしかった。

宗二郎と佐吉が縁先に立っていると、店内でごそごそと物音がしだした。どうやら、寝込んでいた店の者が異変に気付いて起きだしてきたらしい。

薄い夜着のまま、番頭や手代が目を擦りながら出てきて、火の手が上がっているのを目にすると、一様に興奮した顔付きになり、落ち着きなく、部屋に駆け戻っていく者や庭先に飛び出して行く者などで急に騒がしくなった。

表の通りにも、慌ただしい足音がし、人声なども聞こえてきた。今川町へ走る町火消しの者もいるようだ。

番頭の一人が裏木戸を開け、外の通りに出ようとするのを宗二郎が目にとめた。

「出るな、混乱に紛れて賊が侵入するかも知れねえ」

佐吉が大きな声を出した。

「なに、これだけの人通りがあれば、賊も通りは歩けまい……」

宗二郎はそういった後、ハッと気付いた。

——やつらの狙いは、今川町だ！

丸菱屋を襲うつもりだ。あそこは店の裏手が堀になっていて、仙台堀に通じている。路上がどんなにごった返えそうと、船でゆうゆうと金を運べるはずだ。丸菱屋は、菅笠の甚十が守っているが、混乱に紛れて大勢で押し入られたら皆殺しにあう。

「佐吉」

「へい」

「今川町だ。甚十のところが危ない」

「あっしもそう思いやす」

「佐吉は、臼井さんのところへ走ってくれ。一人でも多い方がいい」

「ここは」

「心配ない。これだけ人が走りまわっている中を、千両箱を担いで逃げられると思うか。道は塞がってしまう。……舟を使うしかない」

「承知しやした」

佐吉は尻っ端折りすると、すぐに木戸を開けて飛び出していった。

宗二郎は、姿を現した蓑造と番頭に、木戸さえ閉めておけば賊に襲われることはないと言い置いて、佐吉の後を追って駆けだした。

表通りには、思ったより人の数が多かった。いずれも、今川町方面に向かって走っていく者が多かった。提灯を掲げながら小走りにいく者、興奮した声で喋りながら走る者、いずれも職人や日雇いのような風体の者が多く、なかには下駄を鳴らして駆ける長屋の女房らしき者もいた。

どうやら、風向きと火の勢いから延焼の心配はないと知って、見物に行く野次馬がほとんどのようだ。

今川町の方から逃げて来る者もいた。女子供の手を引き、縄で布団を背負った者や鍋、釜を頭に被っている者もいる。

宗二郎は人の流れの間を縫うように走って、今川町に向かった。その宗二郎の耳に、町人たちの話し声がとびこんできた。

……おい、聞いたかよ。付け火らしいぜ。それも、生きてる人間じゃねえ。墓から這い出てきた亡者だ。……そうよ。経帷子を着て、火の付いた松明《たいまつ》を持ってうろついてたのを見たやつがいるそうだぜ。

……この世も末だ！……大凶変の前兆《まえぶれ》だぜ。……おまえさん、そういやあ、おとといも地震があったよ。

……天変地異だ！……末世だ！

と行き交う人込みから、声高なやり取りが聞こえてくる。

人の群れが町並を流れていく。男も女も顔をひき攣《つ》らせ、昂ぶった声でしゃべりながら、火の方へ吸い寄せられていく。火中にひき寄せられ、また、火炎から逃げ惑う羽虫の群れのようでもあった。

八

甚十は悲鳴のような人声と、何かが倒れるような音で目を覚ました。目をあけると、部屋の闇の中をかすかにきな臭いものが流れているのに気がついた。

……火事だ！

甚十は体に掛けていた夜具をはね飛ばした。すぐに、近くに立て掛けてあった長脇差を腰に差し、窓の雨戸を開けた。

近い！　五、六軒の商家を間に置いて、民家が一つ燃え上がっていた。軒先から紅蓮《ぐれん》の炎が夜空に燃え上がり、白煙が家を包むように立ち込めていた。

炎に浮かび上がった火の見櫓で、半鐘が激しく鳴り出した。火事が近いことを知らせる三《みつ》半《ばん》（連打）。

家屋の様子からして、土蔵造りの商家ではない。見当としては、商家から一軒だけ離れたところにある大店の妾が住んでいるという仕舞屋《しもたや》だ。

たいした風はないらしく炎は、まっすぐ上に赤い舌先を伸ばしていた。上空の白煙がわずかに大川方面に流れているところを見ると、風はそっちに向かって吹いているらしい。幸い、店とは反対方向だ。

燃え上がった家屋のすぐ近くに、動きまわっているいくつかの人影が見えた。手桶で水を掛けているらしかったが、まるで役に立っていないことは、遠目にも見てとれた。女が狂ったような悲鳴をあげながら、通りを駆け抜けて行く。子供の泣き声が聞こえた。男が夜具を抱えて走って行く……。

——なんだ！　ありゃァ……。

火の上がった仕舞屋の近く、闇に沈んだ路地をスーッと白い物が横切った。……人だ。経帷子を着ていた。まさか、亡者が火を点けたわけじゃァ！　一瞬、甚十は金縛りにあったようにつっ立ったまま動けなかった。

「甚十さん、近えぜ！」

背後でヒキの助蔵《すけぞう》が怒鳴った。

そののっぺりした顔が炎を映して、朱に染まっている。助蔵は四十にちかく、ヒキの中でも肝の据わった男だったが、さすがにその顔には驚愕の表情が浮いていた。

「とにかく、店の者を起こせ」

我に返った甚十はそういったが、その必要はなかった。

慌ただしく、雨戸を開ける音や階段を駆け降りる音が店内のいたるところから起こり、女中の悲鳴や、何かが倒れる音、障子の破れる音まで聞こえてきた。

「助蔵、表戸を開けさせるな！」

甚十の脳裏に、火事のどさくさに紛れて賊が侵入するかも知れないという考えがよぎったのだ。

助蔵と甚十は表の売り場の方に走った。

畳敷の売り場と奥の帳場には、夜着姿の店の者が集まり、怯えた顔でおろおろ動きまわっていた。土間に降り、表の下ろし戸を開けようとしている者もいる。

誰が火を入れたのか、部屋の隅の行灯が、集まった者たちの顔をぼんやり浮き上がらせ、長いいくつもの影を障子に重ねていた。その長い影が、落ち着きなくうろうろと動きまわっている。

「騒ぐんじゃあねえ。燃えているのは仕舞屋だ。風は大川に向かって吹いている。燃え移る心配はねえ」

甚十は怒鳴った。

店の者から安堵のどよめきが起こる。

「念のためだ。着替えてくんな。その身形《なり》じゃあ、どうにもならねえ」

甚十の指示で店の者の大半が動きだした。いったん、自分の部屋にもどって着替えるつもりのようだ。

そのときだった。店の裏手で、雨戸を荒々しく蹴破る音がし、続いて女の甲高い悲鳴が起こった。そして、すぐに、廊下を走る荒々しい足音が聞こえてきた。

「しまった！　裏からだ」

甚十は押し込みの一団が、誰かが開けた裏木戸から侵入したことを察知した。いくつもの足音が表の土間の方にまわっている。

「二階だ、二階へ逃げろ！」

おもてに逃がす間はなかった。

賊は女子供まで皆殺しにする。店の外に逃れる前に、ほとんどが斬られるだろう。一人でも多くの命を助けるためには二階へ逃がし、上り口で敵を食い止めるより他に手はなかった。

甚十の指示で店の者は、われ先にと階段を駆けあがった。

「か、金は……」

茂蔵《しげぞう》という番頭が震え声でいった。

「帳場の金だけは、くれてやんな。蔵には、鍵がねえと入《へえ》れねえんだろう」

「はい」

「ここは通さねえ、ありったけの声で、二階から助けを呼んでくれ」

「は、はい」

甚十は無駄だろうと思った。二階から叫んだとて、火事の助けを呼んでるとしか見えないだろう。店の近くにいた岡っ引きも、今は火事場に飛んでいるはずだ。

「助蔵、呼び子だ！」

「へい」

助蔵は身体を伸ばすようにして、呼び子を吹いた。

が、その甲高い音も、外の家屋の燃え盛る音と悲鳴や近くの民家から家財道具を持ち出す音などの激しい騒音でかき消されそうだった。これだけ人声がし、表には人通りもあるのに、店内だけが孤立していた。叫ぼうが泣こうが、火事場の騒乱と叫喚の中に呑み込まれてしまう。

「ちくしょう！　これがやつらの手だ。助蔵、階段の上にいて、上っていくやつを突き落とせ。それから、二階の屋根伝いに店の者を逃がすんだ」

甚十の指示で、助蔵は戸口のそばに立て掛けてあった心張り棒を手にして階段を駆けあがった。

すぐに、七、八人の男たちが侵入して来た。いずれも黒覆面で顔を隠していたが、二本差し、袴の股立ちを取った武士の身形《みなり》だった。すでに、抜き身をひっ提げ、殺気だった目をしていた。

その武士たちの背後の闇に異様な物が浮かびあがった。甚十はギョッとした。閻魔だ！

だが、すぐに、面を被っていることに気付いた。小袖に袴姿。武士のようだ。

「やはり、鼠がいたか」

閻魔の面を被った武士がくぐもった声でいった。

「閻魔様が、押し込みかい。地獄も金詰まりのようだ」

いいながら、甚十は長脇差を抜いた。

甚十の前に立った閻魔の面の武士だけが、刀を抜いていなかった。甚十が、間合を詰めてきた左手の男に、切っ先をむけて動きをとめた瞬間だった。対峙した武士の腰がわずかに沈み、シャッ、と鞘走る音が聞こえたかと思うと、甚十の襟元が露になり、胸に血の線が真横に走った。

居合だ！

甚十は動きを止めて相手の刀を受ける危険を察知した。とっさに、左手の男の切っ先を弾くと、体ごとぶっつかっていった。甚十は長脇差の先で相手の腹を抉るように斬り、脇をすり抜けた。

甚十は腹を刺さなかった。刺せば致命傷を与えられたが、そこで動きがとまる。集団の中で斬り合うときは、動きをとめたときが斬られるときだと思っていい。渡世人同士の出入りを通して甚十が身につけた喧嘩殺法だった。

さっと甚十を囲んでいた半円が崩れた。斬られた男の傷は浅いらしく、蹲《うずくま》るように膝をついたが、腹を押さえてまた起き上がってきた。

スッと閻魔の面の武士が、間合をつめてきた。

腰を沈めたままの迅い動きだった。

わずかに、その身体が伸び上がったと見えた刹那、甚十の耳元で刃唸りがした。次の瞬間、脇腹に灼《や》けるような痛みが走った。

できる！　甚十には、その武士の遣う剣の太刀筋が見えなかった。

傷は浅くはないようだが、肋骨を砕くほど切っ先は伸びていなかったようだ。まだ、動ける。体中が熱い。甚十は獣の咆哮のような呻き声を上げながら、階段を上ろうとしていた男の背に猛然と突進した。

甚十は伸び上がるようにして、長脇差を男の首から背にかけて叩きつけた。首筋を斬り、肩甲骨でとまった刃を引いて、背中まで斬り裂いた。

血が物凄い勢いで噴出した。熱い血飛沫が、甚十の顔から胸に降りかかる。ヌルヌルと体中が血に塗《まみ》れた。甚十は渾身の力をふり絞って男を突き飛ばした。

絶叫とともに男は階段から転がり落ち、動かなくなった。

が、そのとき、甚十も背後から男の一人に袈裟に斬り下ろされていた。一瞬、全身に迅雷《いなずま》が疾《はし》ったような衝撃を覚え、すぐに灼け付くような激痛がおこった。

――どういうこってい!

頭の中は火のように熱かったが、手がぶるぶると震えていた。体の自由がきかない。体中がばらばらになったようだ。甚十は頭の奥で、斬り抜けられないことを悟った。

――ここまでのようだぜ。

甚十は呻き声をあげながら近くにいた黒覆面の男に体ごとぶち当たり、その脇腹に長脇差を突き刺した。

ググッと黒覆面の男が喉を鳴らし、白眼をむいて甚十の肩口を摑んだ。そして、甚十と抱き合うような格好で、その場にへたり込んだ。

すかさず、閻魔の面の武士が甚十のそばに腰を沈め、首筋に刀を当てて押し斬った。首の後ろの皮だけで繋がった甚十の首が、横を向いたまま転がった。斬首された瞬間、甚十の体がピクンと反り返ったが、首筋からドクドクと血が溢れ出すと、すぐに手足の痙攣は小さくなった。

すぐに、一味の一人が、甚十と腹を刺された男を押し退けて階段を駆けあがった。

その男が、ギャッという悲鳴をあげて、階段下まで転げ落ちてきた。上にいた助蔵に、突き落とされたのだ。

続いて、もう一人。切っ先を前に突き出して、這うような姿勢で階段を上り始めた。

そのとき、裏口の方から荒々しい足音がし、

「甚十、どこだ！」

という叫び声がした。

宗二郎が駆けつけたようだ。

「仲間か」

閻魔の面の武士が、入ってきた人数を探るように動きをとめた。

宗二郎の声の背後に複数の声がし、荒々しい足音が聞こえた。佐吉と勘平衛に違いない。

「多数のようだ。今夜はここまででいい。引けい！」

閻魔の面の武士が命じた。

男たちの動きは早かった。宗二郎が灯のない闇の中を探りながら、その場に足を踏み入れたときは、一味の姿は部屋から消えていた。甚十に斬られた者も、仲間が連れ去ったらしく、甚十だけがわずかな灯の中に影のように横たわっていた。

近寄った宗二郎に死魚のようなうつろな目を向けたまま、甚十の首は黒い血海の中に転がっていた。

第二章　秋乃

一

鳴海屋の二階の奥座敷に、彦根の文蔵をはじめ四人の始末人、ヒキやまわり役など総勢二十人あまりが集まっていた。

文蔵は長火鉢の猫板に肘をつき、開け放たれた障子の向こうに見える掘割沿いに植えられた柳の深緑やその先にひろがる木場の眺望に目をやっていた。柳の深緑の上空は抜けるように青い秋の空で、窓から入ってくる川風にも秋の冷たさがあった。

「だいぶ、凌《しの》ぎやすくなりましたな」

文蔵は表情のない顔で女房のお峰の淹《い》れた茶をすすると、

「甚十さんが殺られなすった」

と呟くようにいった。

一瞬、その場が息を呑んだように静まったが、事情を知っている宗二郎たちを除いたヒキやまわり役の中に動揺が走った。

文蔵はことの顚末を手短に話した後、

「まず、銀次さんから話してもらいますかね」

と部屋の隅の柱に寄り掛かるようにして視線を落としている銀次の方に顔をあげた。

「へえ……」

銀次はチラッと脇にいる小つるの方を見た。無口な銀次は人前であまり話したがらなかった。

「元締め、かわりにあたしが話すよ」

小つるが後をとった。

永林寺の出来事を、小つるがかいつまんで話した。

当時、深川芸者はいきやいなせで売ったために、競って男のような言葉を遣った。そのせいもあるのか、小つるの言葉は乱暴だ。

「それで、銀次さんの傷は」

文蔵が訊いた。

「なあに、かすり傷で」

　ボソッと銀次が応えた。

「すると、覆面で顔を隠した侍らしき男が三人、それに遊び人らしいのが五、六人てことですな」

「そうだよ」

「遊び人ふうの男たちに見覚えは」

「ないよ」

　いいながら、小つるは銀次の方に顔を向けた。銀次も顔を横に振った。

「ということは、深川界隈の遊び人じゃァないかも知れませんな」

「……元締め、おれの背中を斬ったのは、女みてえに色白で耳の大きいふやけたやつだが、腕は立つ。ありゃァ、ただの遊び人じゃァねえ。それに、さんぴんも恐ろしく強《つえ》え」

　銀次が低い声でいい足した。

「居合か」

　宗二郎が訊いた。

　丸菱屋で、甚十を斬った男が居合の遣い手であることを一緒にいた助蔵から聞いていた。

「居合じゃァねえ」

「すると、甚十を斬ったのとは別人だな」

　宗二郎がいった。

「……妙ですな。少なくとも侍が十人はいる。それに、腕のたつやつも何人か加わっているようです。……閻魔党と名乗っている一味、ただの押し込みじゃねえことははっきりしてるんだが、まるで見当がつきません」

めずらしく、文蔵の顔に困惑の表情が浮かんでいた。

「それに、張り紙のこともある。……今度は、これだ」

宗二郎が懐から何枚かに畳んだ紙を取り出して広げた。そこには、前の張り紙と同じような筆蹟で、

亡者共甦り、家々に火を放つ
是、大凶変の前兆なり
深川閻魔党、丑、参

と書かれてあった。

「それも、やはり、橋の袂に」

文蔵が訊いた。

「永代橋《えいたいばし》だ」

「元締め、深川だけじゃありませんぜ。……本所、両国にも。それに、張り紙は三日ほど前からいろんな所に張ってあったようですぜ。こりゃァ、二日前、商家の天水桶の裏の板塀に貼ってあったもんです」

つなぎ役の一人が、折り畳んだ何枚かの張り紙を広げてみせた。どれも同じような筆蹟だが、それぞれ本所閻魔党、両国閻魔党と書いてある。

「三日ほど前から……。するとと、押込みや火付けの前触れにもなってるわけですな」

文蔵は張り紙に目を落としたままいった。

「おい、その閻魔党という一味は、本所、両国にもいるというのか」

勘平衛が声を大きくした。

「そういうことになりますかな。……あるいは、町方の探索をそらせるための目眩《めくらまし》のひとつかもしれませんが」

文蔵が呟くような声でいった。

「元締め、張り紙だけじゃァありませんぜ。読売りが、深川、本所、浅草あたりまで大勢出て売り歩いてる。これですよ」

別のつなぎ役が、読売りを取り出して広げて、一同に見えるように掲げた。

火炎地獄か江戸の町、
と大書され、紅蓮の炎に包まれた町並と逃げ惑う群衆の絵が描かれ、今川町の火災や白い経帷子の仏が、墓から彷徨《さまよ》いでて火を放ったともっともらしく書かれてあった。

「人心の不安を煽り、騒乱《さわぎ》を起こすのが狙いではあるまいか」

腕を組んだまま、勘平衛がいった。

「そうかもしれませんな。……天変地異の噂も後を絶ちませんし、政治《まつりごと》にも不満が多い。ただでさえ、江戸の町には不平不満が渦巻いてますからな。ちょっとしたことで火がつきかねません」

文蔵は手にした読売りを畳に置きながら、不愉快そうに口元を歪めた。

当時一七七〇～一七八〇年代（安永《あんえい》、天明《てんめい》年間）は火山活動が活発で、安永七年（一七七八年）に三原山が大噴火し、その鳴動は江戸まで届き、その後も度重なる噴火で江戸市民も震えあがっていたのである。

しかも、三原山だけではなく、三宅島、浅間山、桜島なども活発な火山活動をくりかえし、天候不順などと重なって長期にわたり各地に大きな被害をもたらすことになる。その後の天明三年（一七八三年）の浅間山の大噴火、その後の天明の大飢饉とつながるわけだが、当時（天明一年）もその前兆はあった。

また、田沼意次《たぬまおきつぐ》が老中として権勢をほしいままにしていた時代で、賄賂政治に対する批判は政治に携わることのない町人たちの間にさえ燻《くすぶ》っていた。

「……しかし、不安を煽り世情を混乱させたとして、いったい誰が得をする。まさか、幕府の転覆を目論むなどという大陰謀が、潜んでいるとも思えんがな」

宗二郎がいった。

「しかし、彼奴《きやつ》らは本気だ。ただの押し込みだけが目的ではないぞ」

と勘平衛。

「うむ。……おれも、背後で何か大きなものが動いているような気はする」

「いったい、何を企んで、騒ぎを大きくしてるんでしょうな。……それに、なぜ、深川なんでしょう」

文蔵は、不安を煽り治安を乱すのが目的なら、深川は適した町ではないといった。

確かに、文蔵のいうとおり、深川は富ケ岡八幡宮の門前に栄える華町と、大川や小名木川の水運を生かして財を成した米問屋や材木問屋などの富商の多い地である。他の町に比べれば、華やいだ活気があり、ぼてふりや日雇いのようなその日暮らしの者にも、日銭の稼ぎやすい町でもある。

「まァ、深川が御政道にたいし、不満の狼煙《のろし》をあげるのに相応《ふさわ》しい町とは思えんな」

勘平衛がいった。

「とにかく、大変災であろうと、押し込みであろうと、鳴海屋としては、始末料を頂いている以上、お客様の身と店の安全は守らなければなりません。……甚十さんの働きで、丸菱屋さんの守りは、女中が一人斬られただけですみました。……ですが、これで始末がすんだとは思えませんし、その閻魔党とかいう一味がさらに別の店に仕掛けてくることは、まず、間違いないところ」

「そのとおりだ。それで、われわれはどう動く」

宗二郎が訊いた。

「はい、とりあえず、新たな動きがあるまで丸菱屋さんには伊平さんが、宗二郎様と勘平衛様はそのまま枡乃屋さんと吉崎屋さんに張り付いていただきたいんで。……まァ、日中襲うようなことはないでしょうから、夜だけで結構です。それから、銀次さんと小つるさんには、深川界隈の船宿、料理茶屋などに探りを入れていただきますかな。……与野屋を襲って手にした金を、そろそろ使いはじめるころあいかと思いますのでね」

「分かったよ」

小つるがいった。

「それから、賊が押し入ったときのことでございますが、十人ほどはいるようですし、中に腕利きもおるようですから、斬り合うのは避けた方がよろしいかと思いますな」

文蔵は、まず店の者を逃がすために、逃げ道を確保して置く必要があるといった。

「……主人に申し付けて、通りに通じる別の木戸を作らせてもいいし、二階から庭へ降りられる梯子を用意してもいいでしょう。とにかく、寝込みさえ襲われなければ、何とかなりましょう」

それから、文蔵はヒキやまわり役の者たちにひととおり指示を与えると、いつものように階下に手を叩いて、酒肴を運ばせた。

鳴海屋を出たところで、宗二郎は前を行く佐吉を呼び止めた。

「相手も同じ手は使わんだろう。次はどんな手でくるかだな」

「へえ」

「それに、甚十を斬った居合を遣うという男、それに、もう一人銀次を襲った武士の中にもかなりの手《て》練《だれ》がいたようだ。……簡単には始末できんぞ。かなりの大物が背後に潜んでいるような気がする」

「それにしても、相手が姿の見えない闇魔や亡霊ではどうにもなりませんな」

「佐吉、まず、亡霊を操っているやつをつきとめんとな。そこで、少し探ってもらいたいことがあるのだがな」

「何でしょう」

「居合だ。深川界隈の道場はおれがあたる。佐吉は、長屋あたりでくすぶっている食い詰め牢人のなかに、居合の遣い手はいないか、探ってみてくれんか」

「承知しました。明日からでも、さっそく……」

佐吉はそう言うと走りだし、宗二郎から離れていった。

猫足と呼ばれるだけあって、ほとんど足音をたてない。見る間に、そのずんぐりとした体が闇の中に消えて行く。

二

それは道場というより、廃屋といった方がいいようなたたずまいだった。それでも、もとは小商《こあきな》いでもしていた店《たな》だったのだろうか、住まいだけの家にしては間口も奥行も広かった。ただ、かなり荒れていて、柿葺《こけらぶき》の屋根の一部は落ち、雨戸は破れて風が吹き抜けていた。

その入口に、実貫流剣術指南、という看板がでていた。その脇に、他流試合勝手、真剣、槍《やり》、薙刀《なぎなた》、望み次第、と添え書きがしてある。

その看板の前に二人の男が立っていた。ひとりは、縦縞の着物に角帯、商家の主人らしい男と色の白い牢人ふうの男だった。

「林崎《はやしざき》様、ここでございますな」

と商人らしい男が背後の牢人を振り返っていった。

「うむ……。他流試合勝手とは、よほど腕に自信があるとみえる」

林崎と呼ばれた牢人は小さくうなずいた。

「ごめんください。……もし、誰かおられませぬか」

と商人らしき男が中に声をかけた。

しばらく間をおいて、顔を出したのは、小野惣右衛門だった。上半身裸だった。その肌がうっすらと汗をかいている。老齢らしい染の多い浅黒い肌をしていたが、両腕、胸、腰まわりに引き締まった筋肉がつき、一目で鍛えあげた体であることは見てとれた。

右手に六尺はあろうと思われる太い鉄棒を持っていた。どうやら、木刀替わりにその鉄棒を振っていたようだ。

「てまえ、日本橋で小間物を扱っております、藤木屋《ふじきや》九蔵《きゅうぞう》と申すもの」

九蔵は腰を折るように頭を下げた。

「うむ。……入門でも他流試合でもないようじゃが、後ろの御仁は」

「拙者、作州《さくしゅう》牢人、林崎藤十郎《はやしざきとうじゅうろう》と申します」

林崎は目礼した。

色白の顎の尖った男だった。歳は二十四、五。眉目秀麗、役者を思わせるような顔だちだったが、細い目には相手を射竦《いすく》めるような光があり、薄い唇が女のように赤かった。

「何の用じゃな」

小野の顔に訝しそうな表情が浮いた。九蔵と林崎の取合わせが腑に落ちなかったのだろう。

「先日、小笠原様の屋敷ちかくを偶然通りかかった大工さんにお聞きしましたおりに、小野様のお働きを目にいたしました。……近くを通りかかりましたら、こちらで道場を開いているとのこと、ぜひお目にかかりたいものと思い、こうして参上した次第でございます」

九蔵はおだやかな声でそういい、相手の顔色をうかがうように下から小野の顔を見上げた。右目の脇から頬にかけて細い傷跡があり、その傷跡のせいか、ひき攣《つ》ったように頬が歪んだ。

「わしと会ってどうしたいというのじゃ」

「商人《あきんど》のわたしから申すには、あまりに出過ぎた言い分とは存じますが、なにかお力添えできることがあればと……。いえ、正直に申しあげれば、このような道場で、わずかな方にだけ手解《てほど》きをするのでは、あまりに惜しいと思った次第なのです」

九蔵はいい難そうに言葉を詰まらせた。

「すると、おぬしは、わしのためにもっとましな道場を建ててくれるとでも申すか」

「小野様がお望みであれば」

九蔵は心底を覗くような目をした。

「うむ……。変わった男じゃな。商人とは思えぬ。……本心は、林崎どののように用心棒になれということかな」

小野は手にした鉄棒を、ゆっくりと上下に振り出した。一振りごとに太い腕の筋肉が、生き物のように動くが、顔色はまったく変わらない。普段、寸暇を惜しんで鍛えているからこそであろう。

「拙者は用心棒ではないが」

林崎は平静なまま、言葉を続けた。

「最近のことでご存じあるまいが、藤木屋どのの援助を受け、松井町で生田流《いくたりゅう》軍学の塾を開いている。軍学も武芸も、その者の都合で、道統を絶やしてはならぬと心得るが」

「生田流、軍学とな。……その腰の沈みは、居合からきたものとみるが、おぬし、何流を遣う」

小野は鉄棒の動きをとめて、林崎を見た。

「さすがに、お目が高い。……青垣弥九郎《あおがきやくろう》どのに、丹下流《たんげりゅう》居合の手解《てほど》きを受けました」

「丹下流とな。聞いたことのない流派じゃが」

「作州《さくしゅう》に伝わる土着の剣にございます」

「うむ……。商人に軍師とは、奇妙な取合わせじゃ。何か、魂胆があってのことじゃろうが、話を聞いてみるのもおもしろいかもしれぬな。……道場へ上がるがよい」

そういって、小野は踵を返すと、

「秋乃《あきの》、客人じゃ」

と奥に向かって大声をあげた。

道場の中には、一人白樫の棒を振っている人物がいた。総髪を後ろで束ねている。紺の筒袖に短袴。股立ちをとった袴の裾からでた素足が妙に白い。

小野が呼んだ秋乃という名からすると、どうやら女らしい。そう思って見ると、わずかではあるが胸の膨らみもある。

歳は十五、六なのだろうか。女にしては濃い眉、光沢のある黒い眸《め》、ひきしまった小さな唇、頰が赤く初陣に臨む果敢な若武者のような貌《かお》をしていた。

秋乃は入ってきた二人の男に、刺すような鋭い一瞥をくれ、

「父上、ここにいては邪魔か」

と男のような張りのある声でいった。

「しばらく庭で、振っておれ」

「はい」

秋乃は白樫の棒を携えたまま、足速に道場を出ていった。

「わしの娘じゃ……」

小野は目を細めて娘の後ろ姿を見送った。一瞬だがその険しい顔に、愛娘を慈しむような父親の表情がよぎった。

道場内は武者窓があり、板壁に木剣や槍、薙刀などが掛けてあったが、その他の物は何もなかった。だいぶ荒れていて、板壁は所々破れ隙間風が吹きこんでいた。ただ、床板だけは最近張り替えたとみえ、まだ新しく檜の香りが残っている。

「実貫流の継承者の心配は、いらぬということですかな」

林崎は秋乃の出ていった庭に目をやりながら、呟くようにいった。

「実貫流などどうでもよい。剣術の目的は敵を斬殺することのみ。流派などどうでもよいのじゃ」

「実戦こそ大事ということでござるか」

「さよう。……それでは、聞かせていただこうかのう、おぬしたちの用件を」

小野は、前に座った林崎と九蔵を睨むように見据えながらいった。

「先ほどお話ししましたとおりでございます。小野様の腕をこのまま埋もれさせるのはあまりに惜しいと存じまして……」

九蔵は顔色も変えずにそういったが、自分でも空々しいと感じたのか、途中で言葉を呑みこんでしまった。

「九蔵どの、小野どのには、包み隠さず正直にお話しした方がよいようです。拙者から話そう」

林崎が後をとって話し出した。

「小野どの、近ごろの世相をどうごらんになる。……巷間《ちまた》では大凶事、大変災がくると騒ぎたてているが、そうした人の心を惑わす根底にあるものは、政治《まつりごと》の不正にあるとはお思いになりませぬか。巷間に牢人が溢れ、諸色《しょしき》は値上がりし、江戸の地を一歩出れば農村は疲弊し餓死者が後を絶たぬというのに、幕府と結託した一部の御用商人だけが肥え太り、ありあまった金を色里で撒いておるという。ところが、この歪んだ世を正すべき、幕政を担う者が、老中田沼どのを筆頭に、政治《まつりごと》のすべてを賄賂《まいない》の多少によって動かしている始末。……士道は地に落ち、武芸より算盤が幅を利かせるご時世。大身の旗本から微禄《びろく》の御家人までが、金、金、金の亡者でござる。……小野どの、このような末世の世相に踊り、欲のままに狂っておる者たちをこのまま見捨てておいてよいものでしょうか。武士として、この乱れた世になすべきことがあるように思われるが……」

　林崎はむしろ淡々とした口調で語った。

　その静かなことばの一つ一つには妥協を許さぬ断固とした思いが込められ、心底に沁みこむ響きがあった。

「それで、おぬしは、わしに何をせよというのじゃ」

　小野は座したまま身動きひとつしなかった。

「されば、小野どのはまさに、剣のみならず、その生き様においても、武士の本道を貫いておられる。この腐敗した世を蘇らせるのは、小野どのの実践しておられる剣の求道と士道に生きることにあると心得る。……されば、一人でも多く、ご門下に加えていただき、実貫流を広め誠の武士を世に送り出すことこそ大事であり、それが、忠孝の道にも通ずるものと存ずるが。……濁った水を綺麗にするには、清水を注ぎ込み押し流すより他に方法はござらぬではないか」

林崎の口調は、淡々とした中にもしだいに熱をおびてきた。薄い唇が赤みを増し、何かに魅入られたような目をして真っ直ぐ小野を見つめている。

「うむ……」

小野はまったく表情を変えずに林崎の話を聞いていたが、傍らに置いた鉄棒を握りしめると、座したままゆっくりと上下に振りだした。

「わしには、かかわりのないことよのう。大変災も末世も、どうでもよい。死ぬときが来れば、潔く死ねばよい。それだけのことよ」

「されど、弟子を養成し、誠の武士を世に送りだすことも大事と心得るが……」

「心ある者は、黙っていても来る。剣を学ぼうとする者は、道場の外見などで師を選びはせぬ。道場はこれでじゅうぶん、本来、修行する者には道場などいらぬのじゃ」

小野は鉄棒を振り続けていた。首筋にかすかに赤みが差してきたが、呼吸の乱れはまったくなかった。

「このままでよいとお考えか」

「さよう」

「……誠に残念だが、いたしかたない」

林崎はそれ以上無理押しはしなかった。

自分に言い聞かせるような口調でそういった後、ふと、何か気付いたような表情を浮かべ、改めて小野を見つめた。

「ところで、小野どの、ここに実貫流の道場を開かれて何年になられる」

「三年じゃ」

「三年……。さすれば、当然、渋沢念流の蓮見宗二郎どのと有馬一刀流の臼井勘平衛どのとは手合わせされているのでござろうな」

「渋沢念流と有馬一刀流とな」

小野は鉄棒を振る手をとめて、林崎の方に顔をあげた。

「さよう、蓮見どのと臼井どのはご存じであろう」

「いや、そのような者は知らぬな」

小野は怪訝そうな顔をした。

「また、それは解せませぬな。たしか、道場の看板には、他流試合勝手とありましたが」

「挑む者あらば、得物は何であれ、相手をいたす所存じゃ」

「ならば、蓮見どのや臼井どのと仕合ってもよいように思われるが」

林崎は腑に落ちないという顔をした。

「何者じゃ、その蓮見と臼井と申す者は」

「いや、この深川、本所界隈で知らぬ者はおらぬ剣の遣い手。しかも、近頃の他流試合を禁じている撓《しない》で打ち合うような剣術とは違い、実戦を標榜している者たち、当然、手合わせは済んでいるものと思っておりましたが……」

「渋沢念流の蓮見というと、番場通りにある蓮見剛右衛門どのと所縁《ゆかり》の者か」

「さよう、蓮見道場においても右に出る者はいない腕とのことでございますが、それより、今は始末人と称し、人を斬ることを生業《なりわい》としております」

「刺客か」

小野の顔に驚きの表情が浮いた。

「いえ、刺客というより大店の用心棒といった方がよいかもしれませぬ。……しかし、恐ろしく腕はたち、挑んでくる者は拒まぬとのこと。界隈で人斬り宗二郎の名を知らぬ者はおりませぬ。また、臼井と申す者も、同じ始末人のようです」

「用心棒とな……」

小野の顔に不快の表情が浮かび、わずかに赤みが差した。

林崎はそれだけいうと、改めて姿勢を正し、

「せっかくの修行を、いらぬことで邪魔だていたしした。……ご容赦くだされ」

と深々と座礼をしてから立ち上がった。

「小野様、もし、お気が変わり、この藤木屋のことを思い出すようなことがございましたら、お声をかけてくださいませ。いつでも、お役にたちたいと存じておりますので」

九蔵は揉み手をしながらそういって、林崎の脇で腰を折った。

林崎と九蔵は道場を出ると、横川沿いの道を小名木川の方に向かって歩いた。

「なかなかの堅物でございましたな」

菊川町を出て、深川西町に入ったところで、九蔵がいった。口元にかすかな嗤いが浮いている。

「……だが、腕はいい。蓮見や臼井を斬れるのは、あの男以外にはいないだろうな」

「ところで、林崎様、丹下流居合の話は始めて聞きましたが」

九蔵は林崎の顔を覗くように見た。

「丹下流などと、あるかどうか知らぬな。青垣弥九郎というのは、むかし、はやり病で死んだ隣家の者の名よ」

「やはり、口から出任《でまか》せでございましたか」

九蔵はフフフと頬を膨らませるようにして嗤った。

「おれの素性は知られたくないのでな」

「そうですな。大事の前に、思わぬところで躓くこともありますからな。……それにしても、あの男を、わたしらの仲間に加えるのは、無理でございましたか」

「無理だな。あの男、金では動かぬ」

「しかし、娘がおりましたな。あの娘を手籠めにでもしていうことを聞かせ、父親をひっぱりこむ手もございましたでしょうに」

九蔵は林崎の方に視線をむけた。

「馬鹿なことを申せ。あの男、過ちを犯せば娘でさえ腹を切らせる。それに、下手に仲間にでも入れてみろ、こっちの首が飛ぶぞ」

「違えねえ。あの獣を飼い馴らすのは無理のようで……」

「だが、あの獣を利用する手はある」

林崎はそのために、蓮見と臼井の話をしたのだ、という。

「あれで、あの男、動きますかね」

九蔵は視線を商家の続く家並に移した。

陽射しが強いせいもあってか、通りに人影はなかった。

「動く。……あの男、渋沢念流と有馬一刀流には少なからず因縁がある。あれだけ話せば必ず牙を剝くはずだ。味方につかなければ、敵将同士で嚙み合わせる手もあるのよ」

「手を汚さずにすめば、それにこしたことはないわけで」

「戦わずして勝つ。これも、兵法のひとつ……」

林崎は端麗な顔にうすい嗤いを浮かべ、上空に顔をむけて目を細めた。その顔が夏の陽射しに白い能面のように光った。

三

深川門前仲町から大川につながる掘割沿いに、深川随一といわれる料理茶屋、和泉屋《いずみや》があった。六ツ半(午後七時)を過ぎ、軒先に並んだ雪洞《ぼんぼり》には灯《ひ》が入り、格子障子を開けた二階の座敷からは、三味線や女たちの嬌声、男たちの笑い声などが賑やかに聞こえてきていた。

その和泉屋の水を打った玄関先に、町駕籠が二丁着いた。すぐに、格子戸が開き、角帯に黒羽織という一見して大店の主人らしい男が、二人の女に挟まれるようにして出てきた。でっぷり太ったその男は、だいぶ酒に酔っているらしく熟柿《じゅくし》のように顔を赤くし、足元をふらつかせていた。二人の女はその男の馴染みの芸者なのか、何か卑猥な冗談を浴びせながら、下卑た笑い声をあげている。

男が駕籠に乗ると、どういうわけか、送って出た女の一人がもう一丁の駕籠に乗り込んだ。あるいは、馴染みの女を連れて近くの船宿から船遊びにでも出るつもりなのか……。まだ宵の口で、深川の夜の街は、動きだしたばかりではある。

男と女を乗せた二丁の駕籠は、門前仲町の掘割沿いを走り、大川方面に向かっていた。蛤《はまぐり》町から中島町へ進むにつれ町並もとぎれ、町家もまばらになって通りの闇が増したように感じられた。闇の中で揺れる二丁の駕籠の先につけた小田原提灯が光を増し、掘割の水面を渡ってくる風も強くなる。

掘割沿いに柳が植えてあった。巨大な総髪のような樹影が、駕籠の行く通りを包んでいた。

その柳の陰から、ぬっと真っ白い物が現れ、駕籠の行く手に立ち塞がった。人だった。白衣で身を包んでいる。黒覆面で顔を隠していたが、武士らしい。白装束は経帷子のようだった。肩口から背にかけて経文が書かれてある。

ギョッとして足をとめた駕籠かきは、駕籠を置き前に突き出すように手を合わせた。

「……お、お助けを」

「そうはいかぬ。おれは、あの世から迷い出てきた亡者よ……」

いい終わらぬうちに、白装束の男は刀を抜いていた。

悲鳴を上げながら逃げる駕籠かきの一人を追いすがりながら、袈裟に斬り落とすと、駕籠かきの首が傾《かし》げ、血が噴き上がった。ビュッという噴出する血の音をさせながら、駕籠かきは闇の中にのめった。

白装束の男は逃げる三人の駕籠かきは追わず、駕籠から転がり出てきた商家の旦那風の男の正面に迫り、恐怖に目を剝いて立ち竦《すく》んでいる男の腹を薙ぐように払うと、羽織と小袖が横に裂け、どろッと臓腑が溢れ出た。腹を斬られた男は蟇《がま》のように顔を歪め、断末魔の悲鳴を上げながらぐずぐずと膝から闇の中に崩れ落ちた。

もう一人、後ろの駕籠から逃げ出した女が、泳ぐように闇の中を逃げていた。

その女を、白装束の男が追う。

すぐに背後に追いつくと、そのまま刀を横に一閃させた。

走ったまま、女の首が闇に飛んだ。黒く、やけに大きい頭が一瞬提灯の灯《ひ》に浮き、闇に呑まれる。悲鳴も呻き声もなかった。首根から血を噴きあげながら女は、袖を振り着物を闇に絡ませるように倒れた。

駕籠の担ぎ棒の先にさげた提灯がゆらゆら揺れ、辺りをぼんやり浮かびあがらせていたが、闇に沈んだ死体は見えない。ただ、濃い血の臭いが風の中に漂っているだけだった。
男の経帷子はどす黒い血に染まっていた。男は女の死体のそばに屈みこみ、着物の袖で、刀の血糊を拭うと刀を鞘に納めた。
男は黒覆面を取ると、ゆっくりとした足取りで放置された駕籠のそばを歩いた。三十半ばの武士だった。提灯の灯に浮かび上がったその武士は暗鬱な顔をしていた。がっしりした肩に顎の張った顔、いかにも意志の強そうな風貌の持ち主だったが、死人のように目が冷たかった。
和泉屋の主人、新左衛門《しんざえもん》が鳴海屋を訪ねたのは、翌日の四ツ（午前十時）前だった。おっとりした新左衛門には珍しく、昂《たか》ぶった声を出した。
「鳴海屋さん、辻斬りには違いないのですがね。あたしの店を狙ったのも確かなことなんですよ。見てください、これを」
新左衛門が広げた紙には、
亡者甦り、ほとほと闇夜を歩き
田沼よりいでし、悪商を誅殺す
深川閻魔党、戌《いぬ》、参
と書かれてあった。田沼とは田沼意次のことで、幕閣と豪商の癒着に対する皮肉も込められているのであろう。

「それが、どこにありました」

「あたしの店の立看板の下に、小石を重しにして置かれていたのを今朝方見つけまして」

「それで、殺されたのは、和泉屋さんを出た後で」

文蔵も店まわりの者の知らせで、木場の材木問屋、金田屋《かねだや》の主人、作兵衛《さくべえ》と和泉屋の抱えの芸者、勝枝《かつえ》が何者かに斬り殺されたことは知っていた。

「そうなんですよ。何でも、逃げ帰った駕籠かきの話によると、墓の中から抜け出てきたような経帷子を着ていて、あの世から迷い出てきた亡者といったそうですよ」

新左衛門は蒼ざめた顔で身震いした。

「まさか、自分で名乗る亡者もおりますまい」

文蔵は辻斬りだろうと思った。

おそらく、与野屋や丸菱屋に押し入ったのと同じ閻魔党の仕業だ。押し込みに火付け、そして、次の手が辻斬りというわけだ。

「鳴海屋さん、作兵衛さんはうちの上得意でしたし、勝枝は一番の売れっ子だったんですよ。……それに、今後もこのようなことが続くような気がしましてね」

新左衛門はすがるような目で文蔵を見た。

「町方も動いてるんでしょうな」

「そりゃあもう、今朝っから、重吉親分が二度も顔を出しましたよ。……でも、頼りになりゃあしません。与野屋さんと丸菱屋さんの下手人もまだなんでしょう」

重吉というのは、門前仲町を縄張りにしている岡っ引きの一人である。

「それで、和泉屋さん、どうしたいとお考えで……」

文蔵は煙草の火を点けながら訊いた。

「勝枝の敵を討って欲しいなどとは申しません。店に押し入ったり、抱えの女が斬られるようなことがなければそれでいいんで……」

「この始末は、簡単にはつきません。別途に始末料をいただくことになるがそれでもよろしいですかな」

文蔵は穏やかな顔でそういい、無表情のまま煙草の煙を吐いた。障子に差した陽を受けて、額が薄く光っている。

「……承知しております」

「閻魔党はただの盗人一味とは違います。情け容赦なく皆殺しにする武家の集団のようですし、なまなかなことでは守りぬけませんな」

じろりと文蔵は新左衛門を見た。始末人の元締めらしい鋭い目だった。ここにきても、文蔵には値組みをつり上げようとするしたたかな魂胆があるようだ。

「鳴海屋さん、いかがでしょうな、百両では」

「百両、……結構ですとも」

新左衛門は顔をこわばらせたままうなずいた。

「では、この始末、たしかに、鳴海屋がひきうけました」

文蔵はすぐに店まわりの者を差し向けると約束した。腕のいい始末人を差し向けると約束した。

新左衛門が帰ると、鳴海屋に残っているまわり役の一人を和泉屋に向け、他の一人を宗二郎の元に走らせた。

半刻《とき》(一時間)ほどして、宗二郎と佐吉が鳴海屋に顔を出した。寝ているところを起こされたらしく、宗二郎は鬢が乱れ、眠そうな目をしていた。

「文蔵どの、おれは枡乃屋で夜通し起きて、押し込みに備えておるのだぞ。そう朝早くに呼び出すな」

宗二郎はふくれっ面《つら》をしていった。

「それは、それは……。しかし、もう、昼になりますよ。朝餉《あさげ》もまだでしょうから、何か旨いものを作らせますよ」

文蔵は目を細めて、口元に笑いを浮かべながらいった。

「それで、元締め、呼んだのは昨夜《ゆうべ》の辻斬りの件で」

佐吉が訊いた。

すでに、佐吉たちにもその噂は耳に入っているようだ。それだけ、亡者の横行に住民は敏感で噂がすぐに伝播するということだろう。

「はい、和泉屋さんから新たな依頼がありましてな。……今度は辻斬りを始末することになりますかな」

「おれには無理だな。……枡乃屋から離れられん」

宗二郎は欠伸《あくび》を嚙み殺した。

「蓮見様、これから先も、このまま枡乃屋に張り込んでいられましょうかな。それに、辻斬りはこれで終りではありますまい。……この深川には、和泉屋さん以外にもたくさんの料理茶屋がございますし、船宿、切見世などからも月々の御守料をいただいております。始末を依頼されれば、手が足りないと断るわけにはまいりませんのでね」

文蔵の口元から笑いが拭ったように消えた。

「しかし、掛け持ちというわけにはいかんぞ」

「いかがでしょう、蓮見様、守りではなく、こちらから攻めては」

「攻める」

「はい、向こうはあの手この手でいくらでも仕掛けることができます。こうなると、依頼された店に張り込むのは、どだい無理なんですよ。……いっそのこと、相手の動きを予測して、こちらから攻撃したらどうでしょうな」

文蔵は辻斬りの出そうなところをまわり、現場を押さえて斬るより他に手はないだろうといった。

「門前仲町から佐賀町にかけた通りを蓮見様に、平野町から今川町にかけた仙台堀沿いを臼井様にまわっていただければ、間違いなく辻斬りと顔を合わせることになると思いますな。むろん、佐吉さんや弥助《やすけ》にはヒキとして一緒にまわってもらいますが、相手によっては呼び子を吹いて、町方を呼んでもいいでしょう」

弥助というのは、勘平衛と組んでいるヒキである。

「いいだろう。少々、枡乃屋に張り込むのも肩が凝ってきたのでな」

宗二郎は承知した。

「和泉屋さんの始末料の方は、臼井様と折半ということで、お払いいたしますよ」

文蔵はそういうと、階下に手を叩き、お峰を呼んで宗二郎と佐吉のために料理を運ばせた。

四

富ケ岡八幡宮の門前に栄えた門前仲町は、吉原に次ぐ色街で岡場所である茶屋、切見世などが軒を連ね、眺めのいい掘割沿いには船宿や料理茶屋などが建ち並んでいた。

陽が落ちても、繁華街は人通りが絶えず、無数の雪洞や提灯などが通りを浮き上がらせるように華やかな灯《ひ》を落としている。

まさか、人通りのある場所に、経帷子に身を包んだ辻斬りも現れるまいと思い、宗二郎と佐吉は門前仲町から少し外れた寂しい通りを選んで歩いた。

「旦那、亡者は出ますかね」

佐吉が並んで歩きながらいった。

「でるな。……どうも、やつらは大店を目の敵にしているようだが、まだまだ深川には大物屋などとは桁の違う大商人だ。そのうち、そいつらを狙ってくるはずだ」

　深川は大川の河口にあり、九十九里や銚子の漁場も近い。河岸に倉庫を並べている油問屋の大店は、肥料としての需要の高い干鰯魚や魚油を関東地方の農村に送って財を成したのだ。


が残っている。米問屋、材木問屋、それに干鰯魚《ほしか》、魚油《ぎょゆ》などを扱う油問屋だ。与野屋や枡乃

「閻魔党などと名乗ってますが、いったい、どういう連中なんでしょうね。……ただの押し込み一味ではないようですし、お侍が多いというのも気になりますな」

「おそらく、食い詰め牢人か貧乏御家人の冷や飯食いが徒党を組んだものだろうが、そいつらを束ねているやつは、ただ者ではないような気がする」

　宗二郎は銀次を襲った武士や居合の遣い手が集団を率いているような気がしたが、背後にはもっと大物が潜んでいるような気がしていた。

　残忍で凶悪な集団だが、みごとなほどに統率がとれている。しかも、己の犯行を貼紙で知らせているが、ただの誇示や威嚇ではない。地震、噴火などの天変地異を持ち出し、世情の不安を煽りたてているのだ。背後に、何か押し込みとは別な大きな陰謀が潜んでいると当然思うだろう。

　門前仲町から蛤町を通り、八幡橋を渡って中島町へ入ると町家はまばらになり、通りは急に寂しくなる。この辺りまでくると大川も近く、川面を渡ってくる風に秋冷の感を強くさせられる。

「だいぶ、涼しくなりましたな」

佐吉は襟元を合わせながら呟くようにいった。

「寒いくらいだ」

宗二郎は懐手をして歩いていた。

二人の前方、半町ほど先に二つの提灯の灯があった。蛤町の料理茶屋から出てきた二人連れで大川方面に行くつもりらしく、前方を何か声高に喋りながら歩いていた。風に流されて聞こえてくる二人のやりとりから、二人とも商家の主人らしいことが分かった。

何か寄り合いでもあったのか、だいぶ酔っているらしく、足元を照らす提灯がふらついている。

掘割沿いに、丈高の雑草が茂り数本の雑木が土手に枝を張っている寂しい場所があった。その雑木のそばに、何か白い物がぼんやりと浮き上がったように立っているのを、宗二郎は目にした。

「佐吉、出たぞ、亡霊が」

いいながら、宗二郎は駆け出していた。

佐吉も後に続く。

前方で、ギャ、という悲鳴があがり、提灯の灯が一つ闇に掻き消えた。呻き声と叢《くさむら》を掻き分けるような音がした。

もう一つの提灯の灯が闇の中に糸を引き、小刻みに揺れている。襲われた一人が逃げようと、走り寄る宗二郎たちのほうに駆け寄ってくるようだ。ばたばたと草履の音がし、慌てふためいて逃げる黒い影が、揺れる提灯の灯に映し出された。

その黒い影の背後に、白装束の男が迫っていた。逃げる男の背後の闇を斬ったように、白装束の男の刀が一閃した。

その瞬間、フッと足音が消えた。次の瞬間、ヒュッと黒い首が夜闇に飛ぶのがかすかに見えた。首のない男が前のめりに倒れる。地面に落ちた提灯がボッと燃え上がり、横たわった首のない男の体と一間ほど先に転がった首を浮かびあがらせた。

宗二郎は走りながら抜刀していた。

その足音に気付いた白装束の男はむかえ討とうと、刀身を背後に引いて脇に構えた。脇構《わきがま》えは刀身を引くことから一見防御の構えに見えるが、強い攻撃心を内に秘めた陽《よう》の構えである。白く浮き上がった男の身体に、相手の出方に応じて一撃必殺の太刀をくりだす気迫と威圧が漲《みなぎ》っている。

燃え上がった提灯の灯は細くなり、斬られた二人の男は闇のなかに沈むようにその姿を埋没させた。血の臭いが辺りに漂っている。

刀身がほの白く揺れていた。

「辻斬りか」

宗二郎の問いに男は無言だった。

武士らしいが、経帷子に顔も白布で覆面しているため人相風体は分からない。痩せた男だが、意外に首筋は太く、袖から出た腕にも引きしまった筋肉がついていた。それに、目が鋭く、凍りつくような冷たい光を放っていた。

どのような剣を遣うのか不明だが、居合でないことだけは確かだった。

「始末人、蓮見宗二郎、おぬしの名は」

宗二郎は青眼に構えた。

間合はおよそ二間ほど。相手が刀身を背後に引いているため、間合を見切るのが難しいが、まだ、一足一刀の間境に踏み込んではいない。

「……江戸の闇に彷徨《さまよ》っている亡霊よ」

くぐもったような声だった。

白装束の男が送り足で半歩間合をつめたとき、宗二郎は相手の背後に潜む何人かの気配を感知した。どうやら仲間がいたらしい。四、五人いる。闇の中にぼんやりと見える姿は武士らしいが、皆黒覆面で顔を隠している。摺り足で、宗二郎とその背後にいる佐吉を取り囲むように動いている。武士たちの白い目が薄く光り、闇の中には強い殺気が充満していた。

「佐吉、逃げろ」

宗二郎が怒鳴った。

「へえ、でも、あっしも一人ぐれえなら」

斃《たお》せるというのだ。すでに、佐吉も匕首を抜いていた。

「邪魔だ。こいつらはおまえの相手じゃあねえ」

背後に潜んでいた連中の腕まではわからないが、白装束の男が尋常の遣い手でないことだけは確かだった。

佐吉を視野に入れながら闘うことはできない。佐吉の遣う匕首では、刀を持った武士を相手にするのは難しいはずだ。

「分かりやした、それじゃあ、ちょいと離れて」

そういうなり、佐吉はパッと背後に跳んだ。そのまま猫が跳ぶような迅さで闇の中を走った。

背後にまわった武士たちは、佐吉を追わなかった。その足の迅さに追うのを諦めたか、はじめから宗二郎だけを狙っていたのか。

宗二郎は渋沢念流の風走《かぜばしり》をつかった。風走は夜闇の中で、集団を相手に斬り合うのに適した技だった。技というより、体捌きか動きといった方が合っているかもしれない。静止せず、一陣の風のごとく走り寄り一刀で斬り倒し、次の相手に向かう。動きが止まらないように、袈裟に斬り落とした太刀はそのまま次の相手に下段から斬り上げるように遣う。

白装束の男が、一足一刀の間境を越えた瞬間、鋭い踏み込みで、袈裟に斬ってきた。宗二郎はその太刀を弾きながら斜めに走り、白装束の男の背後にいる男に八相から斬りつけた。牽制も相手の太刀を払うこともせず、真っ向から身を寄せた。

宗二郎の予期せぬ動きに男は狼狽し腰が引けて、一瞬身体が硬直したように動きがとまった。

宗二郎はその虚を衝《つ》き、斜めに切っ先を撥ねあげるように首を斬った。落首させるほどの深い斬り込みではなかった。首の血脈が切れ、血がピュッと噴いた。男は首筋を押さえたまま蹲《うずくま》った。その指の間から血が噴く。男は絶叫した。

白装束の男が、宗二郎の動きに合わせて背後に迫っていた。

深く太刀を振れば、切り返す二の太刀が遅れる。宗二郎は振り返りざま、返す刀で白装束の男の胴を薙ぐ太刀を受けたが、一瞬、体勢が崩れた。凄まじい太刀筋だった。思わず、背後に二、三歩足を次いで引いたところへ、白装束の男が一気に迫ってきた。

白装束の男の袈裟に斬り上げた切っ先が、宗二郎の脇腹をかすめる。着物が裂け、腹に血の線が走った。

宗二郎は横に跳んだ。

すかさず、宗二郎の左背後に位置した武士の一人が短い気合を発して上段から斬りこんでくる。宗二郎は身を反転させたが、受ける余裕がなかった。斬りこんできた男の足元に倒れこみながら、足を払った。

切っ先が骨を斬った。

太腿のあたりを切っ先で深く抉られた男が、自分の足を抱えるように蹲った。宗二郎の刀が片足の骨を断ったのだ。

呻き声を発しながら、男は叢を這う。

宗二郎は、そのまま叢の中で一回転し立ち上がると、白装束の男から逃れるように反対側の男の方に猛然と突進した。

一団を斬り倒すことはできぬ、と宗二郎は承知していた。白装束の男の腕は予想以上だった。それに、他の男たちも相応に斬り合いの場数を踏んでいるらしく、怯えや恐れがない。風走も集団で襲うことに慣れた相手に、そう効果はないのだ。一太刀浴びれば、ずたずたにされる。助かる道は、囲みを破って逃げることしかない。

宗二郎は正面に対峙した男の斬りこんでくる太刀を弾くと、そのまま男の脇をすり抜け土手沿いを走った。

猛然と、二、三人の男が背後から追ってきた。白装束の男が動かないのを気配で感じた。宗二郎が走ったのは、佐吉の逃げた方向だった。道の先に幾つかの提灯が見えた。続けて呼び子が鳴る。どうやら佐吉が、近くで行き合わせた町方の者を連れて引き返してきたようだ。

背後から追ってきた男の足音が、ふいにとまった。ザワザワと獣が叢を掻き分けるように音が遠ざかっていく。どうやら助かったようだ。

五

「どうしたんだい、この傷は」

走り寄ってきたおさきは、宗二郎の腹の傷を見て蒼くなった。

「なあに、たいした傷ではない。おさき、悪いが晒《さらし》を持ってきてくれ」

ゑびす屋の奥の座敷に腰を落として、宗二郎は切られた着物を脱ぎ、上半身裸になった。傷は五寸ほど。出血は激しかったが、内臓までは達していないらしく、宗二郎の顔色も悪くはなかった。

喜八がおさきの肩口から覗きながら、

「おさき、酒も持ってきな。傷口を洗って、晒を巻いておけゃあ、でえじょうぶだ」

豆腐でも切っていたのか、両手が濡れ、包丁をぶら下げている。細い目をしょぼしょぼさせているが、言葉には断定的な響きがあった。

おさきはすぐに立上がり、住まいにしている二階へ駆け上がると、晒と貧乏徳利に入れた酒を持ってきた。

佐吉が宗二郎の傷口に酒を流して洗うと、おさきが怒ったような顔をして晒を巻きだした。

「いったい、誰にやられたんだい」

「……誰って、亡霊だ。あの世から迷い出たのよ」

おさきは驚いたように手を止め、宗二郎の顔を改めて見直して、

「今、世間を騒がせてる、あの亡霊かい」と訊いた。

「そうだ。徒党を組んでやがった」

おさきは、また手を動かし、晒を巻きながらいった。

「だから、あたしがいつもいってるだろう。始末人などといって、危ないことばっかりしてるからこういうことになるんだよ」

「おさき、始末人をやってたから、これくらいの傷ですんだのかもしれんぞ」

おそらく、相当腕の立つ者でも実戦の場を多く踏んでなければ、あの場は逃れられなかっただろうと宗二郎は思う。

夜闇の中で、相応の腕の者に集団で襲われたら、まず道場で木刀や撓を振り回す剣法など役にたちはしないのだ。

そのとき、ふいに、佐吉が土間のある方へ首をまわして、

「旦那、だれか来たようですよ」

といって、宗二郎の方を振り返った。

佐吉のいうように、店の入口近くで声がした。店の者を呼んでいる客ではないようだ。宗二郎の耳には、訪いを乞う、嗄《しわが》れ声が聞こえた。

喜八が慌てて障子を開けて座敷から出ていった。

「蓮見様、妙な侍が来てますぜ」

戻ってきた喜八は細い目を瞠《みひら》いて、驚いたような表情を浮かべていた。

「白装束か」

宗二郎はさっきの集団が追ってきたかと思った。

「いえ、それが、乞食侍のような身形《なり》でして……。それもかなりの年寄りで」

喜八がそういったとき、入ってきた後ろの障子が開いた。

粗末な衣装の老武士が立ったまま、

「蓮見宗二郎というのは、そこもとか」

と真っ直ぐ宗二郎を見据えて訊いた。

「いかにも。……おぬしは」

宗二郎は目の前に立った男の姿にただならぬものを感じた。野伏せりを思わせるような風貌だが、ゆったりした自然体の中に凡庸を寄せ付けない威風堂々としたものがある。かなりの年寄りで、総髪は白く、露出した顔や腕の皮膚には老人特有の染みも目だったが、身体はひきしまり、無駄のない筋肉で包まれていることが見てとれた。

「小野惣右衛門直義《なおよし》、本所菊川町で実貫流の道場を開いておる」

小野は宗二郎の住む甚助店を訪ねたが、留守だったので、長屋の者にこの店のことを聞いて来たといった。

「……して、なに用でござるかな」

実貫流の名は聞いた覚えがあった。その名のごとく極めて実戦的な剣法であることも知ってはいたが、小野のことは知らなかった。

「おぬしの遣う渋沢念流との手合わせが所望じゃが……」

小野は宗二郎の腹に巻いた晒に目をやり、今すぐというわけにもいかぬようじゃな、といった。

「おれと仕合うだと」

宗二郎は驚いたようにいった。

小野という老人が、相当の遣い手であることは隙のない自然体からも察知できたが、今の宗二郎には、剣の修行のために立ち合う気持などなかった。

「すぐでなくともよい。その傷が癒えたら、菊川町のわしの道場に来るがよい」

そういうと、小野は宗二郎の応えも聞かずに踵を返した。

「待て、おれはおぬしと仕合うつもりなどない」

老人の背に宗二郎がいった。

「そちらになくとも、こっちにはある。渋沢念流にな」

「どういうことだ」

小野は足をとめて振り返った。

「おぬし、渋沢念流を遣うが生業は用心棒と聞く。そのように、殺人剣を持って生きる者ならば、挑まれて逃げることはできまい」

「…………」

「抜かぬとあらば、その剣を捨てよ」

何を思ったか、小野は飯台の上に片付けずにあった小皿の上に右の掌を置くと、体重をかけてぐいと上から押した。瀬戸物の小皿がバリッと音をたてて掌の中で砕けた。

小野は顔色ひとつ変えず、掌についた小皿のかけらを両手で拭うようにしてパラパラと落とした。

「……！」

宗二郎は驚愕した。

腕力もさることながら、その掌が無傷であり、足裏のように皮膚が硬くなっているのを見てとったからだ。撓だこだ。尋常の鍛え方ではここまではならない。

「待っておるぞ」

小野はそういうと、スタスタと出入口の方に歩きだした。

「なんなんです、あの爺《じい》さん」

佐吉が細い目を瞠いて、呆れたような口調でいった。

「あやつこそ、本物の鬼かもしれぬぞ……」

宗二郎は悠然と去っていく小野の背を見送りながら呟いた。

六

その夜、宗二郎はめずらしく飲まずに、おさきのつくってくれた茶漬けだけを食って長屋に帰った。

翌日、日が上ると、宗二郎は北本所にある蓮見道場に足を向けた。腹の傷の痛みはあったが寝ているような傷でもなかったし、小野という老剣客のことが気になったのだ。父の剛右衛門に訊いてみるつもりだった。

　夜盗や辻斬りの仲間とは思えなかったが、このまま放っても置けなかった。父の剛右衛門は、道場の敷地内に建てた小さな離れで寝起きしていた。

　剛右衛門は老齢を理由に蓮見道場を長子であり、宗二郎の兄でもある藤之介に任せた後
　宗二郎は庭に続く木戸門を潜ると、道場へは寄らずに父のいる離れに直接足を運んだ。

　剛右衛門は庭に面した小さな縁側で一人茶を飲んでいた。小袖に袖無し羽織、草履履きで庭の草木に目をやっている。

　庭の柿がわずかに色づき、梅や柘植《つげ》の葉の緑にも照り輝く夏の勢いがなかった。くっきりとした縁側の陽だまりにも秋の気配が感じられる。露に濡れた叢から、糸を引くような細い虫の声がしていた。

「宗二郎、めずらしいではないか」

　剛右衛門は茶碗を持ったまま目を細めて宗二郎を迎えた。

　鬢も髷も白くなり好々爺といった顔付きだが、がっしりした肩や背筋をしっかり伸ばした姿には剣客としての風貌が残っていた。

「父上は、実貫流、小野惣右衛門どのをご存じでしょうか」

　宗二郎は父の脇に腰を落として、訊いた。

「小野惣右衛門……。よく知っておる。まさに、剣豪というに相応しい男じゃ」

剛右衛門の細い目が開いた。

剛右衛門の話によると、小野は小石川に屋敷を持つ旗本、千石の大身小野右京亮《うきようのすけ》の二男として生れ、幼少の頃から、父の考えに従って、剣術、居合、槍術、柔術、馬術など武芸全般を学び、最後に実戦を重んじる実貫流の長沼茂兵衛《ながぬまもべえ》に師事して印可を得たという。

「惣右衛門の修行が人並み外れておってな、戦時に臨んで遅れをとらぬようにと、衣服は粗末な木綿だけ、足袋もはかず、板の間にごろ寝して身体を鍛えたという。さらに、寸暇を惜しむあまり、書を読みながらも床を叩いて掌を鍛えたり、腕力をつけるために、歩きながら鉄棒を振ったりしたそうじゃ。……かなりの年じゃが、今でも酒も茶も飲まず水だけ、玄米と味噌、香の物だけの粗食を通しているというから凄い男じゃ」

剛右衛門が立ち上がって、庭を歩き出した。

庭といっても狭い所で、三十坪ほどの場所に梅や松、柿などの庭木が植えこんであるだけだ。その足音に驚いたのか、いったん虫の声がやんだが、剛右衛門の足がとまると、待っていたようにまた鳴きだした。

「その小野家は、現在だれが継いでおられます」

「右京亮様の嫡男の、有慶《ありのり》様じゃ。……その兄は、現在幕府御目付の要職にあると聞いておる。惣右衛門も望めば、相応の役職は得られように、まったく、栄達など眼中にないようじゃ」

「見掛けどおりの、硬骨漢ってわけですか」

「老いても、己の一念を曲げようとせぬ。……だが、あの巌《いわお》のような男も一つだけ禁を犯した」

剛右衛門が足をとめ、宗二郎の方を振り返った。その顔に愉快そうな微笑が浮いている。

「と申しますと」

「女じゃ。女は修行の妨げになると寄せ付けなかったはずなのに、こともあろうに、通っていた道場の近くに住む大工の棟梁の娘に夢中になってな、その女を孕ませおった。それも四十を過ぎてからじゃ。それで、家を出て所帯を持ったのだが、食っていけない。娘の父親の助けで、道場を開いたが、己が学んだ通りの修行を門弟に強いるので、誰もよりつかない。……そのうち、娘が生れたが、母親の方は産後の肥立ちが悪かったのと貧乏暮らしがたたって、亡くなったそうじゃ。今も、その娘と二人で小石川の方で、流行《はや》らない道場をやりながら暮らしているはずじゃがな」

剛右衛門は両腕を突き上げるようにして、軽く伸びをした。

「その小野どのに、昨夜、仕合を挑まれました」

「ほう」

剛右衛門は宗二郎の方にゆっくりと歩を進めながら、驚いたような顔をした。

「なんでも、本所菊川町に実貫流の道場を開いているとのこと。そこに来るよういわれました。……少なからず、渋沢念流に遺恨のあるよう、聞きとりましたが」

「あやつ、まだ、当時のことを根に持っているというのか。すでに、二十年は経つが……」

　宗二郎のそばに腰を落としながら、剛右衛門は呆れたような顔をした。

　剛右衛門の話によると、当時長沼茂兵衛の門弟だった小野は盛んに各地の道場に出向き、他流試合を挑んだという。

「わしのところへも来てな。他流試合は遺恨を残すという理由で断ったが、どうあっても帰らぬので、撓なら、ということで立ち合《お》うた。……結果は、三本のうち、わしが二本取った」

「すると、当時、父上に負けたことを根に持って」

「違うな。当時、わしも勝ったと思わなかったし、惣右衛門の方も負けたと思わなかったはずじゃ。……二人の剣が違っておったのじゃ。小野の剣は一撃必殺の斬殺のための剣、一振り、一振りに渾身の力が込められておった。おのずと、道場で行う撓の迅さの勝負では遅れをとることもあるが、真剣なら、まず負けることはない。わしは、惣右衛門の剣の激烈さに、二本は取ったが、勝ったとは思えなかった」

　小野はなおも木刀での勝負を望んだが、剛右衛門は固辞したという。

「木刀も真剣と変わらぬ。わしは、剣法を究めんとするは、人を斬るためだけにはあらず、そういって、引きとってもらったのじゃが、本心は、実貫流は真剣でなければ本領を発揮できぬ剣。木刀の次はかならず真剣となり、真剣となれば、わしら二人だけでとどまらず道場間の遺恨も残すと考えてな」

　剛右衛門はどうあっても応じなかったという。

「そのような相手と、仕合うわけにはまいりませんな」

勝てぬ相手に自ら挑んでいたら、命がいくらあっても足りぬ。敵《かな》わぬ相手には逃げるが勝ち。それが、宗二郎が始末人として身につけた処世術でもあった。

「そうよな、しかし、あれほどの傑物、この機を逃したら二度と手合わせはできまいな。それに、惣右衛門もだいぶ丸くなったようではないか」

剛右衛門は目を細めて、口元に笑いを浮かべた。

「しかし、勝てぬと分かっている相手に、挑むほど愚かではないつもりですが」

「のう、宗二郎、惣右衛門は道場に来いといってるのではないのか。何も、真剣や木刀で立ち合う必要もあるまい。あやつの道場には、得物は勝手次第と看板が掛かっていると聞くぞ。撓でも構わぬということではないか。……あれほどの剛剣、二度と手合わせはできぬぞ。宗二郎、仕合うのではない、稽古をつけてもらうのじゃよ。……そうか、宗とあの石頭がのう」

剛右衛門は愉快そうに声をあげて笑った。

その声に驚いたわけではないのだろうが、植え込みの隅の南天の葉にとまっていた塩辛《しおど》トンボがすいと飛びたって庭を離れ、枝折り戸の方へ去っていった。

七

それから四日ほど秋の長雨に降り籠められ、宗二郎は甚助店と枡乃屋を行き来しただけで出歩かなかった。その四日の間に小さな地震があったぐらいで、押し込みや辻斬りもなく平穏に過ぎた。

佐吉は富ケ岡八幡宮の二の鳥居付近で、居合の見世物をしていた秋吉《あきよし》という牢人の行方を追っているらしかった。佐吉も顔を出さないところを見ると、秋吉のその後の足取りはつかめていないのだろう。

雨があがった翌朝は、抜けるような晴天だった。陽射しはまだ強かったが、吹く風の中には秋の冷気があった。今夜あたりは気の早い月見客で、洲崎辺りは混み合うのかも知れない。

宗二郎はゑびす屋に顔を出し、おさきに茶漬けをつくらせて空きっ腹をなだめると、菊川町に足を運んだ。

腹部にまだ晒は巻いてあったがほとんど痛みはなく、動いても出血するようなことはなかった。

この四日の間、宗二郎は腹の傷が治ったら、父のいうとおり、惣右衛門と撓を交えてみたいと思うようになっていた。何となく、惣右衛門の一徹さに好感を持ったし、一人の剣客として実貫流に対する興味もあった。

惣右衛門の道場は、菊川町の竪川《たてかわ》通りの表店から路地を入った薬問屋の土蔵の裏手にあった。日の射さないじめじめした所で、降り続いた長雨のため、建物の周囲にはいくつも水溜まりができていた。

道場もひどいものだった。玄関の脇に実貫流指南の板看板が出ていたが、それがなければ廃屋と見間違うほど荒れていた。

宗二郎は玄関口に立つと、

「頼もう、どなたかおられぬか」と声をかけた。

道場内はしんとして人声も物音もしなかった。玄関先を覗くと、破れた雨戸から雨が吹き込んだらしく、狭い玄関の土間にも水が溜まっている。

留守か、と思い、踵を返そうとしたとき、トットッと床板を踏む足音が聞こえ、紺の稽古着に短袴姿の若者……。一瞬、宗二郎は男と思ったのだが、どうやら女らしい。まっすぐ見つめた黒い眸《め》や小さな唇、それに胸の膨らみや腰の線などに女らしさがあった。目の前の素足の指先や踝《くるぶし》も白く、娘らしい小さなものだった。

「せっ、拙者、蓮見宗二郎と申す者、小野惣右衛門どのはご在宅か」

口ごもりながら、宗二郎は慌てていった。

「留守じゃ」

娘は男のような、しかも尊大な口の利き方をした。

「さようか、それは残念」

宗二郎は女に笑顔を向けた。

まだ、十五、六だろうか。まだ顔付きは少女だが、総髪を無造作に後ろで束ね、男のような身形《なり》で尊大な口を利く娘に、惣右衛門の顔が重なって急におかしくなったのだ。

「なに用じゃ」

「い、いや、用というほどのことはない。留守なら、出直そう」

そういって、宗二郎が踵を返すと、背後から、待たれよ、と娘が声をかけた。

「蓮見どのは、当実貫流に御用があって参られたのではないのか」

「……まァ、そうだが」

宗二郎は娘の方に向き直った。

「ならば、上がられい。……わたしの名は秋乃《あきの》。手合せが望みなら、わたしがお相手いたす。当道場は他流試合勝手、そのまま帰したとあっては、留守を預かったわたしの一分がたたぬ」

秋乃は宗二郎を睨みつけながら、語気を強くした。

「い、いや、またにしよう」

秋乃の剣幕に気押されて、宗二郎は声を落とした。

「女だとて、侮るか」

秋乃は顔を赤くした。

「いや、そうではない」

「ならば、上がられい」

「そこまでいわれるなら……」

宗二郎は覚悟を決めた。秋乃がただの娘でないことは、前に立ったときから見てとっていた。ひきしまった筋肉がほどよく付いているからであろう。女らしい体の線の中にも、敏捷さと力強さを感じさせるものがあった。父、惣右衛門に鍛えられ、実貫流を会得しているのかもしれない。

道場内は思ったより広く、床が新しいせいもあるのか、それほど荒れた感じはしなかった。

「何を使う」

秋乃は道場の中央で対峙すると、板壁に掛けてある撓や木剣、木槍などの方に目をやった。

宗二郎は腰の刀をとって道場の隅に置くと、迷わずに撓をとった。木刀では寸止めをしても、相手の動きで止めきれずに骨をも砕くことがある。小娘を相手に手荒なことはできなかった。

「撓か……」

秋乃は鼻白んだ顔をしたが、そちらが望むならやむを得ん、といって自分でも撓をとった。

秋乃は青眼に構えた。

いい構えだった。胸を開き、両肩がわずかに落ちている。切っ先が、宗二郎の目線につけられると、スッとその身体が背後に引くように見えた。剣尖《けんせん》ひとつで間合を消し、小柄な身体の中心で切っ先が生きていた。

宗二郎は渋沢念流の構えの一つ、腰を沈め、切っ先を相手の趾《あしゆび》につける下段に構えをとった。地擦り下段と呼ばれ、相手の動きに応じて斬り返す後《ご》の先《せん》の構えである。

秋乃は攻撃中心の陽《よう》の構え、それに対して宗二郎のそれは守りの陰《いん》の構えといえた。

間合は一間半、秋乃は切っ先を小波のように上下させ、ジリジリと間合をつめてきた。

秋乃の小柄な身体と剣尖のなかに、打突の機が満ちてきていた。

宗二郎の構えは気魄で秋乃を威圧していたが、その構えをわずかに崩した。誘いである。

そのわずかな亀裂を、秋乃はついた。

「いざ、まいられい」

エエィ！

秋乃の裂帛《れつぱく》の気合と同時に真っ直ぐ切っ先が伸び、身体が空へ跳ぶ。

刹那、趾《あしゆび》の微妙な動きで攻撃を察知した宗二郎は、前に半歩踏み出しながら、下段から一気に撓を振り上げ、秋乃の面にくる切っ先を流すように弾いた。

宗二郎は体を右に開きながら、飛び込んでくる秋乃と擦れ違い、反転すると同時にまた構えを下段にとった。

秋乃も同様、青眼に構えた。

わずかに秋乃の肩が上下し、白い頬と首筋がほんのりと朱に染まっている。身体は揺るがず、自然体で立っているが、目は攣《つ》りあがり、唇から弾むような呼気が洩れていた。秋乃の撓を弾いた宗二郎の撓は、返す刀で擦れ違いざま秋乃の肩口を打っていたのだ。

「これまで」

宗二郎がいった。

「まだじゃ！」

秋乃は顔をこわばらせて叫んだ。

下段に構えた宗二郎は、二、三歩退くと、ふいに撓の切っ先を落とした。

腹部に焼けるような痛みを覚えたのだ。おそらく、身体を伸ばして、秋乃の撓を弾いたとき、傷口がまた裂けたに違いない。

「秋乃どの、この勝負、引き分けということにしていただけぬか」

宗二郎が腹に手を当てたままいうと、

「駄目じゃ！」

と秋乃は語気を激しくした。どうやら、打たれた自分が宗二郎に情けをかけられたとでも思ったらしい。

宗二郎は、やれば続けられたが、秋乃をこれ以上打つ気はなかったし、かといってこの一途な娘にわざと打たせるようなこともしたくなかった。撓を床に置くと、襟元を広げて腹に巻いた晒を見せた。脇腹の部分が真っ赤に染まっている。

「傷を負っていたのか」

秋乃は驚いたような顔をして、歩み寄った。

「古傷が裂けたようだ」

「…………」

秋乃の顔に困惑の表情が浮かんだが、すぐにその黒い眸に女らしい光が宿り、しばらく待たれよ、といい置くと、慌てて奥へ姿を消した。

すぐに、秋乃は手桶に水を汲み、新しい晒と油薬を持って戻ってきた。

乱暴なほどてきぱきと、血の染みた古い晒を取り、傷口を洗って油薬を塗ると、晒を巻きだした。

「かたじけない」

秋乃のなすがままに任せていた宗二郎は、傷口に綺麗に晒が巻かれると、立ち上がった。

「手傷を負った者と仕合うつもりはないぞ」

秋乃は気丈そうにいったが、視線を落としてばつの悪そうな顔をした。宗二郎が立合いを拒んだのは傷のためで、無理に道場に引き上げ、無理強いしたために傷口が裂けたと思いこんだようだ。

「秋乃どの、この勝負、預けたぞ」

宗二郎は、困惑した表情を浮かべて頭を垂れている秋乃に、屈託のない声をかけた。

「渋沢念流、蓮見宗二郎、この傷が癒えたら実貫流との決着をつけたい。……承知か」

顔をあげた秋乃の目に強い光が宿り、頬が紅潮した。

「しかと、承知」

宗二郎は秋乃に送られて道場を出た。

玄関先の水溜まりのまわりを、塩辛トンボが飛んでいた。蓮見道場の庭で見たトンボを思い出し、父と惣右衛門の顔が同時に浮かんできた。渋沢念流と実貫流との強い因縁のようなものを感じた。あの堅物の老剣客が、娘との仕合をどう思うのか。宗二郎はなぜか妙に愉快な気分になった。

八

宗二郎が菊川町の実貫流の道場の前に立っていたころ、惣右衛門は佐賀町にある与平《よへい》長屋という臼井勘平衛の住む棟割り長屋の井戸端に立っていた。

久し振りの洗濯日和で、井戸のまわりには長屋の女房連中が集まり、四日間も雨に降り籠められた鬱憤を一気に吐き出そうと姦《かしま》しかった。

「これ、お内義《かみ》」

惣右衛門は盥《たらい》を前にして両足を広げ、赤い湯文字をちらつかせている年配の女房の後ろに立って声をかけた。

夢中で話しこんでいた三人の女は、いっせいに口を噤《つぐ》んで惣右衛門を屈んだまま見上げた。どの顔にも一瞬驚愕の表情が浮かんだが、それがすぐに怯えとおかしさがごっちゃになったように顔を歪めたまま、表情をとめた。

いっとき間をおいて、三人の中では一番年配らしい額に膏薬を貼った女房が、声を震わせて、ハイ、何でしょう、と間の抜けた返事をした。

「臼井勘平衛どののお住まいは、この長屋か」

と惣右衛門が訊いた。

「ええ、そう、勘平衛様は、ここにお住まいで……」

三人の中では若い、色白の女房がそういって、顔を火のように赤く染めた。遣い慣れない言い方に、言葉が詰まったようだ。

「臼井どのはご在宅かな」

惣右衛門は悠然としていた。

「勘平衛様、おさとちゃんをおぶって、裏の堀端で……」

そこまでいいかけた膏薬を貼った女房が、ふいに突き上げてきた笑いを押し殺すように口を押さえて顔を真っ赤にした。

惣右衛門は、そこまで聞くと女房たちから離れた。女房たちの顔色など、まったく頓着しなかった。

惣右衛門が長屋の木戸を出たところで、女たちの爆発したような笑いがおこった。よほどおかしかったとみえ、惣右衛門の姿が消えてからもしばらく笑い声が続いていた。

長屋の裏に掘割があり、その掘割に沿って一間幅ほどの道がずっと仙台堀まで伸びている。その道の端に柳が長い枝を垂らし、その樹影の中に大柄な牢人が立っていた。立っているというより、うろうろと歩いていたといった方がいい。背中に幼児を背負い、あやしているように見えるが、その子の首が垂れ、両腕が棒切れのように両側に伸びて動かないところを見ると、すでに眠っているらしい。

近寄ってくる惣右衛門の姿に気付いた勘平衛は、動きをとめ、両腕をだらりと下げて腰を沈めて待った。いつでも抜ける体勢で、油断なく惣右衛門の動きに目を配っている。惣右衛門の異様な風貌に、あるいは刺客と思ったのかもしれない。

「臼井勘平衛どのはおぬしか」

二間ほどの間合をとって、惣右衛門は歩みをとめた。静かな自然体で、殺気はまったくなかった。

「いかにも……。おぬしは」

「実貫流、小野惣右衛門直義」

「拙者に、何か用でござるか」

臼井はゆっくりと背中を上下に揺すりながらいった。せっかく眠った子をおこしたくなかったのか、それとも惣右衛門に気を取られ無意識のうちにそうしていたのか。

「有馬一刀流との手合わせが所望で、まいったのだが……」

惣右衛門はチラッと臼井の背中の子に目をやって、ここでというわけにはいくまいな、といった。

「手合わせだと。おれにはそんな気はないな」

臼井は口元に笑いを浮かべながらいった。

「おぬしになくとも、わしの方にある。……さて、どうする。おぬしも、菊川町のわしの道場に来るか」

惣右衛門は平然といった。

「おい、おい、ご老体。勝手に決められても困るな。おれも忙しい身でな」

臼井がそういったとき、背中の子がむずかるように鼻を鳴らし、棒切れのような腕をつっ張った。臼井が背中に手をまわし、軽く叩きながらゆっくりと歩き出すと、だらりと両腕が垂れ、吐息が聞こえてきた。

「おぬしは、有馬一刀流を遣うそうだな。神田の谷崎《たにざき》道場で学んだのではないのか」

「いかにも、谷崎弥五郎《やごろう》先生に手解《てほど》きを受けたが」

八年ほど前まで、臼井は神田の谷崎道場の高弟の一人だった。五十石取りの御家人の三男だったが、長兄が嫁をもらったのを機に家を出たのである。そのときから神田の道場との縁が切れていた。

「かつて、谷崎どのは、有馬一刀流は活人剣ゆえ他流試合はせぬ、とわしの申し出をつっぱねよった。……おぬしが、どれほどの遣い手であろうと、道場だけの剣法ならわしの方から挑みはせぬ。聞くところによれば、始末人と称して、人を斬っているそうではないか。我が実貫流も実戦のための剣法。……有馬一刀流で人が斬れるなら、冥途のみやげにどのような剣か試してみたくてな」

「断ったらどうする」

「人を斬って生きてきた以上、断れぬな。おぬし、斬りかかってくる敵に、刀も抜かずに斬られるか」

「おぬしが、斬りかかってくる敵だというわけか」

臼井の歩みがとまった。

「いかにも、伐殺の剣に生きる者同士、お互いに出合《でお》うたときが敵じゃ。避けては通れぬ」

「そこまでいうなら、何もおぬしの道場まで出向くこともあるまい」

臼井の顔から笑いが消えていた。

背中をゆっくり揺すりながら柳の根元に歩を進めると、胸元で結んだ扱《しご》き帯の結び目を解いて、背中の子を柔らかそうな叢の上にそっと置いた。

「ここでやるというのか」

さすがに、惣右衛門も驚いたように目を剝いた。

「ここでも、道場でも同じことよ」

両肩の凝《こ》りをほぐすように、臼井は肩を大きく上下に動かした。

「その娘はどうするのじゃ」

惣右衛門は柳の下で眠っている幼子に目をやった。

「おれが勝てば、また背負って長屋に帰る。負ければ、わしの女房か、長屋の誰かが気付くまで、ここで泣いていることになろうな。不憫だが、おれが刀に頼って生きているうちはやむをえまい。おれの方は、いつでもこうなる覚悟はできておる」

「そうか」

惣右衛門はゆっくりとした動作で刀を抜いた。

青眼。表情のない石仏のような顔。掘割からの風で短い麻袴の裾が揺れるだけで、剛刀備前国清二尺五寸の刀身は微動だにしない。

間合はほぼ三間――。

この男には、双手上段からの拝み斬りは通じぬ、と看破した臼井は、遠間のまま抜刀し、車《しゃ》に構えた。車とは脇構えの腰を落とし、切っ先を背後に引いて水平にした構えである。相手から手にした刀身が見えず、間合を読みにくくするだけでなく、相手の動きに応じて胴や袈裟に斬りこむことができる。臼井はこの車の構えから、有馬一刀流の秘剣、波月《はげつ》へと変化させる。

「有馬一刀流、波月か」

惣右衛門は臼井の構えから、有馬一刀流の秘剣を遣うと見てとったようだ。

「いかにも」

「実貫流、巌立《がんりゅう》」

二間の間合をとったまま、両者の動きはぴたりととまっていた。風に柳枝が揺れ、足元の叢が騒いでいたが、石像のように二人は動かなかった。

臼井は仁王のように睨みつけ、総身に激しい気をこめて惣右衛門の構えを崩そうとしていた。

惣右衛門の構えはまさに巌《いわお》だった。切っ先が臼井の目線につけられ、その切っ先の向こうに悠然と立っていたが、一分の隙もなかった。

殺気がなく、打ってくる気配さえない。だが、その巨大な巌のような構えが、臼井を押し包むように威圧してくる。

臼井の遣う波月は、敵の攻撃に対する応じ技である。敵が動かないことには、遣いようがない。

先に動いたのは臼井だった。臼井は気で押しながら、間合をじりじりとつめはじめた。

一足一刀の間境に足を踏みいれた刹那、臼井は、ググッと腰を落とした体勢で、飛び込んで胴を薙ぐ気配をみせた。

が、惣右衛門はピクリとも動かなかった。

大きく動いたのは臼井だった。惣右衛門の構えに引き込まれるように、一歩踏み込みながら胴を払った。

臼井の捨て太刀だった。臼井の横に払った切っ先は惣右衛門の胸元から一尺も離れていた。が、空を斬ることで、相手が面に飛び込んでくることを誘ったのだ。

波月は寄せて来る波を水平に薙ぎ払うように、敵の胴を斬る技である。腰の脇に刀を隠すことで敵との間合をつめ、面に誘って、左へ飛び込みながら胴を斬る。相手が面に跳んでからでは遅い。相手の動きを予知して、面に振り上げたときには、踏み込んで斬っていなければ、逆に面を割られる。

臼井はいったん胴を払い、返す刀でまた胴を薙ぐ体勢をとっていた。

波月が秘剣と呼ばれる所以《ゆえん》はそこにある。一太刀ではないのだ、寄せて来る次の波も斬れる。相手が面に跳んだときが、必殺の胴斬りをふるう機なのだ。

が、惣右衛門は青眼のままスッと間合をつめ、臼井の喉元へ切っ先を伸ばしたと見えた、その刹那、身体が臼井の眼前に迫り、迅雷《いなずま》のように太刀が一閃した。

惣右衛門は胴に払った臼井の刀を峰で叩きながら、擦り抜けていた。しかも、一閃させた刀は、臼井の右腕と胸部を裂きながら、臼井の刀を叩き落としていたのだ。

臼井の右上腕部と胸が横に五寸ほど切れて、血が噴き出した。

臼井は反転して、すぐに車に構えた。

すかさず、惣右衛門も間合をつめてきた。そこからの惣右衛門は、一転して激しい剣気を放射し、野獣のような素早い動きを見せた。摺り足で右にまわり、臼井の胴斬りを牽制しながら間合に入ると、前につき出されている臼井の左腕を狙ってきた。

惣右衛門は大きく前に踏み込みながら、激しい勢いで臼井の刀身を弾いた。並外れた膂力のせいだろう、刀を弾かれた臼井は、その勢いに体勢までも崩された。

すかさず、惣右衛門の二の太刀が臼井の左腕に伸びた。

臼井の切られた左袖が手首までずり落ち、露になった腕は血に染まった。

左腕の傷は深かった。ちょうど肘あたりで、裂けた肉の中からぴょこんと白い骨がつき出ている。

臼井は車に構えられなくなった。その顔が、追いつめられた獣のような必死の形相になっている。

臼井は、青眼に構えたままずるずると後退した。

傷ついた獣を追い込むように、惣右衛門は果敢に動き、激しい打ち込みをみせた。とても老人とは思えなかった。獲物に襲いかかる猛獣だった。

惣右衛門がはじめて、低い腹を震わすような気合を発し、大きく間合をつめたときだった。

ふいに、火の点いたような激しい幼児の泣き声がおこった。その声に弾かれたように惣右衛門は背後に跳び、脇の叢の方に目をやった。

泣き出したのは、臼井の子だった。白い棒のような両腕を前につっ張るようにして、声を震わせて泣いている。

惣右衛門の顔が和み切っ先が落ちると、身体から放射する剣気が消えた。

「……父親《てて》ごの危機を感じとったらしい。いじらしいのう、さきほどまで眠っていたのに。これまでじゃな」

惣右衛門は刀の血振《ちぶ》りをすると、懐紙で刀身の血を拭い鞘に納めた。

「…………」

臼井はがっくりと両膝をついていた。両腕、右の胸から腹にかけて血に染まっている。

惣右衛門は踵を返すと、何事もなかったようにゆっくりとした足取りで、臼井の前から去っていった。

臼井はよろける足で、わが子の方に歩み寄ると、尻のあたりを宥めるように軽く叩いてやった。惣右衛門の足音の遠ざかるにつれ、火の点いたような激しい泣き声が潮の引くように弱くなり、やがて、泣き声とも笑い声ともとれるような鼻声に変わった。

第三章　鬼骨

一

泥鰌屋の伊平は、水桶に泥鰌や鰻を入れて売り歩くぼてふりでもあった。始末の仕事がないときは、深川界隈の長屋や裏店の続く路地などを売り歩いている。人通りの多いところに桶を置き、炭で火を熾《お》こし鰻を裂いて蒲焼にして売ったりもした。

泥鰌や鰻を裂くときに使うのが泥鰌針《どじょうばり》という五寸ほどの針で、頭を刺し固定して包丁で腹を裂く。伊平はこの泥鰌針を武器にしていた。いつも被っている菅笠や手甲の中に、数本の針を潜ませておいて、それとなく背後に近寄り、相手の盆の窪《くぼ》や心の臓を刺すのである。

伊平は夜だけ丸菱屋に寝泊まりしていたが、日中は門前仲町、黒江町、佐賀町など押し込みや辻斬りの出そうな町の路地で泥鰌を売り歩いていた。

むろん、狙いは一味の所在をつきとめることにある。長屋の女房連中の噂や、安酒場に出入りする日雇い、貧乏牢人などから得られる情報は馬鹿にできない。所謂《いわゆる》世間の目というやつで、どんなに隠してもどこかで誰かに見られているものなのだ。

その伊平が、少し、探りをいれてみるか、という気になったのは、黒江町の長屋で話を聞いたときだった。

おくまという鳶《とび》の女房の話によると、

「お稲荷様の近くの空き家にさ、ちかごろ牢人が住んでるようだよ。別の若い侍がときどき出入りして、酒盛りしてるらしいだ。所帯持ちでもない若侍が、一軒屋を借りるのは怪しいよ」

というのだ。

伊平はその仕舞屋の見える通りの角に桶を置き、泥鰌を売りながら、三日ほどそれとなく様子を窺った。

なるほど女房の話のとおり、住んでいるのは若い武士一人だけらしかった。日中はほとんど家を出ないが、夕方になると一人で出かけ、近くの一膳めし屋で何か腹につめてくるだけで戻ることもあれば、そのまま朝まで帰らないときもあった。

伊平は丸菱屋の方を相棒のヒキに頼んで、若い武士の行く先を尾けてみることにした。

その宵、若い武士は仕舞屋を出ると、掘割沿いを歩き大川の方に向かった。御船手組の屋敷の前を通り、永代橋の袂でちょっと足をとめて往来の人通りに目をやったが、またすぐに歩き出し、佐賀町の小さな船宿に入っていった。

大川に面した松見屋《まつみや》という小体な店で、伊平も鰻を売りに来たことがあり、お富という女将さんとは顔見知りだった。

若い武士が店に消えて、四半刻《しはんとき》（三十分）ほどすると、二人の牢人が店に入っていった。一人は目付きの鋭い壮年で、別の一人は二十歳前後の若侍だった。

どうやら、三人は待ち合わせて二階の座敷で飲んでいるらしい。ぼそぼそとした会話の断片や障子に映った人影で、それと分かったが、話の内容は聞き取れなかった。

伊平はいつまでも二階の様子を見上げていても埒《らち》があかないと思い、松見屋の裏口へまわって声をかけた。

「ごめんよ」

「あれ、伊平さんじゃないの、どうしたんだい、こんな夜分に」

女中に指図していたお富が、顔を出した伊平を目敏く見付けて声をかけた。

「へえ、ちょいと伺いてえことがありやして」

伊平は被っていた手ぬぐいを取りながらいった。

「なんだい、改まって」

「いえ、二階のお侍様のことなんですが、もしや、お一人は保坂《ほさか》様という方じゃありませんかね」

伊平は、保坂という出鱈目の名を出した。

「違うよ。保坂という人はいないよ。甲月《こうづき》様に三上《みかみ》様、それに岩間《いわま》様だよ。……それで、その保坂様なら、どうしたというんだい」

「いえ、なに、本所に保坂孫平衛《まごべえ》様という方がおりましてね。そこの跡取りの千十郎という方が、十日ほど前から急にいなくなっちまったらしいんですよ。家の者は神隠しにあったなどと騒いでるんですが……。さっき店に入るとき見かけた横顔が、その千十郎様に似てたもんで、もしやと思いましてね」

みんな口からのでまかせだったが、閻魔と称する一味に加わっている武士の多くは親元から離れているはずだから、遠からずだろうと思った。

「そうかい。でも、違うようだね」

お富は手にした銚子を振りながら、伊平に尻を向けた。

「名前を変えてるなんてことはないでしょうね」

伊平は食い下がった。

「さあ、そこまではあたしにも分からないよ。まだ、二、三度、店に来ただけだもの……」

お富は店に来ても、静かに酒を飲んでるだけで、船で大川に出て遊ぶようなこともしなければ、芸者を呼んで騒ぐようなこともないといった。

「おとなしい方たちだね」

「顔ぶれは、いつも同じなんで」

伊平が訊いた。

「違うよ。そういえば、一度、怪我をしたお侍が二人ほど来て、だいぶいきりたって話してたこともあったね」

「怪我というと」

「斬り合ったのかもしれないね。腕や足に晒を巻いてたようだよ」

「へえ」

伊平は甚十や蓮見に斬られた者ではないかと思った。

「いつごろです」

「さあ、はっきり覚えてないけど、半月ほど前かね」

半月ほどなら、蓮見が辻斬りとやりあったころと合う。

お富がまた尻を向けたので、伊平は、どうも思い違いのようで、と呟くようにいって裏口から通りへ出た。

三人の武士が、松見屋から姿を現したのは、それから一刻(二時間)ほどしてからだった。店の前で先に伊平が後を尾けてきた一人が、他の二人と別れて黒江町へ続く大川の方へ歩き出した。他の二人は反対に今川町の方へ向かった。

伊平はまた同じ若侍の後を尾け始めた。

すでに、四ツ半(午後十一時)をまわり、町木戸も閉じられて人通りはまったくなかった。商家の大戸は閉じられ、角行灯の灯《ひ》も落とされている。川縁の料理茶屋や船宿の二階から洩れる灯が辺りをぼんやりと照らすだけで、家並は夜の帳《とばり》に沈んでいた。

夜空には細い月があった。伊平は若侍とは同じ道を通らず、大川から洲崎方面へつながる掘割の水際を走って先まわりした。

黒江町の仕舞屋に帰る道筋は分かっていた。ここまできたら尾行などという面倒な方法はとらずに直接本人から訊きだそうと思ったのだ。

伊平は北川町と黒江町の境にかかっている八幡橋の橋脚に身を隠して、若侍が近付くのを待った。伊平の装束《しょうぞく》は闇に溶ける黒の腹掛けに手甲、濃紺の股引。しかも、橋の下にいるとは思ってもみないはずだ。

橋を渡る足音をやり過ごしてから、伊平は橋脚から腕を伸ばし橋桁を摑んだ。伊平は子供の頃から、川に入り泥鰌や鰻を握り獲っていた。握力と腕力は常人をはるかに越えている。その強い腕で一気に体を引上げると、欄干を越えて橋の上に躍り出た。

背後の物音で若侍が振り返ったのと、伊平が前に跳んだのとほとんど同時だった。

伊平は背後から躍りかかり強い左腕で襟元を摑み、相手の背中を自分の胸にぐいと引き付けて、右腕に持った泥鰌針を頰に押し付けた。

若侍は突然の襲撃に度肝を抜かれたようだった。硬直したように体がつっぱり、目も口も大きく開いたまま悲鳴もあげられなかった。

「ヘヘッ、動くんじゃねえぜ。こいつは、泥鰌の首根っこを刺す針だ。人を殺《ばら》すのは、泥鰌より簡単なんだぜ」

伊平は若侍の耳元で低い声を出した。怯えたように視線をまわしていたが、まだ少年のように澄んだ目をしていた。

「おれの、訊くことにおとなしく応えりゃあ、手荒なことはしねえよ」

「……」

「おめえの名は」

「こ、甲月栄二《こうづきえいじ》郎《ろう》だ」

「深川界隈で騒いでる閻魔党てぇなあ、てめえたちなんだろ」

「……」

甲月は伊平の腕から逃れようと必死で身体を捩ったが、がっちり抱え込まれた伊平の腕から逃れられなかった。

「もう一度訊くぜ、亡霊騒ぎはてめえたちの仕業なんだろ」

「し、知らぬ」

甲月はうわずった声をだした。

「そうかい、知らねえか。なら、思い出させてやるぜ」

伊平は右手で握っていた泥鰌針を盆のくぼに、ブスッと刺した。

ヒェッ、という悲鳴を発し、落雷にでもあったように眼を剝き、身をつっ張るように硬直させた。

「なに、心配ねえ。ここまでなら、命にかかわるようなことはねえやな。だがな、あと一寸刺しこめば、間違いなくおだぶつだぜ」

「……や、やめろ。は、針を抜いてくれ」

甲月は必死の形相で喉から絞り出すような声を出した。

「お侍が徒党を組んで、押し込みたァ、どういうことなんでえ」

「知らぬ」

「しら切ったって駄目だぜ。ねたは割れてるんだ。与野屋や丸菱屋に押し込んだのはおめえたちさ」

「……押し込みではない。世直しだ」

「世直しだと」

「そ、そうだ。われらの手で御政道を糺《ただ》す……」

「ヘッ、腐った仏を掘り出し、押し込み、辻斬りで、御政道を糺すだと、莫迦《ばか》莫迦しい。……それで、てめえたちの頭の名は」

「し、知らぬ」

「集まる場所は」

「口が裂けてもいえぬ。殺せ！」

甲月はふいに逆上したように上体を振り、襟元を摑んだ伊平の手を振りほどいて刀を抜こうとした。

「よ、よせ、首に針が刺さっちまったらおしめえなんだよ」

　そのとき、逃れようと強く踏み込んだ甲月の踵が、伊平の足の指先を踏んだ。思わず、襟元を摑んだ伊平の手が緩む。その瞬間、甲月が刀を抜こうと背筋を背後に反らしたために、伊平は盆の窪に当てていた泥鰌針を手元まで深く刺し込んでしまった。

　瞬間、甲月はグッと背後に上体を反らせたかと思うと、目尻が裂けるほど目を剝きそのまま崩れるように前に倒れた。

「ば、莫迦が、ほんとに、殺《や》っちまったじゃねえか」

　抱きかかえた伊平の手の中で、若侍は暗い水面を覗くように頭を下に垂らしていた。盆の窪が女のように白い。体は大きいが手足は細く、まだ、大人になりきってない柔らかさがあった。

　伊平は一時抱きかかえたまま立っていたが、仕方なく、まだ温かい甲月の体を抱え上げると、橋の上から下の掘割に放り投げた。

　バシャン、という大きな水音がした。覗いて見ると、水面に落ちていた月が砕かれ、金の輪のようになって揺れながら広がっていく。

　伊平は掘割の水際を駆けた。

　不本意な殺しをしたときはいつもそうだった。暗く荒んだ気持を、水の匂いと川風が吹き流してくれるのだ。

二

太い一本水押《いっぽんみお》しに派手な破風《はふ》つけた屋形船がゆったりと下るそばを、数隻の猪牙舟がすべるように上下していた。大川の川面は西日を受けて金砂子《きんすなご》を撒いたように輝いていたが、近くの船宿から聞こえてくる三味の遠音には、物悲しい調子があった。秋も深まり、川面を渡る風にも寒さを感じるようになってきている。

宗二郎と佐吉は肩を並べながら、大川端を佐賀町から清住町の方にむかって歩いていた。清住町の安兵衛店《やすべえだな》と呼ばれる棟割長屋に、宗二郎たちが探っていた秋吉という居合の遣い手がいたという話を佐吉が聞き込んできたのである。

「そやつ、閻魔党ではないかもしれぬな」

宗二郎は、甚十を斬ったのは相当の腕の立つ男と思っていた。見世物の居合は、身の丈もあろうかと思う長刀を抜いて見せたり、相棒の首の上に置いた大根などを斬って見せたりするが、たいがいはこけおどしで仕掛けがあり、人を斬ったこともないような牢人者が多い。

「なんでも、若い女の首根っこに大根などを置き、抜く手も見せずに斬って見せるそうですぜ」

「……うむ。それはそうと、臼井どのが斬られたそうだな」

宗二郎はつなぎ役の彦七から臼井が斬られたことを聞いていた。

秋吉の腕のほどは、本人に会いさえすればすぐ分かる。それより、臼井が斬られたことの方が気になった。

「へえ、両腕を……。ですが、命に別状はないようで」

「相手は、小野惣右衛門だそうだな」

「へえ、負うた子に助けられたと臼井様はおっしゃってましたが」

その話は宗二郎も聞いていた。あわやというときに、幼子が泣きだし、小野は刀を納めたというのだ。

「小野はおれだけでなく、臼井どのにも勝負を挑んだのか……」

「あっしらが相手にしている閻魔党の仲間なんでしょうか」

佐吉が宗二郎の方に顔をむけた。

「いや、違うな。あの老人は、己の剣の修行のために他流試合を望んでいるようだ」

一徹なのだ。世間がどうあろうと、武士としての生き様を貫き通そうとしているのだ。おそらく、臼井の遣う有馬一刀流にも何か拘《こだわ》りがあったに違いない。臼井のことだ、小野の道場に出向くなどという面倒なことはせずに、その場で決着をつけようとしたであろう。

「それにしても、やな野郎に目をつけられたもんですな。それで、どうなんです、あの鬼みてえな侍《さむれえ》に勝てますかい」

佐吉が訊いた。

「勝てぬな」

宗二郎は父のいうとおり、勝てないだろうと思った。

「どうする気なんです？」

「逃げるか、それが無理なら、撓でやる」

そのつもりで実貫流の道場に出向いたのだが、生憎《あいにく》本人は留守で、居合わせた娘と手合わせした。

そのことを佐吉に話すと、

「そいつはかえってまずいんじゃありませんかね。留守中に娘を打たれたと知れば、腹をたてますぜ。撓などじゃァ、おさまりがつかないかもしれません。……閻魔に鬼ですぜ。今度ばっかりは相手が悪《わり》い」

と眉根を寄せていった。

宗二郎も、今度小野と会ったときは真剣で立ち向かうことになるかもしれないという思いがあった。だが、不思議と恐れや怯えの感情は湧かなかった。一人の剣客として、純粋に小野のような達人と仕合ってみたいという思いが心底にあるのだ。

安兵衛店はかなり古く汚い長屋だった。板庇《いたびさし》はところどころはげていたし、ほとんど障子は破れて薄暗い部屋の中が通りから覗けた。汚溝《どぶ》や芥溜《ごみため》から嫌な臭いが立ちのぼっていた。

秋吉の住まいはすぐに分かった。井戸端で屈みこんで洗濯していた大工か職人の女房らしい年増に訊くと、三つ目の雨戸の閉まったままの家がそうだという。

「ごめんなさいよ。秋吉様のお住まいはこちらで」

佐吉が雨戸を叩きながら声をかけた。

しばらく間を置いてから、

「か、構わぬ、入れ」

とふがふがした男の声がした。

雨戸を開けると、土間のすぐ向こうに老武士が、立てた刀を抱えるようにして半身を起こしていた。今まで、寝そべっていたものとみえ、着物は着崩れ白い鬢が乱れていたが、それでも武士としての体面を失いたくないのか、背筋を伸ばし、顎を突き出すようにして戸口に立った二人に顔をむけた。まさに尾羽打ち枯らした牢人で、頭蓋骨に皮を張り付けたように痩せ細っている。頬が抉ったようにこけているのは、歯がないからに違いない。

「秋吉どのか」

宗二郎が訊いた。

「い、いかにも、秋吉宇之介《うのすけ》でござるが、貴公は」

もぐもぐと唇を揉むようにして喋った。

「蓮見宗二郎と申す者です。秋吉どのは、居合の達者と聞き、ぜひご指南いただこうかと参ったのですが」

「このわしにか」

秋吉は驚き、どろんと濁った目を落ちそうなほど大きくした。

「いかにも」

「蓮見どのとやら、見られるがよい、この老体を。もう、刀も抜けぬわ。娘にまで愛想をつかされて逃げられる始末。指南などできるはずがござらぬ」

「秋吉どのは、何流を遣われる」

確かに、指南どころではないようだ。この老体では甚十を斬るどころか、押し込みに入ることが、まず無理だ。しかし、居合の達者なら、道を同じくしている宗二郎たちの探している居合の遣い手を知っているかもしれない。

「新向流《しんこうりゆう》を」

いいながら、秋吉は膝先を宗二郎の方に向けた。

「神田の？」

宗二郎は神田小柳町に新向流の道場があると聞いたことがあった。そういえば、道場主は秋吉といったような覚えもある。しかし、十年ほども前に、その秋吉が体をこわし指南できなくなり、しばらくして道場も潰れたとも聞いていた。

「神田にいたのは、七年前までじゃ。その後は、ここに移って……」

秋吉は言葉を呑んで視線を落とした。

娘と組んで八幡宮で居合を見世物にし、糊口《ここう》を凌いでいたということなのだろう。

「名のある門人もおられたと思うが」

「一人だけおったが、そやつも、道場が傾きだすと、見切りをつけて早々に姿を消しおった。後は、歯の抜けたように一人去り、二人去りで、半年もすると残されたのは、わしと娘だけじゃったよ」

秋吉は自嘲するように嗤った。唇がめくれ、下顎に欠け残った前歯が二本、汚れた杭のように顔を覗かせた。

「その門弟の名は？」

「堀江《ほりえ》朔之丞《さくのじよう》、なかなか頭の切れる男でな、軍学なども学んでおった」

「堀江朔之丞……。家は？」

宗二郎には聞き覚えのない名だった。

「五十石の御家人の次男じゃよ。冷や飯食いでな、わ、わしがな、撓の握り方から教えたのじゃぞ。そ、それなのに……」

ふいに、崩れたように秋吉の口調が変わり涙声になったと思うと、両手を畳につき宗二郎の立っている戸口のほうに体をずり寄せてきた。

「いかがされた」

秋吉の弛んだ瞼に涙が溜まっていた。それが目尻の目脂と一緒になって、皺だらけの頬を這うように伝った。

「に、逃げよったのじゃ。……娘のいよを誑かし、連れて逃げよったのじゃよ」

秋吉は黒ずんだ唇をわなわなと震わし、

「蓮見どのと申されたな、頼みがある。わ、わしの、たっての頼みじゃ。堀江を斬ってくれ。このままでは、死んでも死にきれぬ。……わ、わしも無念じゃが、いよが、いよがな、不憫でならぬ」

秋吉は腹から絞り出すような声で訴えた。

その秋吉が涙ながらに語ったところによると、娘のいよを連れて逃げたまではよいが、食えぬので深川黒江町の飲み屋で働かせていたという。その飲み屋というのが、ひどい店で昼夜にわたり二階へ男を引っぱり上げ、女たちに春を売らせていたというのだ。

「……いよはな、一年も経たずに悪瘡《あくそう》に冒され、それを苦にして大川に身を投げたのじゃ。ところが、どういうわけか、堀江のやつは店の主人と懇《ねんご》ろになって羽振りよく暮らしているというのじゃ。……い、いよが不憫でならぬ。蓮見どの、堀江を斬ってくだされい。わしの最後の頼みじゃ」

秋吉は腹を折るようにして額を畳に押しつけた。

三

宗二郎と佐吉は、黒江町の井筒屋という飲み屋の場所と堀江の実家が今も神田須田町にあることを聞いてから長屋を出た。秋吉の依頼を受けるつもりはなかったが、念のため、堀江と会って閻魔党とかかわりがないかどうか調べてみるつもりだった。

「だんな、あのご老体では無理ですな。閻魔というより貧乏神だ」

表通りに出ると、佐吉がいった。

「ああなると剣客もかたなしだな」

あそこまで老いさらばえると、潔く自裁する気力も失せてしまうのだろう。だらしなくぼろぼろと涙を垂らしている姿が哀れであった。

黒江町に井筒屋という飲み屋はなかった。秋吉から聞いてきた場所は蕎麦屋になっていた。勝手口から顔を出した主人に事情を訊くと、

「へえ、井筒屋さんから店を買い取って、あっしが、ここで蕎麦屋をはじめたのは、一年ほど前《めえ》からなんで」

赤ら顔の主人は、おけいという女将が新しい旦那と日本橋の方で所帯を持つということで、相場より安く譲ってくれた、とニヤニヤしながら話した。

「その井筒屋に、いよという娘がいたのだがな。話を聞いたことはないか」

「さてね」

主人は胡乱《うろん》な顔をして宗二郎と佐吉の顔を交互に見た。

佐吉が主人に身を寄せて、あっしらその娘の遠縁の者なんで、といっていくらか握らせると、途端に相好を崩し、

「知ってやすよ。なんでも、清住町に住んでいる牢人の娘だとかで、父親もここにも一度来たことがありますんでね」

「ここにもか」

宗二郎は意外な気がした。秋吉は己の手で堀江を討つつもりだったのだろうか。主人にそ

れとなく訊くと、

「なァに、ありゃァたかりですよ。裏口へ来て、娘のことをくどくど話すもんで、いくらか握らせてやると、そそくさと帰《けえ》っていきましたよ」

「うむ……」

あの老いさらばえた風采では、物乞いかたかりと思われても仕方がないのかもしれない。それにしても、身寄りもなく老醜を晒して生きる姿が哀れだ。

「ところで、旦那、堀江とかいう若《わけ》えお武家のことを聞いたこたァねえかい」

そばで話を聞いていた佐吉が口を挟んだ。

「いやあ、知らねえ」

「そのいよとかいう娘の、情夫《いろ》だったらしいんだが……」

「さて、ね」

主人は首を捻った。

「何でも居合を遣うそうだ」

「居合ね。……居合を遣う侍が井筒屋によく来ていたことは知ってるが、堀江という名じゃァねえなあ。確か、林崎とかいってたな」

「林崎」

「へえ、林崎藤十郎。色の白い役者にしてもいいような色男だ。……その男、井筒屋の女将だったおけいさんの旦那になる男とも懇意で、一度、料理屋から連れ立って出てくるのを見たことがありますよ。たいそうな羽振りで、若え侍《わけ》を何人か引き連れてましたぜ」

「うむ……」

宗二郎はその林崎という名は堀江の偽名ではないかと思った。それに、ただ、若い娘を騙して連れ出し、甘い汁を吸っていただけの男ではないようだ。

「その林崎だが、どこへ行けば会える」

「さて、そこまではあっしにも……。それに、ここ半年ほど顔も見ちゃァいねえから、どっか別のサヤに収まってるんじゃねえんですかね」

主人は下卑た嗤いを浮かべながら首を振った。

宗二郎はおけいという女も気になっていた。

「そのおけいとかいう女の旦那は」

「藤木屋さんとかいってやしたが……。日本橋で小間物屋をやってるって話だが、どうだかね」

主人は宗二郎の方に身を寄せると、旦那、あんまり、かかわりにならねえ方がいいかもしれませんぜ、と急に声を落としていった。

井筒屋には、得体の知れない遊び人風の男がときどき出入りしていたし、一度だけ藤木屋が人相のよくない男に、指図しているのを目にしたことがあるというのだ。

「どう見ても小間物屋をやってるようには見えねえ。……盗人《ぬすっと》とはいいませんがね、何か裏でよくねえ商売をしてるにちげえねえや」

主人はそれだけいうと、仕込みがあるといって勝手の方にもどっていった。

蕎麦屋から出たところで、

「佐吉、今の話にあったおけいという女や旦那になるという藤木屋が、井筒屋を売り払って姿を消したとは考えられんか」

と佐吉に訊いた。

「へい。……それに、堀江という男も、林崎と名を変えて姿を消してやすぜ」

「うむ」

佐吉のいうとおり、堀江という男、閻魔党と何かかかわりがありそうだ。それに、もう少しおけいと藤木屋を探ってみる必要もある。

「佐吉、堀江という男が気になるな。神田須田町の堀江の家を当たってみてくれ。それに、日本橋の小間物屋だ」

「まずは、藤木屋とおけいの行方、でしょう。……それじゃ、あっしはこれで」

そういうと佐吉は、足速に宗二郎のそばから離れていった。

ぽつぽつと人の姿のある通りを、佐吉の後ろ姿が小さくなっていく。このまま神田須田町か日本橋に向かうようだ。

四

蠟燭《ろうそく》の炎が、立ち上がった林崎藤十郎の白皙《はくせき》秀麗な顔を下から照らし、薄闇の中に浮かび上がらせていた。炎を映した両眼が怪しい光を放ち、唇が燃えるように赤く染まっている。火影の揺れによって微妙に表情を変える貌《かお》は妖艶と悽愴を醸し出し、見る者を魅了せずにはおかないようだ。

その林崎の両側に、肩幅の広くがっしりした体軀の藤木屋九蔵と背後の板壁に身を預け、黙然として視線を床に落としている痩身の武士がいた。

痩身の武士は、石津次郎右衛門《いしづじろうえもん》という。凍りつくような冷たい目をして、さっきから身動《みじろ》ぎひとつしない。

その石津の向こうに、三名の若い武士が端座《たんざ》していた。いずれも背筋を伸ばし、鷲鷹のような目をして前方に目を据えたまま凝《じっ》としている。

立っている林崎の前には、二十人前後の武士が座し、熱弁をふるっている林崎に食い入るような視線を向けていた。いずれも、二十代から三十代の武士で、中には黒羽織姿の者もいたが、多くは小袖に袴姿で、御家人か小身の旗本の子弟といった風情の武士たちであった。

その武士たちの背後にも、五、六人の男の姿があった。半纏《はんてん》に股引、手ぬぐいで頰被りしている者も混じっている。この男たちは、いずれも店者《たなもの》や職人のような身形をしていたが、目付きには遊び人や無宿人のように荒んだ、残忍な光が宿っていた。

男たちは、蠟燭の明りがとどかない薄闇の中に身を潜めるように座り、掬《すく》うような目を林崎や前に座した武士たちの背にむけていた。

「――今日、新たに五名の者が加わることとなった。これで、深川闇魔党も総勢三十名を越える。……ここに集まってもらったのは、新たに三組《みくみ》に編成したいと考えたからだ。すでに、組頭は決めてある」

林崎は静かな口調でそういい、傍らに座している三人の若侍に名乗るよう命じた。

「はッ、深川闇魔党、子《ね》組頭、笹崎梅之進《ささざきうめのしん》にございます」

林崎の近くにいた武士が、背筋を伸ばしたまま声を張り上げた。

「同じく、丑組頭、板谷徳次郎《いたやとくじろう》」

「同じく、寅組頭、小山又四郎《こやまたしろう》」

続いて、二人の若侍も同じように不動のまま名乗りを上げた。その声だけが響き、前に座した者の間から話し声はもちろんしわぶきひとつ起こらなかった。

「以後、三名の者の指揮で動いてもらうこととなるが、異存はないな」

林崎が語気を強くした。

一同から、はッ、という声がいっせいに聞こえた後は、またしんと静まって、林崎の次の言葉を待っている。

「――よいか。われら闇魔党は夜盗ではないぞ。枯れ野に火を放つは、新たな萌芽を促すためぞ。……火は地を疾《はし》るごとく燃え広がり、腐敗堕落した江戸の町を焼き尽くす。そのときこそ、我らは蜂起し、幕府の喉元に切っ先をつきつけ、改革を断行する。我らの手で新しい政治《まつりごと》が始まるのだ」

林崎のよくとおる澄んだ声が響く。青白い顔、燃えるような目が、前に座した武士たちに真っ直ぐむけられている。

「林崎どの！　幕府の転覆でござるか」

林崎の前に座した武士の中から、昂《たか》ぶった声が飛んだ。

「いや、転覆ではない。心を静めて、国中を眺めてみよ。確かに、幕政に対する怨念、怨嗟の声は渦巻いている。まさに国中が枯れ野といってよい。火を放てばいっせいに蜂起の火の手があがることは間違いない。江戸はもとより、国中の牢人、幕政に不満をもっている武士の多くが我らに同調するであろうが、その程度のことで、この頑陋《がんろう》な幕府の屋台骨は崩れはせぬ。……しかし、国中に蜂起の火が広がれば、幕政は揺れ、改革を叫ぶ者が力を得るは必定。さすれば、田沼を首魁とする一派を執政の場から追い落とすことも、さほど難しいことではない。……そのとき、我らは改革派に与《くみ》し、側面より援護する。我らが放つ火の手は、田沼一派追放の狼煙でもある」

「林崎どの、我らが火を放つとは、江戸市民に一揆や打ち壊しを起こさせるということでしょうか」

集団の中では、年配と見える武士が訊いた。

「さよう。火とは農民や町人の反逆の筵旗《むしろばた》と破壊。我らは、枯れ野を広げ、火を遮る土塀を崩し、油を撒けばよい。虐げられ、追い詰められた窮民が火を走らせよう」

「し、しかし、町人たちをそこまで追い込めるでしょうか」

別の武士が喉を詰まらせていった。

「もっともなご意見。多くの者は、飢えに苦しみ、肉親の死に慟哭しようと、簡単に暴徒となりはせぬ。人を狂わし破壊に走らせるのは、困苦や悲哀ではない。……恐怖と不安、そして絶望なのだ。各々方、昨今の世情をどうみる。今こそ、好機とは思わぬか。国中が、噴火や地震などの天変地異の前兆《まえぶれ》に怯え、飢饉、疫病などの蔓延に震えているではないか。我らが、その恐怖や不安を煽れば、黙っていても火は点き、燃え狂い、紅蓮の炎をあげて燃え尽くすであろう」

林崎は熱っぽく弁じた。爛々と目が輝き、唇は血のような赤みを帯びた。前に座した武士たちは、魅入られたように林崎を見つめている。

「林崎どの！　我ら閻魔党の行動は、すべてそのためでござるな」

「さよう。亡霊、火事、地震、押し込み、辻斬り、これらはすべて人心の恐怖と不安を煽り、幕政への不満を増長させるためのもの。……むろん、われら閻魔党の軍資金の調達にもなる。……我らの手によって死せる者は、世直しのためのやむをえぬ生贄。われらが犯すのは、大意のために避けられぬ非道。すべて、腐敗堕落したこの世を糺すためなり……」

「林崎どの、田沼たち一派を失脚させた後、我々はどうなりましょう」

年配の武士が訊いた。

「幕政の改革がなった暁に、我々が厚遇をもって迎えられるは間違いのないところ。……すでに、密かに幕閣の改革派とは通じておる」

「改革派と申されると」

「神君家康公の御血筋をひくお方とだけ、心にとどめておかれい。我らは、御政道を糺すために起《た》つ。非道、不徳も、すべて世直しのため。各々方、臆することはない。われらの後ろには、東照神君がついておられる」

「オオッ……」

感嘆のどよめきが一同から洩れた。

そのどよめきが収まると、ふいに、林崎は声をひそめ、

「が、しかし、我らの道は決して平坦なものではない。心して掛からねば、すぐに足元を掬《すく》われよう」

刺すような目で一同に視線をめぐらせてから、低く訴えるような口調で続けた。

「……幕府も我らの行動を手をこまねいて眺めているわけではない。奉行所はもちろん、火《か》盗改《とうあらた》めまで我らの探索に乗り出している。捕らえられ、我らの一人でも口を割るようなことがあれば一網打尽となるは必定。そして、捕らえられれば間違いなく磔、獄門。……よいか、町方に不審を抱かせるような言動は厳に慎まねばならぬぞ。そして、万一捕らえられるようなことがあっても、喋ってはならぬ。耐えよ、そして、死を恐れるな。我らは武士、汚

名を背負って生き長らえるより、潔い死を選ぼうぞ。拷問に口を割ったとなれば、末代までの恥ぞ。そのようなことになれば、われらの残虐非道は許されぬ。火焔地獄に墜ちるはわれらぞ」

林崎は激昂して声を張り上げた。

「心得てござる」

強張《こわば》った顔が、いくつもうなずくように動いた。武士たちの目が異様に燃えている。

「林崎どの、ひとつ気がかりなことがあるのだが……」

冷静な声で訊いたのは、さっきの年配の武士だった。

「岩間どの、何かな」

「この深川には、始末人と称する者たちがおり、口銭を取って店を守っておるようです。三日ほど前、拙者と行動を共にしていた甲月が始末されました。さらに、先に丸菱屋を襲った折、渡世人風の男が店を守っておりましたが、あやつもその始末人のようです。……このままでは、町方と火盗改め以上に、我らにとっては危険な存在になるのは間違いないところ、一刻も早く何らかの手を打つ必要があると存ずるが」

「始末人のことは承知しております。すでに、手を打ってある、しかも、我らの手を汚さずにすむ方法で」

林崎は、小野という市井の剣客を彼らと立ち合わせるよう、策をめぐらせてあると話した。

「そのことなら、あっしから……」

武士たちの集団の背後から、乾いた声がとどいた。

「その小野ですが、すでに、臼井勘平衛という始末人を一人斬ったようです。両手だけだが、しばらくは刀も握れねえはずだ。それに、林崎様が丸菱屋で菅笠の甚十という渡世人崩れの始末屋を斬ってくださった。……鳴海屋の始末人のなかで残るのは、泥鮹屋の伊平、鵜野ノ銀次、それに蓮見宗二郎の三人だけですぜ」

豊頬、福耳の男である。どうやら、町人風の男たちの中では兄貴株らしい。鳴海屋に出入りする始末人の動向も探っているようだ。

「聞いてのとおりだ。案ずることはない」

そういって林崎が座ると、三人の組頭がそれぞれ立ちあがり、ひとりひとり名を呼んで武士たちを三つに組み分けた。

それが終わると、脇にいた九蔵が着物の裾を叩きながら立ちあがり、

「……それでは、当座のお手当てをお配りいたしましょう。おひとり一両でございます。今回も些少ですが、大願成就まではご辛抱くだされ。……それに、船宿、料理茶屋などにもお上の目が光っておりますゆえ、しばらく、酒も女もつつしまれた方がよろしいかと思いますな」

そういいながら九蔵は小判一枚ずつ、武士たちの膝前に置いていった。

「ここは、さる大身の旗本の別邸。まわりに人家は少《すく》のうございますから、まず、怪しまれる

心配はございませんが、大挙して歩いているところを見られ、疑いをかけられることもないとは申せません。多少の間をおいて、お引き取りいただければと……」

九蔵がそういうと、一団の端にいた二人の武士が、それでは、拙者たち二人から、といって腰をあげた。

五

二人、三人とその場から消え、半刻《はんとき》（一時間）ほどすると、部屋に残ったのは林崎、九蔵、石津、それに組頭の武士三人と武士の集団の背後にいた町人風の男たちだけだった。

「てめえたちも、遊んでくるといい」

九蔵はそういうと、懐から何枚かの小判を取り出し、さっき始末人の動向を話した福耳の男に手渡した。

「それじゃあ、あっしらもこのへんで」

小判を受け取った男がそういって立つと、座っていた男たちも一斉に立ちあがった。

その福耳の男の背に九蔵が声をかけた。

「利助《りすけ》、深追いするんじゃァねえぜ」

「親分、分かってやすぜ。始末人に勝手に手を出すなってことでしょう」

利助は足をとめてふり返った。

「そうだ。おめえの腕を信用しねえわけじゃァねえが、こっちには石津さんをはじめ腕のいいお武家様がそろってるんだ。……こんどのつとめは、江戸中がひっくり返るような大仕事になる。おめえにゃァ、他にやってもらいてえ仕事がやまほどあるんだ」

九蔵は脇に座っている石津と三人の組頭に目をやりながら声を落としていった。

「ヘッヘッ、こいつの世話になることも、そのうちあるはずだよ」

利助は懐手した襟元を広げて、晒に差した匕首を抜いて目を細めた。呟くように言った声音が妙にやわらかい。

その利助に従って町人風の男たちの姿が部屋から消えると、

「どういうわけか、利助のやつ、始末人の銀次をてめえで切りたくて、うずうずしてやがるんだ」

と九蔵が眉根を寄せた。

後に残ったのが、三人の組頭と九蔵、石津だけになると、林崎が急に怒ったような口調で言った。

「笹崎梅之進、岩間忠吾《ちゅうご》をどう思う」

岩間忠吾という男は、さきほど冷静な口調で林崎に質問した年配の武士だった。

「ハッ、いかようにも」

笹崎は体を林崎の方にまわしただけで、姿勢も表情もまったく変えなかった。顎骨の張った色の浅黒い男で、視線を動かさずに喋った。

「岩間はわれらに疑念を抱いておる。敵方に、密告せぬとも限らぬ。やつを、斬れ！」

「ハッ」

笹崎は膝元の刀を摑むと、スッと立ち上がった。

続いて、二人の組頭も無言で立ち、笹崎に従って黙って部屋を出ていった。

「なんとも頼りになる方たちですな」

九蔵が笹崎たちを見送ると、林崎の方に身を寄せていった。

「おれのためなら、火の中だろうと、涼しい顔で飛び込む」

「何事も信じこむということは、怖いことで」

九蔵はそういうと、石津の方に顔をむけて、

「石津さんはどうします」と訊いた。

石津は林崎と笹崎がやり取りしていたときも、視線を床に落としたまままったく表情を変えなかった。

九蔵に問われると、石津は黙ったまま立ち上がり、

「……斬ってくる」

と呟くようにいって、ふらりと部屋から出ていった。相変わらず暗く沈んだ顔で目だけを光らせている。

その後ろ姿を見送ってから、九蔵が、どうします、といって林崎の方に顔を向けた。

「やらせておけ。……やつは、まさに亡霊そのものよ。辻に立って、富裕な商人を斬ってく

れれば、不安な世情を煽る効果はある」

「そうでございますな。……念のため、あたしの手下《てか》を張り付けておきましょう。ここまでくると、始末人だけじゃァねえ。町方も侮ったら、根こそぎ捕《と》られますからな」

九蔵は立ち上がると、肘を持ち上げるようにして手を叩いた。

床を踏むかすかな足音がして、部屋に入ってきたのは女だった。齢は三十歳前後の大年増で、鼈甲《べっこう》の櫛を粋に挿し、着物の後ろ襟から白い襟足をひろく覗かせている。小料理屋か飲屋の女将といった風体だが、目付きは荒く莫連《ばくれん》のようだった。

女はその細い目でチラッと林崎を見てから、

「おまえさん、なにか用かい」と九蔵に訊いた。

「おけい、久吉《ひさきち》はどうしたい？」

「いるよ、あたしの後ろに」

おけいの口元にちいさな嗤いが浮いた。

九蔵が改めて見直すと、おけいの体が蠟燭の灯を遮ったためにできた背後の闇に人影があった。黒の半纏に股引、それに、目だけ出してすっぽりと顔を黒布で隠している。その石のように蹲った姿は、気配も感じさせなかった。

妙に顔の大きな男だった。立ち上がると、短軀に比して腕が長い。この男が与野屋を襲撃したとき、前もって忍び込み木戸を開けて一味を引き入れたのだ。

「久《ひさ》かい、相変わらずだな」

「へい……」

「しばらく、石津のだんなの後を尾けてくれ。……いいか。手は出すんじゃねえぜ。あんな男におめえを斬らせたくねえからな」

「へえ、それじゃあ」

低いくぐもった声で、そういうとスッとおけいの影から離れるように動いて、久吉が部屋から消えた。

「変わった男だな。闇と同化したようで気配すら感じさせない」

「はい、黒蜘蛛《くろくも》の久吉と呼ばれる男で、屋敷内に忍び込んだり、人の後を尾けたりさせたら、この男の右に出る者はおりません。それに、さっきここを出ていった福耳の利助、あの男は匕首がうめえだけじゃァねえ。町方の動きを探らせたら、まず、かなう者はいねえ。……林崎様、あっしにも、鳴海屋に負けねえ、腕のいい手下はいるんですぜ」

九蔵は久吉の消えた闇に目をやりながらニヤリと嗤った。

六

「蓮見のだんな。今度の辻斬りは、小名木川縁のようですぜ」

佐吉が鳴海屋の暖簾《のれん》を潜ったところで、宗二郎を振り返っていった。

「それに、神田で種問屋への押し込みがひとつ、それに、木場に積んであった材木の火付けがひとつか……」

「ちかごろは、火盗改めも閻魔党を追ってるようです」

「お上も必死なのさ。こう騒がれちゃァ、お上の御威光にも影がさすってもんだ」

「それで、なりを潜めちまったんですかね」

文蔵のところに始末人やヒキが集まって、その後の一味の動きや情報を耳に入れての帰りだった。


　ここ五、六日、一味が徒党を組んで大店を襲うような目だった動きはなかった。相変わらず、町方の探索を嘲笑うかのように、目の届かない橋の袂や商家の塀などに、大変災だの亡霊だの、末世だのと人心の不安を煽るような貼紙がしてあったが、住人を動転させるような大きな事件は起きなかった。

　だからといって、人々の不安や恐怖の気持が解消にむかっていたのではない。近い将来、何かとてつもない兇事に襲われるという不安は、いつもついてまわっていた。

　そして、ときどき起こる異常な事件や町方と火盗改めの執拗な探索がかえって人々の不安を増長させていたのだ。

　まさに、その静寂は、嵐の前の静けさともいえた。

「日本橋の小間物屋はどうした」

　宗二郎が訊いた。

「とんだ無駄骨で。……まわり役の者の手も借りましてね。ひととおり当たってみたんですが、藤木屋などという小間物屋はねえし、おけいという女も浮かんじゃァこなかった」

「おそらく、はじめっから藤木屋などという小間物屋はねえのさ。堀江という男が林崎と名を変えて姿をくらましたのと同じだろうよ」

「あっしの鼻にも、そいつらが臭うんですがね」

「須田町の方は？」

「そっちも、無駄足を踏んじまったようで。……堀江という男、まったく実家へは帰ってねえ。すでに、家を飛び出してから五年は経ってるという話です。堀江家に仕える下男が、昨年、御船蔵ちかくで牢人らしい男と二人連れで歩いているのを見かけて声をかけたそうなんですが、返事もせずにいっちまったっていうんですよ」

「そうか……」

「そんときね、牢人の話した声が聞こえたらしく、鬼灯《ほおずき》横丁ってえ、ことばを覚えてましてね。あっしに喋ったもんですから、念のため、そこに行ってみたんですよ」

佐吉の話によると、その横丁にある、棟割長屋に林崎という名の侍が何度か尋ねてきたことがあるという。

「林崎か」

「へえ、どうも堀江という男は林崎という名で通しているようで」

「うむ。……その牢人の名は」

「石津次郎右衛門というそうです」

「そいつも、居合を遣うのか」

「いえ、居合じゃあねえが、腕はいいようで」

長屋に住む牢人と大工とが些細な口争いから刃物を持っての喧嘩になり、その場に居合わせた石津が咄嗟に両人の帯を切って、激怒した二人の気を静め仲裁したという。

「長屋の連中は、元は有名な剣術遣いだったに違えねえ、と噂してましたぜ」

「今は何で暮らしをたてている」

長屋に住んでいるところをみると、牢人であることは間違いないようだ。

「それが、はっきりしねえんで。……それに、気になることがありやしてね」

佐吉の聞き込んできたところによると、石津は三年ほど前から鬼灯横丁に妻と三つになる娘と住むようになったという。元は微禄の御家人だったが、何かの遺恨で上士に刀を抜き、家禄を失ったということだ。

「気になるのは、その妻子でして。……一年ほど前、二人して長屋で首を括って死んじまったんだそうで」

「なに、首を括ったと……」

「へえ、石津という男、もともと無口で陰気な感じがしたそうですが、その後は夕方になるとふらりと出かけるだけで、長屋の連中とも顔を合わせたがらないそうで……。まるで、亡霊か死霊のようだと、長屋の連中は噂してましたぜ」

「亡霊か……」

「その男、中島町でやりあった辻斬りと重なりゃァしませんかね」

「佐吉、その石津という男と会ってみよう」

「へい。それじゃ、これからすぐに」

佐吉はそういって、少し足を速めた。

陽は西に傾いていたが、町が夕闇に包まれるまでには間がある。


石津の住むという棟割り長屋はだいぶ古く、日の当たらないじめじめした所にあった。障子は破れ、板庇が破損してぶら下がっている家も多かった。長屋に足を踏みいれると、古い泥溝板《どぶいた》からたちのぼってくる悪臭が鼻を衝《つ》いた。

「あの井戸の脇から二つ目が、石津の家ですが、雨戸は閉まってますな」

佐吉が指差しながらいった。

井戸端では長屋の女房らしい年増が一人、釣瓶《つるべ》で水を汲んでいた。

「石津どのは、ご在宅かな」

宗二郎が女の背から声をかけた。

女は水の入った手桶を持ったまま、宗二郎と佐吉に怪訝そうな目をむけたが、

「……さあ、ここ何日か、家にはいないようですよ」

と小声でいって、慌てて立ち去ろうとした。

「拙者は石津どのと同じ道場で学んだ者だが、奥方とも面識があってな。二人は元気でおら

れるであろうな」

宗二郎は首を括ったという妻のことを持ち出した。

思った通り、背をむけた女の足がとまった。

「そ、それが、お武家様、お勝さんとさよちゃんは首を括って、去年の秋に……。かわいそうで……。長屋のみんなで葬式を出してやったんですよ」

いったん、女は目を剝いて宗二郎を見たが、すぐに顔をくしゃくしゃにして泣き声をだした。

「なぜ、そのようなことに」

宗二郎は驚いたような顔をした。

「長屋の連中はね、貧乏暮らしが嫌になったっていってるけど、あたしは、そうは思わないね」

女房は、死ななくっちゃならないようなことがあったんだよ、と赤くなった手の甲で頰を拭いながらいった。すぐに涙はとまったようで、少し赤くなった大きな目玉を宗二郎にむけると、急にきょろきょろと辺りを見まわし始めた。どうやら、見知らぬ男二人と一人話しこんでいる自分にあらためて気付いたようだ。

「いったい、何があったというのだ」

「分からないよ。お勝さん、急に塞ぎこんで話もしなくなったんだけどね」

女房は頰の辺りにほぐれた髪を耳の後ろに撫で付けながら、取ってつけたようなよそよそしい態度になった。

佐吉が女房のそばにひょいと身を寄せて、おかみさん、ほんの顔つなぎで、と耳元でいって、小粒銀を紙に包んで袂に落としてやると、拭い取ったように女房の顔色が変わった。

「二人がこの長屋に来て何年になるかな」

「お武家様、三年くらいですよ」

女房は勢い込んで応えた。

「お勝どのは、ずっと、家にいたのか」

「いえ、ときどき暮らしの足しになればと、だんなには内緒でね、深川の与野屋、ほら、亡霊に皆殺しにあったという、あの呉服屋に下働きにいっていたんですよ」

「なに、与野屋にか」

やはり、石津という男、閻魔党とかかわりがありそうだ。与野屋の主人だけ首を絞められて死んでいたが、お勝が首を括って死んだことと何か関連があるのかもしれない。

「なんでも、ここに来る前はね、お勝さん、同じ万年町に住んでいた牢人の娘さんで、与野屋と顔見知りだったということですよ」

「うむ……」

宗二郎は、妻子が首を括った原因と石津の剣の腕を知りたいと思った。

石津が道場に通っていたことがあるかどうか訊くと、

「道場などいってなかったけど、剣術は強かったはずだね」と女房はいった。

一度、お勝さんが三、四人の破落戸《ならずもの》にからまれたとき、石津が刀を抜いて一振りしただけで退散させてしまったことがあるというのだ。

「あたしは見てたんだ。破落戸の帯を斬ったんだよ。……それだけで、青くなって逃げちまったんだから」

女房は目を剝いて、自慢気な顔をした。

「そうか」

多少の誇張はありそうだが、石津がかなりの遣い手であることは間違なさそうだった。

宗二郎と佐吉は長屋を出たそのままの足で、万年町に向かった。

与野屋は大戸が下ろされたままで、ひっそりしていた。つい最近まで、付近に岡っ引きらしい男が張り込んでいたのだが、今はその姿もない。

宗二郎は与野屋の向かいにある薬種問屋で訊いてみた。宗二郎と佐吉のことは、鳴海屋の者だと知っていて、茶を出してくれた。

「へえ、お勝さんなら知ってますよ」

額が広く顎の尖った年配の主人が、口辺に卑猥な嗤いを浮かべていった。

「年齢は？」

「二十七、八でしょうか。……娘の頃は器量よしで通ってたんですよ」

「殺された与野屋の主人といい仲だったというのではあるまいな」

宗二郎はあるいは、と思って訊いてみた。

「いえいえ、そんなことはありませんよ。……ただね」

主人はそこで口を噤んで、また卑猥な嗤いを浮かべた。

「ただ、何だ」

「お勝さんが娘さんと死んだのは、吉兵衛さんに無理やり体を奪われたからだと、噂が立ちましてね。……死んだ者の悪口はいいたかありませんが、吉兵衛さん、女好きでしてね」

主人によれば、深川芸者にいれこんだだけでなく、飯炊き女にまで手を出してたらしいというのだ。

「お勝という女が死んだあと、石津という牢人が与野屋とのことを訊きに来たようなことはないのか」

宗二郎は、石津が妻と吉兵衛との関係を確かめに来たのではないかという気がしたのだ。

「いえ、まったく」

主人は首を横に振った。

少し温《ぬる》くなった茶を飲み干してから、宗二郎と佐吉は薬種問屋を出た。

「石津が、妻のことを調べに来てもよさそうだがな」

宗二郎と佐吉は、仙台堀縁の道を大川方面に歩いていた。

石津の妻と吉兵衛との噂が、石津の耳に入らなかったとは思えなかった。吉兵衛の仕打ちを耳にすれば、妻と子を奪われた石津が、吉兵衛に対して何もなかったとは考えづらい。

「だんな、石津がとくに動かなかったのは、お勝という御新造さんが首を括ったわけを知ってたからじゃないですかね」

佐吉がいった。

「書き置きか」

「へえ」

「与野屋を襲った閻魔党の中に、石津が加わっていたとしたら、得心がいくな」

稲吉という手代の死骸《むくろ》を店先に捨てて置いたのは、石津と吉兵衛の関係を隠すためだったのかもしれない。

「佐吉、こうなると、どうあっても石津と会わねばならんな」

「へい、あっしがしばらく鬼灯長屋に潜んで後を尾けてみやすよ」

そういうと、佐吉は宗二郎から離れて駆けだした。

七

佐吉が鬼灯長屋に潜んで二日目の夕刻だった。長屋の木戸から、痩身の武士が入って来るのを目にとめた。その陰湿な顔に見覚えはなかったが、冷酷な感じを与えるその目差しには覚えがあった。中島町で二人連れの町人を襲った辻斬りに間違いなかった。

佐吉は板塀に身を寄せて武士をやり過ごし、石津の家に板戸を開けて入ったのを確認してからその場を離れた。

佐吉が潜んでいた板塀の陰から離れ、足音を消して走り出したとき、ふいに、長屋の角で黒い影のような物が動いた。

石津を尾けていた黒蜘蛛の久吉である。久吉は板塀や天水桶などの陰に巧みに身を隠し、佐吉の後を尾けた。闇に溶けたように姿を隠し、足音も気配も消して、佐吉のような尾行に長《た》けた者にも気付かせない。

佐吉は自分が後を尾けられているなどと思ってもみず、そのままの足で宗二郎のいる甚助店に駆け込んだ。

佐吉から話を聞くと、宗二郎はすぐに刀を差して外に出てきた。

「どうしやす」

「早い方がいい。今夜、かたをつけよう」

宗二郎は中島町でやりあった辻斬りが石津なら、一刻も早く始末した方がいいと思った。対峙したときから、身震いを覚えるほどの冷酷さと不気味さを感じとっていた。ただ、剣の遣い手というだけではない。その男は、ぞっとするような破壊と狂気とを漂わせていたのだ。

「寝込みを襲いやすか」

「いや、長屋の中で大立ちまわりはしたくない」

「それなら、あっしが竪川《たてかわ》縁まで誘い出しやすよ」

「できるか」

「なあに、逃げ足だけはだれにも負けやしませんから」
宗二郎と佐吉は、そんな話をしながら松井町に向かった。

竪川は水運のために掘られたもので流れはほとんどなく、澱んだような川面に薄い西日が射していた。ぽつぽつと人通りはあったが、宗二郎のいる空地は道側に丈の高い芒《すすき》や蔓草などの繁茂する雑草地があり、その姿を人目から隠していた。

四半刻（三十分）ほどすると、雑草を踏み分けて近付いてくる二人の人影が見えた。前にいるのはまわり役の彦七で、その後ろを黒の着流しで刀を落し差しにした牢人風の武士が尾《つ》いて来る。

どうやら、顔を見られている佐吉に代わって彦七が石津を連れて来たらしい。

一瞬、川面を背にして立つ宗二郎の姿を目にとめて、武士は歩を止めたが、またすぐにゆっくりした足取りで近寄って来た。

「お勝の遠縁に当たる者が待っているという話だったが、やはり、おぬしか」

石津の顔に驚きはなかった。

彦七は、宗二郎の姿を目にすると、すぐに石津との距離を取り、今はかなり離れた雑草地の中に屈みこんで身を隠すようにしていた。

いつ来たのか、佐吉が石津の背後で退路を塞ぐように立っていた。

「辻斬りだけでなく、閻魔党と称して、与野屋や丸菱屋を襲ったのも、おぬしたちだな」

宗二郎と石津の間合は五間ほどあった。まだ、お互いに抜き合う間合に入ってはいない。

「さて、どうかな」

石津は両腕をだらりと下げ、物憂そうな顔で立っていた。

しばらく、剃刀は当ててないと見え、月代《さかやき》や髭が伸び、鬢も乱れていた。荒廃した生活を続けていたらしく着物はよれよれで、かすかに汗の臭いがした。痩身で顔色も悪いが、腕や首の太さに鍛えたあとが残っている。間違いなく、中島町の辻斬りはこの男だ。

「与野屋の者を皆殺しにしたのは、遺恨によるものか」

宗二郎が訊いた。

「吉兵衛が、お勝を抱いたことのか……」

「主人だけ、首を絞めて殺したのは、お勝どののことがあったからであろう」

「かも知れぬな。……だが、どうでもよい。無理やり体を奪われたと書き遺してはいたが、お勝の方で金のために吉兵衛を誘ったのかも知れぬし……。赤貧洗うが如き暮らしの中で、女の貞操もなにもあるものか。お勝も死ぬことで、己の心の迷いを断ち切ろうとしただけなのかも知れぬ」

石津は口元を歪めて嗤った。

「………」

やはり、石津は妻の書き置きを読んだようだ。

「おれは、人を斬ることを楽しんでいるだけのことよ。相手は町人でも、武士でもよい。おれの手で斬りたいのよ。肉が裂け、血が飛び散り、苦悶に顔を歪めながら死んでいく……。それでおれの胸のつかえがとれる。おれは、血を求めて彷徨《さまよ》っている亡霊よ」

石津はいい終わると、柄に手を置いて、また、嗤った。クックッと喉の奥で哭《な》くような声が漏れた。そして、その声が止むと目に冷たい光が宿った。

石津は腰を沈め抜刀した。背筋がわずかに伸び、その全身を剣気が覆ってくる。

「おぬし、何流を遣う」

「……人斬り流。若いころは、神田の朝倉道場に通っていたがな」

「森泉一刀流《もりいずみいっとうりゅう》か」

神田にある朝倉道場は腕のたつ剣客が多いと評判をとっていた。朝倉兵部《あさくらひょうぶ》という森泉一刀流の遣い手が開いている道場である。その朝倉道場と小柳町の新向流居合の道場は近かったはずだ。林崎がその道場に通っていたとき石津と繋がりができたのかもしれない。

「おぬしは、渋沢念流を遣うそうだな」

石津がいった。

「いかにも、若いころは北本所の蓮見道場に通っていたが、今はおぬしと同じ人斬り流。……だが、おれの方は、頼まれれば、鬼や亡者でも斬る」

「亡者が斬れるかな」

石津はわずかに腰を沈めて、二、三歩間合をつめてきた。

「……林崎がおぬしらの首謀者か」

宗二郎もわずかに腰を落し、斬撃の体勢をとっていた。

「さて、どうかな」

石津は応じず、八相に構えたまま摺り足で間合をつめてきた。

全身から凄まじい剣気を放射し、八相の構えから腰をさらに沈め、切っ先を背後に倒して胴を薙ぐような構えをとった。

間合は三間。宗二郎は、腰を沈め、切っ先を相手の趾《あしゆび》につける下段に構えをとった。相手の動きに応じて斬り返す、後の先の構え。

「渋沢念流、地擦り下段」

「おれは亡者の剣、腹を割って臓腑を引き出す」

石津がそのまま踏み込んで、胴を狙ってくるはずはなかった。正面があいている。まっすぐ突かれれば、避けようがないことは承知のはずだ。

が、石津はそのままの構えでじりじりと間合をつめてきた。

宗二郎は敵の動きに応じるため、肩の力を抜き、後ろ足の踵に重心をかけた。

一足一刀の間境を越えた刹那、ふいに、石津は下から掬い上げるように、切っ先をまわし、宗二郎の切っ先を弾きにきた。

同時に、真っ直ぐ正面から突き当たるように激しい勢いで身を寄せてくる!

弾いた刀でそのまま刀身を返し、首筋を斜めに斬り上げてくる、と察知した宗二郎は、敵の左手に体を開きながら、弾かれた刀を振り上げ小さく敵の右腕に落した。

ほんの一瞬の動きだった。はたで見る者には、ただ両者が擦れ違ったとだけしか映らなかったはずだ。

交差した二人は三間ほどの間合をとって、また対峙した。

擦れ違いざま、首を狙って斬り上げた石津の切っ先は、宗二郎の襟元をわずかに裂いていたが、肌まではとどかなかった。

小さく斬り落した宗二郎の切っ先は石津の右腕を深く抉ったらしく、噴き出した血が足元に滴り落ちていた。

石津は口元を歪めるようにして、ニヤリと嗤った。その顔にかすかに赤みがさし、両眼が獰猛な獣のように燃えていた。

「……見ろよ、亡者にも赤い血が流れている」

いいながら、石津はまた八相から腰を沈めて、さっきと同じように胴を薙ぐように構えた。

石津に、勝負を捨てた気配はない。口元にはかすかな嗤いさえ浮いている。あるいは、一合した宗二郎の動きから、隙を見いだしたのかも知れない。

宗二郎は切っ先を相手の趾につけたまま、さっきより半歩間合をひろくとった。じりじりと摺り足で間合をつめてきた石津は、間境を越えた刹那、さっきと同様、下から切っ先をまわして、宗二郎の刀を弾きにきた。

さっきとまったく同じ動きだったが、一瞬、腰がわずかに深く沈んでいるのを宗二郎はみてとった。

（下から来る！）と直感した宗二郎は踏み込まず、一瞬、腰を沈めて跳躍の体勢をとった。

石津は、腰が砕けたと思うほど深く身体を沈めると、宗二郎の前足を狙って大きく払った。

宗二郎が跳ぶ。

間一髪、石津の切っ先は宗二郎の膝先をかすめた。跳びながら、宗二郎の剣は石津の頭部を鋭く叩くように斬った。

喉を裂くような石津の気合が、かすかな尾を引いた。

頭蓋が割れ、脳漿と血が飛び散ったのは、石津の気合が消えた直後だった。

残心の体勢のまま血を浴びて立っている宗二郎の肩先をかすめるように、石津は腰から崩れていった。

「おみごと」

佐吉と彦七が宗二郎のそばに走り寄った。

「恐ろしい男だ……」

宗二郎の実感だった。

まさに人斬り流だった。はじめて対戦したときもそうだったが、恐れず真っ直ぐ斬りこんでくる。その構えや動きは、道場の稽古や流派の剣の形からは逸脱したものだったが、人を斬りながら身につけていった鋭さと果敢さがあった。もし、宗二郎の腕が道場の稽古だけで身につけたものだったのなら、最初の一合で腹を裂かれていたはずだった。

「歩けますかい」

佐吉の言葉で、宗二郎は袴が切られ、右足の脛に血が流れているのを知った。

川辺に繁茂している葦や芒の中に屈みこんで、宗二郎と石津の闘いを見ていた男がもう一人いた。黒蜘蛛の久吉である。丈の高い雑草の陰で気配を消し、二人の勝負と去って行く宗二郎たちの後ろ姿を凝《じ》っと見つめていた。

その姿はそこに目をやっても識別できないほど闇に溶けていた。

久吉がのそのそと姿を現したのは、宗二郎たちの足音が完全に消えてからだった。久吉は横たわっている石津のそばに屈みこむと匕首《あいくち》を出して、死体の顔を縦横に切り裂いた。そうして、顔が判別できないようにすると、両足首をつかんでずるずると川岸まで運び、死体を竪川に流した。

その後、半刻（一時間）ほどして、久吉は中川に近い清水町の大身の旗本か富商の別邸と思われる黒板塀で囲った屋敷内に姿を現した。

すぐ近くが亀戸《かめいど》村で、辺りは畑や雑草地などが多く、所々に農家が点在するだけの寂しい地で、竪川縁や掘割沿いの眺めのいい所に小藩の下屋敷や別荘などがある。

ここは林崎や九蔵たちが隠れ家にしている屋敷で、軍学の講義と称して閻魔党の集会にも使っている。その屋敷内からぼんやりとした薄明かりがもれていた。

第四章　勾《こう》引《いん》

一

　部屋の中には燭台があり、チリチリと油の燃える音がした。正面の床の間を背にして、林崎が座り、その脇に九蔵とおけいがいた。燭台の灯《ひ》に照らされた九蔵の顔は赤黒く、額から目尻にかけて刻まれた刃物の傷跡がみみずでも這ったように黒く浮き上がっていた。林崎とおけいの顔は、斜めからの灯を受けて熟柿のような色に半顔が染まっている。

「……石津は、蓮見に斬られたのだな」

　林崎の顔に特別な表情はなかった。

「へい、死体はあっしが顔を潰し、竪川に流してきやした」

燭台の灯の届かない部屋の隅の薄闇の中に久吉は蹲《うずくま》っていた。そこに、蟇が蹲っているような黒い影があるが、石のように動かない。

「そいつは有り難い。町方も石津から林崎様を手繰ってくるでしょうからな」

九蔵が脇に座っているおけいの手を取り、それを撫ぜながら言った。目が残忍な光を宿し、口元には卑猥な嗤いが浮いている。林崎や手下の前では商人の顔を捨て、生来の貌になるようだ。

「蓮見はどうやって石津を探り当てた」

林崎が訊いた。

「ヒキ役の佐吉って男が、鬼灯横丁の長屋を探り当てたようで」

「となれば、石津とおれがつながっていることも摑んでいるだろう。……うかうかしておれんな」

林崎は腕を組んだ。

「小野惣右衛門が、蓮見を討つまで待ってはいられませんな」

「うむ」

「利助によると、惣右衛門という男、やたら町中を歩きまわってるそうなんで。下手すりゃァ、こっちと鉢合わせしねえともかぎらねえ。早えとこけりをつけちまった方がいいと思うんですがね」

「しかし、石津が斬られたとあっては、迂闊に仕掛けられんぞ。……蓮見を討てるのは小野しかおらぬ」

「林崎様、どうでしょうな、小野の尻を叩いては」

「はい、あの娘を使うか」

「はい、あの堅物も娘には弱いんじゃありませんかね。なんでしたら、あたしの手の者で娘を襲い、いうことをきかせますが」

九蔵は、おけいから手を離し、林崎の方に膝をまわした。

「あの娘を手籠めにしてか……。無理だな。あの娘には、父親と変わらぬ頑固さがある。辱めを受ければ、その場で命を断つぞ。それに、我らが手を下したと知れば、小野はこっちに切っ先をむけるはずだ」

「まッ、そうでしょうな」

九蔵は苦々しい顔をした。

「娘を監禁し、小野に、蓮見たちに勾引《かどわか》されたと思わせればいい」

「そんなことができますかね」

「できる。……蓮見の仲間に鶫野ノ銀次という男がいたな。やつが娘をさらったと見せよう。おぬしの配下の誰かに、川並のような身形をさせ、よし野のしるし半纏を着せて、しばらく娘を尾けさせてから襲って監禁すればいい。……その後、拙者が蓮見の名で脅迫状を届ける、鳴海屋から手を引かねば、娘の命はないぞ、とな」

「なるほど、そいつはいい。よし野の半纏は別の船頭からでも調達しましょう。……ですが、監禁などと面倒なことをしなくとも、殺《や》っちまったらどうなんです」

九蔵はまたおけいに手を伸ばし、今度は太腿あたりを撫ぜだした。

おけいは九蔵の方に肩先を寄せ、目を細めている。

「いや、いざとなったら、蓮見たちの手から我らが助け出したように見せることもできよう。……それより、あの娘を密かに捕らえることができるかだが」

そのとき、林崎と九蔵のやり取りを黙って聞いていたおけいが少しばかり背筋を伸ばし、

「あたしと久吉でやるよ」

と口を挟んだ。

「おけいどのがか」

「任せておきな。娘一人、ふん縛《じば》るなんぞ、わけはないやね」

おけいは蓮っ葉なものいいをした。

「そうですよ。林崎様、久吉が蜘蛛で、おけいは蝶なのでございますよ。あっしらの稼業では、生きたまま捕らえて、口を割らせることもときには必要でしてね。……この二人に任せておけば、まず心配ありません」

九蔵がおけいに細い目をむけていった。

「よし。それで、蓮見の方はいい。後は銀次と泥鰌屋の伊平、それに町方の動きだ」

「銀次と伊平は、閻魔党に加わっている武士を手繰ってるようですな。銀次は料理屋や船宿に出入りする者から、伊平は町家から長屋の隅々まで泥鰌を売り歩きながら探ってるよう

で。……ここを嗅ぎ出されるのも、そう先のことではないでしょうな」

「町方の方は」

「町方の連中も、閻魔党に加わっているのは、近隣の御家人や旗本の冷や飯食いと睨んで、洗い出してるようです。背後にいるあたしらのことまで摑《つか》んではいないでしょうが、捕らえられた者が口を割らないとは限りませんな。それに、火盗改めも本腰を入れて動きだしてるようだし……」

九蔵の口元から嗤いが消えていた。

「そろそろ最後の手を打つ時期にきたか」

林崎が脇の刀に手を伸ばしながらいった。

「そうですな、最後の大仕掛に取りかかるころあいでしょうな」

「よし、小野が蓮見を始末したら、一気に閻魔党を動かそう」

そういいながら、林崎は立ち上がった。

「林崎様、どちらへ」

九蔵が顔を上げて訊いた。

「少し、息抜きをしてくる。目の前で、こう、見せつけられてはな」

林崎は両国にある老舗の料理茶屋の名を出した。

少し深川から離れた場所で、馴染みの遊女と過ごすつもりらしい。

「そうですとも、何ごとも楽しみながら余裕をもってやりませんと。……こういうことは、思いつめ、まわりが見えなくなったら、おしまいですからな」

九蔵はそういいながら、おけいの膝元の割れた着物の隙間から手を入れ、太腿の付根あたりをまさぐりだした。

「うむ……。九蔵、前々から聞いてみたいことがあったのだがな」

林崎が立ったまま、九蔵の方に顔をむけた。

「なんでしょうな」

「なぜ、深川を選んだ。……深川に鳴海屋という始末屋があることは知っていたと思うが」

「そりゃァ、もう、鳴海屋のことはよく存じてます。どんな始末人がいるかもね。……ですが、林崎様、あっしらにとって、深川ほど仕事のやりやすい場所はないんで」

「というと」

「まず、逃げるための足ですな。やっとの思いで千両箱を担ぎ出しても、町木戸が閉っちまったら、まず逃げられねえ。かといって、寝静まる前に、大店を襲って有り金残らず運び出すなどという芸当はできやあしねえ。……ところが、深川には舟がある。川や掘割が網の目のように巡らされていて、いつでも思いの場所に運べる。しかも、金のうなってる大店は、米問屋にしろ材木問屋にしろ、みんな川の端にある。あっしらにとっちゃァ、こんなやりやすい町はねえんで」

「なるほど、そうかもしれんな」

林崎は納得したような顔をした。

「それに、林崎様、鳴海屋を一度叩いておきゃァ、次はもっとやりやすくなるってもんです」

見上げた九蔵の目がにぶく光った。

二

秋乃はここ三日ほどの間に、船宿の船頭のような身形をした男を何度も目にした。近くの家の塀の陰からそれとなく道場を覗いていたり、たまに米や味噌を買いに出ると、きまって後を尾けてくるのだ。

男は、いつもよし野という船宿の半纏を羽織っていた。

初めは気にもかけなかったのだが、度重なるとさすがに気味悪く、それとなく父の惣右衛門に話すと、

「わしも、その男のことは気付いておる。あるいは、わしが手にかけた始末人と所縁の者かも知れぬな」

「蓮見どののか」

秋乃は宗二郎が道場に父親を訪ねて来たことは話してあったが、対戦して自分が打たれたことまでは話してなかった。

宗二郎の傷が癒えたおりに再戦するつもりだったので、秋乃は黙っていたのだ。

「わしが、臼井という男を手にかけた。そのために、蓮見はわしとの出会いを恐れているのかもしれぬな」

惣右衛門は道場に端座《たんざ》し、いつもの鉄棒を振っていた。武者窓から秋の陽が射し込み、床が眩いほどに輝いていた。秋乃はその強い陽射しに目を細めながら、父の脇に座していた。

秋乃は蓮見が父親との対戦を恐れているとは思えなかった。立ち合いを恐れていたら、自分から道場へ来はしなかったろう。

そう思ったが、秋乃は黙っていた。

あの男には借りがある。どうしても、父親より先に二人だけで会って、もう一度勝負をしたい、という強い思いがあったのだ。

「秋乃、世情を騒がしておる闇魔党とか名乗る盗賊のことを知っておるか」

惣右衛門は、鉄棒を振る手をとめて顔を秋乃の方に向けた。

「はい、張り紙を目にしたことがございます」

「どうやら、ただの盗賊ではないようじゃ」

「…………」

「夜分は出歩かぬがよい。いらぬ争いごとに巻き込まれぬともかぎらぬ」

惣右衛門はそれだけいうと立上がり、エッ、ヤッ、という短い気合を交互に発しながら踏み込み、左右の袈裟に振り下ろした。

秋乃は父がこのところ夜になると深川や本所あたりに出かけて、何やら探っているのを知っていた。臼井という剣客や宗二郎との対戦のために、動いているのだろうと思っていたが、それだけではないようだった。

あるいは、小石川の伯父上とかかわりのあることかとも思ったが、黙っていた。父の言葉の響きに、それ以上話すつもりのないことを感じとったからだ。

翌日の昼過ぎ、また、秋乃はよし野の半纏を着た男が道場の前を通り過ぎたのを目にした。その足取りが妙に遅い。ただの通りがかりでないことは明らかだった。

秋乃は、そっと道場を出ると、父親には告げずに男の後を尾け始めた。あるいは、この男、蓮見どのと会うかも知れぬ、という思いがあったからかもしれない。

男は横川縁の道を深川方面に向かって歩き、小名木川を越えてしばらく行くと、石島町で細い道を左に折れた。その先は十万坪と呼ばれる埋め立て地で新田が多く、さらにその先は砂村新田《すなむらしんでん》と称される地で、人家は少なく広漠とした地が続いている。

民家がとぎれ、両側に松の点在する雑草地の中に細い道が続いていた。ふいに、男は松の木の下で立ち止まり、背後を振り返る素振りをしたと思うと、急に足を速め雑草の中に身を躍らせて駆け出した。

――気付かれたか。

と察知した秋乃は急いで後を追ったが、男は雑草の先の竹林の中に姿を消してしまった。追うことを諦めて、ふと、道の先に目をやると、十間と離れていない松の樹陰に、女が蹲《うずくま》っていた。

片手を地面につき、白い足を脇に投げ出して、苦しげな呻き声をあげている。年増の料理屋の女将といった感じの女だった。

「どういたした」

秋乃は女に近付いて声をかけた。

「あ、足が……、痛い」

女は投げだした素足に手を伸ばしながら、声を震わせた。

見ると、投げ出した女の右足の踝《くるぶし》あたりが朱に染まっている。

「怪我か」

秋乃が女の足元に屈みこんだときだった。

ふいに、頭上が暗くなったと感じた瞬間、全身に何かが被せられ体の自由が奪われた。

網だ！

投網を木の上から投げられたのだ。秋乃は刀を抜いて網を断ち切ろうと、柄に手を伸ばしたが、一瞬、頭上の松の枝から黒い猿《ましら》のようなものが落ちてきたのを見ただけで、腹に衝撃を受けて意識を失った。

三

鶉野ノ銀次は、小つるが何気なく口にした、千鳥《ちどり》のいい男《ひと》はね、お武家でね、このところ金まわりがいいらしく、流連《いつづけ》もたびたびなんだよ、という話がひっかかった。

千鳥というのは、小つると同じ深川芸者で、ときどき御家人の冷や飯食いらしい若い武士が、よし野に呼んでいることを知っていたからだ。

ときどきといっても、月に一度程度で、しかも、小銭を溜めてやっと呼ぶ、といった有様だったのは、船頭をしている銀次でさえ知っていた。どうやら、その冷や飯食いが何か金蔓《かねづる》を摑んだようなのだ。

「小つる、その侍は、何てえ名だい」

「佐伯市之介《さえきいちのすけ》、御家人の次男坊だそうだよ」

「そいつを少し張ってみるか」

銀次がそう言った翌日に、小つるから連絡があった。

「おまえさん、佐伯が来てるよ。千鳥の話だと、今夜は都合で早帰りだそうだよ」

というのだ。

銀次は、よし野の前の渡し場に繋いだ猪牙舟の船梁《ふなばり》に腰を落して、佐伯が出てくるのを待った。渡し場からはよし野の玄関口が見え、掘割が道に沿って続いているので、そのまま舟で佐伯を尾けることもできた。

佐伯は千鳥に送られて、五ツ（午後八時）前によし野から出てきた。月のない夜だったが、佐伯はよし野で提灯を渡されていたので、銀次はその灯を猪牙舟でゆっくりと尾けた。

銀次が舟を降りて、岸に上がったのは、前を行く提灯の明かりが吉永町の家並の角を曲がったときだった。

佐伯の行く道は、大小の武家屋敷や町屋が混在する町並で、小名木川に突き当たる。

佐伯は小名木川にかかる新高橋を渡り、御材木蔵のある方へ足早に歩いていた。銀次は十間ほどの間をとって後を尾けた。

辺りはすっかり夜闇に包まれていたので、振り返っても黒の半纏で身を包んでいる銀次の姿は識別できない。

佐伯は清水町の掘割沿いにある黒板塀で囲まれた屋敷の中に入っていた。木戸門から消えた佐伯の後ろ姿を見送った銀次は、本所方面に引き返し、そば屋を見つけると亭主から、それとなく、佐伯の消えた屋敷のことを訊いてみた。

「あの屋敷は、さる御旗本の別荘だったらしいんですがね。金に困って、売っちまったらしい。今は、日本橋で小間物屋をやってる旦那の別荘らしいんですが……」

そば屋の亭主は、そこでいいにくそうに言葉を切った。

「どうしたい、大方、若い女でも連れ込んで、楽しんでると相場は決まってるもんだが、違うのかい」

と水をむけると、

「それが、女じゃァねえんで。……若い侍、それも何人も連れこんで」

「陰間《かげま》（男色）かい」

「そうじゃァねえんで。なんでも、軍学とかいってたな。偉え先生を呼んで、学問を教えてるようなんで」

そば屋の亭主は照れたような笑いを浮かべて、奥へひっ込んだ。

それだけ聞けば、じゅうぶんだった。銀次は、あの屋敷が閻魔党の隠れ家のひとつに違いないと直感した。小間物屋の主人が若侍に軍学を教えるために別荘を使わせるなど、酔興が過ぎる。それより、軍学の教授にこと寄せて、閻魔党が謀議でもしているとみた方が腑に落ちるのだ。

それから銀次は、三日ほど屋敷の門が見える近くの欅《けやき》の葉陰に潜んで、出入りする人物を頭にたたきこんだ。張り込みは夜だけだったが、夜目の利く銀次は月のない闇の中でも、その体型や人相は識別できた。

武士は十二、三人。いずれも若く、御家人や旗本の子弟といった感じの男たちだった。遊び人ふうの男も、十人前後いた。その中には、永林寺の境内で銀次と小つるを襲った男も何人か混じっていた。

出入りする者たちの中に妙な男が一人いた。身の丈は五尺あるかないかの短軀だが、足が速く、ときどきおお急ぎで屋敷を出ていったり、門近くにある松の木にするすると上って、二、三刻も下の様子を窺っていたりする。

全身黒装束で、しかも、樹上でまったく身動きせずにいるために、そこにいることを知っている銀次でさえ、姿が消えてしまったと我が目を疑うほどなのだ。

張り込んだ三日目の晩に、その男と料理屋の女将といった感じの女が、駕籠を連れて急ぎ足で屋敷内に消えたのを見た。

駕籠を担いでいたのは、屋敷に出入りする遊び人ふうの男たちだった。銀次は駕籠の中味が知りたかったが、屋敷内に忍び込むのは危険だと思った。小柄な黒装束の男が不気味だった。どこに潜み、侵入者に目を光らせているのか、銀次にも読めなかったのだ。


その夜遅く、銀次は鳴海屋に足をむけた。

銀次の話を聞いた彦根の文蔵の顔に、めずらしく驚きの色が浮いた。

「その男、木の上でいつまでも動かないといいましたな」

「妙に手の長い野郎で」

「そいつは、黒蜘蛛の久吉かもしれねえ」

文蔵の顔が赤くなり、行灯の灯を映した両眼が燃え上がるように見えた。長火鉢の中の燠《おき》火《び》を睨みながら、

「銀次さん、以前、永林寺の境内で、色白の耳朶の大きなやつに襲われたといいなすったな」

「へい、匕首を遣うのがうまいやつで」

「うーむ。……すると、やつが裏で糸を引いてやがったか」

文蔵は腕組みしたまま唸り声をあげた。

「元締め、その黒蜘蛛の久吉ってえなあ、何者なんです」

銀次が訊いた。

「鬼首《おにくび》の九蔵という大泥棒の手下《てか》の一人ですよ」

「鬼首の九蔵……」

「そうか、九蔵が裏で動いてやがったのかい。それで読めた」

文蔵は、火箸をつかんでグサリ、グサリと灰を突き刺しながら、

「こりゃあ、容易ならねえ相手だ……」

と呟いた。

「あっしの背中を斬った福耳の男は何て名なんです」

「福耳の利助、九蔵の片腕の男だ」

「元締め、鬼首の九蔵も福耳の利助も、聞いたことのねえ名ですが」

文蔵は火箸を握った手をとめた。

「……そうでしょうな。もう、五、六年は経つし、九蔵たちが、深川で仕事をしたのは一度だけですからな」

銀次の方に顔を上げた文蔵の言葉は、普段の調子にもどっていた。

その文蔵の話によると、九蔵一味は、当時深川一だった米問屋の太田屋を襲い、有り金をごっそり奪って舟を使って盗んだ千両箱を運んだという。

「当時、わたしも始末屋として、太田屋に出入りしてましてな。通い女中のおさよって女が、目付きのよくねえ男と物陰で話しこんでるのを偶然目にしましてね。様子を窺ってる

と、どうも夜盗の引き込み役らしいって気付いたもんですから、おさよの身辺を洗ったんですよ。それで、九蔵たちの動きをつかみ、その夜は張り込んでたわけです」

文蔵は九蔵たちに千両箱を運ばせておいて、町方に連絡して水路をすべて封鎖したという。

「まさに、袋の鼠だったわけですが、九蔵や主だった手下は川に飛び込んで逃げましてね。……まァ、大方の金は取り返したし、一味の半数ほどはお縄にできたので、あたしの顔もたったんですが、それっきり、九蔵の噂はまったく聞かずで、上方へでも流れていったかと思ってたんだが……」

「すると、閻魔党の騒ぎは、その九蔵一味の仕業ですかい」

「いや、今度のやり方は盗人だけの知恵じゃあないが、裏に九蔵たちが絡んでると考えりゃあ腑に落ちることが多い。……考えてみてください。与野屋の皆殺し、丸菱屋への押し込み、町中の貼紙、これだけのことをやって、捕まらない。……荒っぽいことをやってるが、ちゃんと逃げ道は考えてるし、町方の目もうまく盗んでる。まず、舟ですよ。うまいこと舟を使って一味が動いてる。貼紙もそうでしょうな。武家が橋の袂に貼紙などしてればすぐ目につくが、だれも捕まらない。おそらく、九蔵の手下が、お店者だの夜鷹そばなどに化けてやってるんでしょうよ」

文蔵はいい終わるとまた火箸で灰をつっ突きだした。

「すると、閻魔党の武家連中を動かしてるのも九蔵で」

「さて、どうでしょうか。どっちとも言い切れませんな。……まァ、九蔵と閻魔党がつるんでるのは間違いないんでしょうが」

「どっちにしろ、元締め、あの屋敷を町方に知らせ、襲わせてみちゃあ」

銀次はわずかに身を乗り出した。

「いや、九蔵のような用心深い男が、そんな人目につくような屋敷を隠れ家にしているとも思えませんな。おそらく、そこは、閻魔党の一味が軍学の講義にことよせて集まる場所でしょう。それも、もう終りかも知れませんよ」

文蔵はここまで詮議が厳しくなると、よほどのことがなければ九蔵や閻魔党の幹部は顔を出さないだろうと言った。

「そういわれりゃァ、顔を見せたのは若い侍が多かった」

「……九蔵は町方にまで目を配り、その動きを事前に察知してことを運ぶほどの男、こっちの動きもある程度はつかんでるでしょうから、町方が襲ってもお縄にされるのは、雑魚《ざこ》だけかもしれませんよ。……銀次さん、それより、もう少し泳がせておいて、そいつらを手繰って九蔵の居場所を摑んでからにしましょう」

「わかりやした」

銀次が立ち上がる素振りを見せると、文蔵が制して、

「町駕籠と一緒に女が屋敷内に入ったといったね」

「へい、年増の料理屋の女将か、芸者といった感じの女で」

「そいつが、葛西《かさい》のおけいという九蔵の情婦《いろ》ですよ。おけいは、黒蜘蛛の久吉と組んで動くことが多いそうです。あたしも、二人がどんな働きをするのか知らないんだが、気をつけた方がいいでしょうな」

「葛西のおけいと黒蜘蛛の久吉……」

「このことは、みなさんの耳にも入れておきますよ」

「へい、それじゃあ」

文蔵は立ち上がった銀次を見上げながら、

「相手が鬼首と閻魔じゃァ、百や二百じゃァ安過ぎましたかな。文蔵も値組みを誤ったわけで」

いつもの愛想笑いを浮かべて、頭頂の小さな髷に手をやった。

四

ゑびす屋の縄暖簾が、通りを吹き抜ける風に揺れている。

すでに、六ツ（午後六時）を過ぎていたが、店の中には職人らしい二人連れが飯台で飲んでいるだけで、ひっそりしていた。

宗二郎は奥座敷の隅でめずらしく佐吉と向かい合って飲んでいた。おさきは、しばらく宗二郎のそばに寄り添って酌をしていたが、洗い物でもしているらしく料理場に入ったままもどってこない。

「……火盗改めや町方もやっきになってますな」

佐吉は手酌でやりながら呟くようにいった。

佐吉の話によると、一昨日、深川の船宿で捕らえられた牢人が自身番で吟味中に舌を嚙み切って死に、昨日は火盗改めに追い詰められた三上という御家人の次男が喉を突いて自害したという。

「しかし、林崎や鬼首の九蔵という盗賊が陰で糸を引いてることは知るまいな」

宗二郎や佐吉も文蔵から九蔵一味の話を聞いていた。

「ですが、だんな。銀次さんの話によると、清水町の屋敷に出入りしてる若侍だけでも十人以上はいるとのことで……。町方や火盗改めに捕らえられて口を割るのも、そう遠い先ではないように思いますがね」

「だろうな。……だが、林崎や九蔵がそのことを知らぬはずはあるまい。……こうなると、最後の大博打を打つか、危ないと見て江戸を去るかだが」

「どっちだと思います」

佐吉が杯を手にしたまま顔をあげて訊いた。

「九蔵たちには江戸を離れるという手もあろうが、閻魔党には行き先がない。それに端《はな》から町方や火盗と一戦交える覚悟ぐらいはあったろうよ」

「するってえと、そろそろ動き出すと」

「恐らくな。閻魔党は深川だけではないはずだ。かなりの人数がいるとみた方がいい。今、本所、両国あたりで、いっせいにことを起こしたら、江戸の町は騒然となるぞ」

「大騒動になるってわけで」

「近ごろ、やけに張り紙が多いのはその前兆《まえぶれ》かも知れぬぞ」

宗二郎のいうとおり、このところ深川、本所、両国辺りの橋の袂や商家の塀などにやたら張り紙が目についた。

張り紙を見ても住人はそれほど驚かなくなっていたが、捕物出役姿の町方を見たり、掘割に牢人の死骸が浮いていたなどという話が頻繁に交わされるようになると、何か起こるのではないかという不安は増長される。しかも、ときおり起こる地震や火山の鳴動、暮らしを圧迫する諸色の値上がりなどがその不安に油を注ぎ、町全体を不穏な黒雲がじわじわと覆ってくるような思いを抱かせられるのだ。

佐吉もめずらしく杯を鼻の先でとめたまま、

「で、だんな、いいんですかい……」

と宗二郎の方に細い目を向けた。

「なにがだ」

「こうやって、のんびり、酒など飲んでて」

「まだだ。……何か、起きるにしても、何か動きがあるはずだ。町方や火盗の目を混乱させるか、逸らすかしてからだな。それに、佐吉、下手をすると、おれたちが閻魔の前に引き出されるような羽目に遭わぬともかぎらぬぞ」

「どういうことで」

佐吉は杯を持った手を飯台に下ろした。

「文蔵の話によれば、鬼首の九蔵とかいう男、少なからず鳴海屋に恨みを持っているのではないかな。となれば、ことを起こす前に、始末人やヒキの命を奪ってからと、そう考えてもおかしくはなかろう」

宗二郎はいい終わると、ぐいと杯の酒を飲み干した。

「てえと、下手をすると、酒も飲み納めってことに……」

佐吉は下ろした杯を慌てて口元に運び、ぐい、と一気に飲み干した。

「……飲み納めですって。まだ、宵の口じゃないのさ、これから、これから」

おさきが酒と肴をみつくろって持ってきて、宗二郎の脇に腰を寄せて座った。

すかさず、宗二郎はおさきの背後に手を伸ばし、

「まだ、閻魔の顔は見たくないものだな。この程度では、死んでも死にきれぬからな」

としきりに尻を撫ぜながら、目尻を下げた。

「そうですとも、おさきさん、これからですよ、パッと花の咲くのは」

佐吉はおさきの注ぐ杯を見ながら、目を細めた。

「いやだよ、十六、七の娘じゃないんだからさ。当てつけに聞こえるじゃないの」

おさきは唇の先を尖らせて非難がましく言ったが、まんざらでもないらしく、宗二郎の肩

先に頬をつけてしなだれかかるように身を寄せた。

一刻《いっとき》（二時間）ほどして、二人はゑびす屋を出た。

縄暖簾を潜ったところで佐吉がいった。

「だんな、だいじょうぶそうですな」

「なにが」

「酒の飲み納めの心配《しんぺえ》はねえようで」

「どうして分かる」

「なにね、だんなの指先がね。いつもと変らぬように動いてたようですからな」

佐吉は細い目を宗二郎の方にむけ、口元を歪めるようにして笑った。

「おれの指先の動きで分かるのか」

「へえ、それと、おさきさんの尻の振り具合でね。……だんなの方にも、触り納めにしちゃあ、まだ遠慮がありましたぜ」

「ばか、そんなことで安心するな」

冗談口をたたいているうちに、二人はそば屋だの小料理屋だのが掘割沿いに軒を連ねている通りを出た。

弦月《げんげつ》が輝いていた。風がある。酔った体を縮めるような乾いた冷たい風だ。掘割の土手沿いに植えられた柳の枝が泣き声をあげるようにヒョウ、ヒョウと流されていた。襟元を両手で合わせ、背を丸めて歩いていた佐吉が、ふと、足を止めた。

「だんな、誰かいるようですぜ……」

前方を見ると、月光を遮った柳の樹影に人影があった。

「佐吉、おぬしの指占いは外れかもしれぬぞ。地獄からの迎えだ」

「だれです」

「鬼だよ」

宗二郎はゆっくりとした足取りで人影に近付いていった。

「蓮見宗二郎、待っておったぞ」

小野惣右衛門だった。

「いつから、ここに」

小野は寒風の中に立っていた。白髪が風に流れ、短い麻袴が脛のあたりでちいさな音をたてていた。以前会ったときと同じ粗末な衣装のままだが、目は燃え、身体には剛毅な武辺者の風貌が漂っている。

「半時（一時間）ほど前から、おぬしがここを通るのは分かっていたのでな」

「半時ほども……」

風の中に、小野は立ち続けていたのではないか。まさに、鍛え抜いた強靭な体だ。その小野の目に怒りの光が宿っていた。待ち続けたことへの不満ではなさそうだった。

「傷は癒えたようじゃな。……酔っていようと容赦はせぬぞ。武士たる者、酔って遅れをとるようなら飲まぬことじゃ」

小野は両腕をだらりと下げたまま立っていた。殺気も、打ち込んでくる気配もないが、言葉に刺すような鋭さがある。

宗二郎との間合は、およそ三間。まだ、抜き合う間合にはいってはいない。

「どうあっても、立ち合わねばならぬのか」

「たとえ、秋乃の命が断たれようともな」

ふいに、小野の声に強い怒気が含まれた。

「秋乃どのが、いかがされた」

宗二郎は思わず、二、三歩後ずさった。何か、秋乃とのことで誤解があるようだと感じた。道場で対戦したことではなく、何か秋乃の身に起こったようだ。

「この期《ご》に及んで、しらを切らぬともよい。……わしが娘の命を惜しんで、命乞いをするとでも思うたか、卑劣なやつめ」

ぐい、と一歩前に出ると、小野は柄に手をかけた。烈火の怒りで顔が朱に染まっている。まさにその顔貌も鬼のようだ。

「待たれよ、秋乃どのになにがあった」

「どこに監禁していようが、いま、その口を割らせてくれようぞ」

小野は柄に手を置いたまま、一気に身を寄せてきた。

痺れるような剣気が淡い月光を裂く。

抜き付けの一刀で、そのまま宗二郎の体を両断するほどの凄まじい気迫がその体に漲っている。まさに、剣鬼だ。

「佐吉！　逃げろ」

叫びながら、宗二郎は背後に大きく跳んだ。

跳んだ方向に迫りながら、小野は抜き付けに一閃させた。わずかに身を屈めて躱《かわ》した宗二郎の頭上を薙いだ小野の刀は、腕ほどの柳の幹を断ち切った。

さらに、宗二郎が背後に跳ぶのと、断たれた柳がザザザッと音をたて両者の間に倒れてくるのとがほとんど同時だった。立ち塞いだ柳枝を薙払いながら、小野は間髪を置かずに突進してきた。

怒濤のような寄り身だ。

正眼から真っ向に打ち込んでくる小野の太刀を、視界の隅でとらえながら、宗二郎はそのまま掘割の中に身を躍らせた。

月光を遮った闇の中で、激しい水飛沫があがった。

水は宗二郎の腰ほどだった。水をかき分け必死の思いで向こう岸に辿りついて振り返ると、すぐ背後に迫ってくる小野の姿が見えた。

小野も宗二郎を追って掘割に飛び下りたのだ。全身濡れねずみだが、手にした白銀のような刀身を振りかざし、両眼は燃え、獣のような唸り声をあげていた。戦場の猛者のごとく、執拗に追ってくる。

「だんな！　つっ走れ」

佐吉の声と同時に、小野のすぐ前の水面で飛沫が上がった。土手の上から、佐吉が石を投げたのだ。

「石礫《つぶて》とは、卑怯千万！」

小野の足がとまり、破鐘のような声が掘割の底の闇を震わせた。

五

その夜、宗二郎と佐吉は入船町の甚助店には帰らず、よし野の離れに身を隠し、町に人通りが多くなるのを待って鳴海屋に足を運んだ。

「……そいつはご難でしたな」

宗二郎から話を聞いた文蔵は口元に笑いを浮かべたが、すぐに真顔になって、

「しかし、それは困りましたな。迂闊に町を歩けないことになってしまった」

と言って、お峰の運んできた茶を口に含むようにして飲んだ。

「おそらく、林崎か九蔵の仕組んだ罠だな。小野は、おれだけではなく、鳴海屋の他の者も狙ってくるぞ。強引に口を割らせて、娘の居所をつきとめようとするはずだ」

「どうしたものですかな」

「方法は一つしかない。秋乃という娘をわれわれの手で助け出すことだ」

宗二郎は小野の誤解を解く必要も感じたが、それより秋乃という娘が気掛かりだった。父

親と同様激しい気性の娘だが、駿馬のような一途さと危うさも合わせ持っていた。辱めを受ければ生きてはいないだろう。剣の上での敗北ならまだしも、始末人などがひき起こした争い事に巻き込まれて自ら命を断ったのでは、あまりに哀れだ。

「……助け出すといわれても、簡単にはいきますまいな」

文蔵は難しい顔をして、腕を組んだ。

「おそらく、その娘は九蔵一味のいるどこかに監禁されてると思うが」

「どこでしょうな……」

視線を落として腕を組んでいた文蔵が、アッ、と声を出して膝頭を打った。

「どうした」

「蓮見様、銀次さんがつかんできた清水町の屋敷ですよ」

文蔵は銀次から聞いた久吉とおけいらしい女が、駕籠を運びこんだという話を思いだしたようだ。

「そういうことなら、早い方がいい」

宗二郎は今夜にも秋乃を救い出したいといった。

「分かりました。ですが、いったん銀次さんを呼んで、屋敷の様子を聞いてからの方がいいでしょう」

文蔵によると、今も銀次が屋敷を見張っているという。

すぐに、つなぎ役の彦七が清水町に走り、昼過ぎには銀次を連れてもどって来た。

「いま、屋敷内にいるのは、若い武家が二人。それに、久吉とおけいという女だけのようですぜ」

銀次は宗二郎から秋乃のことを聞いてから屋敷の様子を話した。

「屋敷は誰が張ってます」

文蔵が訊いた。

銀次は、小つるを見張りに置いてきた、と抑揚のない声でいった。

「いやに手薄だな」

それだけの相手なら、佐吉と二人だけでも何とかなりそうだった。

「久吉とおけいは屋敷内にいるのかね」

文蔵が銀次に訊いた。

「昨夜《ゆうべ》、入ったきりで出ていねえはずだ。……やつは化け物みてえで、暗がりに溶けちまう。姿を見ねえことには、間違いなくいるといいきれねえ」

銀次は自信のなさそうな顔をした。

「……どうも気になりますな。九蔵の配下にも腕の立つやつはいますし、閻魔党の武家が二人というのも少な過ぎる。……何か、企んでますかな」

文蔵はまた腕を組んだ。

「とにかく、屋敷内に入ってみるより方法はないだろうな」

「念のため、銀次さんも一緒にいってもらいましょうか。それに、伊平さんと臼井様はここで待ってもらいますから、何かあったら彦七を走らせてくだせえ」

九蔵一味と閻魔党の万一の動きにそなえ、二人は残しておきたいと文蔵はいった。

「臼井どのは、動けるのか」

「はい、多少痛みはあるようですが、もう、刀も握れるようで」

文蔵の話によると、臼井自ら鳴海屋に顔をだし、刀を振って見せたという。

「それは心強い」

相手が閻魔党だけでも、鳴海屋の手の者だけでは少な過ぎた。臼井が残ってくれれば、急な敵の動きにも応じやすくなるだろう。

その夜、宗二郎、佐吉、銀次の三人は子ノ刻（零時）ちかくなって鳴海屋を出た。月夜だったが風があり、ときどき、流れる雲が月を隠して通りを闇に閉ざした。三人は夜目の利く銀次に先導されて清水町にむかった。

九蔵や閻魔党一味が潜んでいるという屋敷から、半町ほども離れた松林の暗闇の中に小つるが潜んでいた。長い見張りだったろうが、小つるは顔色ひとつ変えなかった。さすがに、女ながらにヒキとして銀次と組んできただけのことはある。

「小つる、中の様子はどうだい」

銀次が訊いた。

「一刻ほど前になるかね、若い武家が一人入っただけだよ」

「久吉は」

「出た様子はないね」

「やけにひっそりしてやがる」

　銀次は屋敷の方に目をやりながら呟いた。

「秋乃という娘は中に捕らわれていると思うか」

宗二郎が訊いた。

「駕籠で運ばれたのが、その娘なら、まだいるはずですが」

「とにかく、中に入ってみるよりほかあるまい」

「それじゃァ、あっしが」

銀次は立ち上がった。

塀を越え、中から門を開けるから待っているようにと言い残して、銀次は足音を忍ばせて松林を出た。宗二郎たちも後に続いた。

ちょうど、黒雲が風に流され月を覆い、辺りは深い闇に閉ざされていた。

一瞬、銀次の濃紺の半纏が闇の中で翻ったような気配がしたが、その姿はすぐに屋敷内に消えた。黒板塀の上に枝を伸ばした松を利用して、塀を越えたようだ。屋敷内に人の動く気配はない。闇と風の音が銀次の侵入をたやすくしたようだ。

待つ間もなく、黒塗りの木戸門が開いた。

四人はいったん庭の植え込みの陰に身を隠し、中の様子を窺った。

「どうやら、明かりはひとつだけのようで」

宗二郎には分からなかったが、銀次は奥座敷の一つに行灯が点いているようだといった。

「秋乃どのはそこか」

「なんとも」

分からないと銀次はいい、

「あっしは暗がりでも目が利きやす。屋敷のまわりを一まわりして、探ってきやしょう」

と立ち上がった。

四半刻ほどして銀次はもどってきた。

「明かりは台所の続きの部屋のようで話し声が漏れてきやした。どうやら、武家が二、三人、起きているようで」

銀次は、秋乃という娘が監禁されてるのはその奥の部屋ではないかといった。

「なぜ、そこだと分かる」

「やつら、見張りをしているんじゃないですかね。もし、見張りなら監禁場所はその奥の部屋しかないはずなんで」

銀次は考えられる間取りを簡単に話し、表玄関を除けば、入口は北側の台所わきと南側の縁側の雨戸を外して入るよりほかはないだろうといった。

「表玄関も縁側も板戸を外し、幾つか部屋を横ぎらねえとその部屋に行けねえはずだ。となれば、残るのは台所脇ということになりやすが、そいつを見張るにはあの部屋しかねえ」

「なるほど」

「蓮見様と佐吉さんは、台所の脇からお願いしやす。……なあに、音を立てたってかまわねえから、雨戸をこじあけてくだせえ」

銀次は、起きている連中がその音に気を取られている隙に南側の縁側から侵入し、秋乃を助ける、といった。

「おまえさん、黒蜘蛛の久吉と葛西のおけいはどこにいるんだい」

小つるが眉根を寄せて銀次を見上げた。

「分からねえ。こうなったら、出たとこ勝負だ。……それに、忍びこんでもまったく動きがねえところをみると、屋敷内にはいねえのかもしれねえし、蓮見様の腕なら心配ねえ」

銀次はいいながら立ち上がった。

六

銀次は縁先に屈みこみ、聞き耳を立てていた。風の音はあったが、宗二郎たちが台所脇の雨戸を外す音は聞こえるはずだった。

その音を聞いてから、銀次は忍びこむつもりだった。

小つるは銀次の背後に屈みこみ、腕を伸ばしてその肩口に指先を触れている。

「小つる、おめえは植え込みの陰にでも隠れて、屋敷を逃げ出す者がいねえか、見張ってくれ」

すでに、屋敷に近付いたときから、小つるは足音のしないように足袋だけになっていたが、屋敷内に忍びこむのは無理だった。

「分かったよ、おまえさん、気をつけておくれよ」

小つるも中に入れば、銀次の足手まといになるだけだと承知している。

銀次は小さくうなずいただけで懐から匕首を抜くと、雨戸を外しにかかった。宗二郎たちが屋敷内に侵入したらしく、雨戸の倒れるような音と廊下を歩く足音が聞こえたからだ。

小つるはすぐに銀次の背から離れ、庭の隅の植え込みに姿を隠した。

銀次はすぐに雨戸を外し、真っ暗な縁側に足を踏みいれた。常人の目では鼻を摘まれてもわからないような濃い闇に閉ざされていたが、銀次の目は雨戸の隙間から射すわずかな月明りを頼りに廊下を走った。

銀次は匕首を胸のところに構えたまま、障子の内側に潜む者の攻撃から逃れるために、雨戸側を身を低くして素早く移動した。気になるのは、久吉とおけいだった。屋敷内に残っていれば、当然宗二郎たちの侵入に気付いているはずだし、すでに、銀次の姿もとらえているかもしれない。銀次は廊下の曲がり角や開いた襖の内側の闇の中などに人の気配がないか探りながら、娘が監禁されていると見当をつけた部屋へ急いだ。

宗二郎は雨戸をこじ開け廊下に侵入したところで、動きをとめた。明かりの点いている部屋が静まりかえり人の気配がなかったからだ。

「佐吉、気をつけろ、どこかに潜んでいるぞ」

背後にいる佐吉に小声で伝えた。

「明かりが点いてるところを見ると、途中の部屋ですかね」

「かもしれん」

見ると、行灯の明かりが障子に映り、ぼんやりと廊下を照らしだしていた。

二間ほど土間があり、その先が廊下になっていて、二つの部屋が向かいあっていた。そのひとつに行灯の明かりがある。

土間は台所で格子窓から月明りが入り、流しや水瓶などの輪郭がうっすら見えたが、人が潜み、斬りつけてくるような場所はなかった。

――いるとすれば、向かいの部屋だな。

廊下を通るとき、障子越しに刀か槍で突くつもりだと宗二郎は察知した。

「佐吉、間を置いてこい」

いいながら宗二郎は抜刀し、八相に構えた。

わずかに腰を落とし、摺るような足運びで廊下を進む。

ふいに、闇に閉ざされた部屋の障子の内側で、かすかに衣擦れの音がし、大気を裂くような殺気がはしった。

バシャ、と障子の破れる音と同時に白刃が宗二郎の脇腹を狙って突き出された。

宗二郎は八相から袈裟に払い、その切っ先を弾くと同時に、腰をひねりながら逆袈裟に障子ごと斬りあげた。

喉を裂くような悲鳴。と同時にパッと黒い血飛沫が障子を染める。

バリバリと桟が破れ、廊下側に障子が押し倒されて、男が転がるように飛び出してきた。若い武士だった。目尻が攣《つ》りあがり、顔の半分が血に染まっている。

「おのれ！　うぬは八丁堀か」

着物の肩口が裂け、だらりと左腕が垂れていた。

宗二郎の切っ先が、障子の陰に潜んでいた若い武士の左腕の骨まで砕いたのだ。それでも、若い武士は腰を沈め右手に切っ先を突き出すように構えて、行く手を阻もうとした。

「始末屋、蓮見宗二郎、命が惜しかったら、そこをどけ」

宗二郎がそう叫ぶと、廊下の先にもう一人、白刃を構えた武士が姿を現した。さらに、もう一人、腕を斬られた男の潜んでいた部屋の中にもいた。いずれも若い。道場での稽古は積んでいたとしても、実戦の経験はないのだろう。三人とも青眼だが、腰が引け、顎を突き出すようにして構えている。まるで物の怪にでも憑かれたようなひき攣った顔をして、切っ先を震わせている。

「それでは人は斬れぬ！　ひけ」

叫びながら、宗二郎はツ、ツと正面に対峙した武士との間合をつめた。

左腕を斬られた武士が悲鳴のような気合を発し、片手で刀を振り上げたまま正面から斬りこんできた。

宗二郎は右に体を捌きながらその切っ先を外すと、擦れ違いざま、相手の首を小さく薙いだ。

手の内に肉を斬ったわずかな感触を残し、擦れ違った武士の喉元でピュッという血を噴く音がした。

武士は首を右手で押さえ、絶叫しながら上体を振りまわした。血が飛ぶ。激しい勢いで障子を突き倒し、部屋の畳に体を投げ出すようにして断末魔の身を捩った。黒い血飛沫が見る見る畳を染める。

「退け！　おぬしらに、おれは斬れぬ」

その宗二郎の声にも、廊下の先と部屋の中にいる二人の武士は動かなかった。血走った目をしてじりじりと間合をつめてくる。

——こやつらは死をも恐れておらぬ。

宗二郎は二人とも斬らねば先へ進めぬと察知し、下段に構えたまま廊下にいる武士の方へ一気に走り寄った。

ちょうど、宗二郎が若い武士を一人斬ったとき、銀次はその絶叫を行灯の点った部屋の隣室で聞いていた。

——今だ……。

と銀次は思った。仮に、部屋の中で侵入者を待ち伏せていても、宗二郎たちの激しい斬撃の物音に気を奪われているはずだった。

障子に耳を当て部屋の中に物音のないのを確認すると、銀次は一寸ほど障子を開けて中の様子を窺った。

部屋の隅に行灯がひとつ点っているだけで、中はがらんとしていた。が、銀次はすぐに次の間に続く襖の前に蹲った人影があるのを目にとめた。

薄闇の中に白く浮き上がったように見えたのは、投げ出された女の足らしかった。どうやら、後ろ手に縛られ、猿轡をかまされているらしい。

前につっ伏したままで顔は見えないが、捕らえられている秋乃という娘のようだ。娘は生きているらしく、かすかな呻き声が聞こえた。

すぐに、銀次は部屋の隅の闇に視線をまわし、人の気配のないのを確かめてから腰を低くしたまま縛られた女の方に近付いた。

女は苦痛に呻吟するように小刻みに身を捩り、投げだした素足の指先で小さく畳を掻くように動かしていた。

「どうした……」

と低く声をかけ、銀次が娘のそばに近寄ったときだった。

チッ、とかすかな音がし、行灯の火影が揺れた。

瞬間、部屋の大気が割れたように大きく動いた。刹那、銀次の目が、剝がされた天井板の隅からぶら下がっている黒い巨大な影をとらえた。

銀次が頭から飛び込むように部屋の隅に逃れるのと、頭上から網が落とされるのとがほとんど同時だった。

黒蜘蛛の久吉！

縁に鉛玉をつけた網が銀次の下半身にかかったが、すばやくすり抜け、跳ね起きて匕首を構えた。

天井から黒い塊が落下し、銀次の方に跳ね返ったように見えた。銀次は、背後に跳びながら喉元に伸びてきた匕首の刃先を避けた。長い両腕を前に突き出すようにして跳ぶ。まるで巨大な黒蜘蛛が撥ね飛ぶような動きをした。

対峙した久吉は黒頭巾で顔を覆い、目だけ出していた。腰を丸め、両腕を前にだらりと下げたまま一瞬、銀次に飛びかかろうと身構えた。目だけが行灯の薄明かりの中で異様に光っている。

まさに蜘蛛だ。天井裏に巣を張り、獲物を待っていた蜘蛛だった。

銀次がむかえ討とうと、腰を低くして匕首を構えたとき、何を思ったか久吉はふいに反転し隣室の襖を開けると、闇の中に姿を消した。

見ると、いつの間に姿を消したのか、蹲っていた女の姿もない。自分から縄と猿轡を外し、逃れたらしい。どうやら、女はおけいだったようだ。

そのとき、背後の障子を開け放つ音がした。

「銀次か」

宗二郎だった。

何人か斬ってきたらしく、肩口が血に染まっている。

「秋乃はどうした」

部屋に入ってきた宗二郎は、銀次の足元に広がっている投網に驚いたような目をむけた。

「この部屋にいた女は、おけい。獲物を呼ぶ囮だったようで」

「投網を使ったのか」

「へえ、こいつが久吉という男の蜘蛛の糸なんで」

「やはり罠か。となると、秋乃はここではないな」

「いえ、屋敷内にいると思うんですがね。……そっちはどうでした」

「三人、若侍がいたが、おれが斬った」

「それならなおのこと、この屋敷のどこかにいるんじゃァねえかと思いやすが」

銀次は、久吉とおけいが秋乃を連れて逃げる余裕があったとは思えなかった。三人の武家は秋乃の見張りで、久吉とおけいは念のため屋敷内にとどまっていたような気がした。あるいは、久吉にとっては、秋乃という娘も獲物を呼び寄せるための囮で、屋敷の守りを手薄にしておいたのも、自分の罠に絶対の自信があったからなのかもしれない。いずれにしろ、秋乃が屋敷内に監禁されているのは間違いないだろう。

「いるとすりゃァ、この部屋の近くだ」

銀次はゆっくり部屋の中を見まわしながら、中が押入れになっているらしい襖に手をかけた。

七

秋乃はそこにいた。押し入れの中に夜具はなく、手足を縛られ猿轡をかませられた秋乃が海老のように体を折り曲げて押し込められていた。

素早く佐吉がそばに屈み込んで匕首で縄を切り、猿轡をはずした。

秋乃は前に立った三人の男に、驚愕の目を向けたが、

「蓮見どの……！」

と喉を詰まらせ、一、二歩宗二郎の方に歩み寄った。

その顔はこわばり疲労困憊しているようであったが、頰や首筋にほんのりと朱がさし、目に輝きが増した。

「とくに怪我はないようだが……」

さほど着物の乱れはなく、危害を加えられたような様子はなかった。

宗二郎が秋乃の身体を調べるように視線を上下させると、大きく瞠いたまま宗二郎を見つめていた秋乃の目がふいに揺れ、視線を落とし、顔を火のように赤く染めた。

「は、はい。……突然、頭上から網を投げられ、気付いたときはここに押し込められておりました」

秋乃は、目隠しをされたまま二度ほど水と粥が出されたが、相手の声に覚えのある者はいなかった、と女らしい細い声でいった。

「いま、江戸を騒がせている閻魔党の手の者ですよ」

脇から佐吉がいった。

宗二郎が、ここにいるのは商家の依頼で閻魔党と闘っている者たちで、偶然隠れ家を発見し、こうして踏み込んだのだと話した。

「なぜ、閻魔党が……。わたしのような者を勾引《かどわか》してなんになるというのです」

秋乃は小さく頭を振って顔をあげた。

黒い瞳《め》で睨むように佐吉を見、詰問するようにいった。両眼に挑むような強い光が宿っている。どうやら、気丈な本来の秋乃にもどったようだ。

「おそらく、拙者をそなたの父、惣右衛門どのに斬らせるためだと推察いたすが」

宗二郎は惣右衛門に襲われた顚末をかんたんに話した。

「卑怯な！」

秋乃はくやしそうに唇を嚙んだ。

「しかし、ようございました。……こうして、何事もなく助け出すことができて」

佐吉が部屋の周囲に目を配りながらいった。何かを探すような目の動きだった。

「蓮見さま、ちょいと、屋敷内を探ってみてえんですが」

佐吉の背後にいた銀次がいい添えた。

銀次と佐吉は、閻魔党の今後の動向や党員の名などを知る手掛かりが残されていないか、屋敷内をひととおり探ってみたらしい。

「……そういえば、賊の話し声がときおり聞こえてきましたが」

秋乃がいった。

「ほう、どんなことを話していた」

「はい、武士らしい者の声で、深川今川町に何人、松井町に何人というようなことを話していたようです。それに、仙台堀や小名木川を使って舟で運べと、指示している者の声も聞こえました」

「うむ……」

宗二郎は閻魔党が襲撃のための密談をしてたに違いないと思った。

それにしても、秋乃を押し込めた部屋で密談しているところをみると、宗二郎たちが助けに来るなどとは思ってもみなかったようだ。

「話に出てきたのは、今川町に松井町だけで」

佐吉が訊いた。

「いえ、浅草御門ちかくの平右衛門町の名もでました」

「浅草の平右衛門町といやァ、神田川縁の町だ。……深川今川町が仙台堀、本所松井町は竪川縁。……蓮見のだんな、深川、本所、浅草、いずれも大川とつながってますぜ。やつらいっきに三ヵ所で、襲うつもりじゃァ、ねえでしょうか」

「かもしれん」

「それで、いつだといってやした」

佐吉がめずらしく昂《たか》ぶった声を出した。

「日時までは聞いていないが……。たしか、人心を惑わし、捕り方を混乱させてからだ、というようなことをいっていたようです」

秋乃は宗二郎を真っ直ぐ見つめたまいった。

「ことを起こす前に、人心の不安を煽り、世間を騒がせてから大仕事をやろうというわけか」

それが、閻魔党や九蔵たちの当初からの狙いだったのではないか。

「こうしていてもしょうがねえ。とにかく、小つるを呼んできますよ」

銀次はそういうと、宗二郎たちを置いていったん部屋から出た。植え込みの陰に潜ませておいた小つるが気になったのだろう。

銀次がまだ廊下にいるうちに、庭先から小つるの興奮した声が聞こえた。

「おまえさん！　火事だよ」

ばたばたと廊下を走る二つの足音がした。銀次と廊下あたりで鉢合わせしたらしい。続いて雨戸を蹴破るような激しい音がした。宗二郎たちも慌てて声のした方に走った。

廊下に小つるが一人立っていた。そのすぐ前の縁先に、雨戸を蹴破って下りたらしい銀次がいた。二人とも、遠い町の家並の方に目をやっている。

「どうした」

「火事でさあ」

見ると、遠く沈んだような黒い家並の一ヵ所から、払暁の空に蛇舌のような火炎が細くたち昇っていた。

「遠いな、場所はどのあたりだ」

「さて、深川方面には違いねえが、ここからでは……」

佐吉がいった。

「見な、一ヵ所じゃあねえ、むこうも燃えてるぜ」

銀次が別の場所を指差した。

見れば、遥か遠く、黒い家並の先に赤い糸屑を置いたような炎が見えた。こっちはさらに遠い。

「風もねえ、夜明けまでにはまだ間がある。今時分、一度に二ヵ所で火の手が上がるのはおかしい」

銀次がいった。

「付け火か」

「へえ……、蓮見さま、気になりませんか。ここには、蛻《もぬけ》の殻みてえに何人も残っちゃァいなかった。それに、その娘さんが聞いた話じゃァ、閻魔党のやつら騒ぎを起こしてから襲うつもりのようだ」

夜闇の中で銀次の目が光っていた。

「すると、閻魔党が！」

「方角としては、今川町に松井町の方ですぜ」

銀次はいいながら半纏の袖口をたくし上げた。

佐吉も尻っ端折りした着物の裾を引き上げる。深川に駆けもどるつもりなのだ。

「蓮見さま、女二人の面倒、頼みましたぜ」

銀次が言い残して駆け出した。

「……とにかく、鳴海屋に駆けつけろ」

続いて駆け出した佐吉の背に、宗二郎が叫んだ。

こうなったら一刻も早く、現場にもどるより他にない。足に頼るとなれば、佐吉と銀次である。それに、腕が立つとはいえ秋乃も女である。ふだんの夜であればともかく、兇賊の襲撃と火事で騒乱の坩堝《るつぼ》と化しているような夜の町へ、女二人帰すわけにもいかなかった。となれば、女二人の面倒は宗二郎ということになるわけだ。

それでも足早になる宗二郎の背後を秋乃が、その後ろを小つるが、黎明にほの白く浮いた細道を小走りに追ってくる。

「は、蓮見どの。……いつぞやの傷はどうされた」

走りながら秋乃が訊いた。

「治った」

「では、改めて勝負をお願いしたいが」

「勝負もいいが、今はそれどころではない」

　宗二郎は振り返った。

　走ったためだろう、白い頬に朱がさし、唇が燃えたように赤くなっている。まだ、息はあがっていないが、額に薄く汗が浮いていた。小つるの方は、ハアハアと荒い息を吐きしだいに秋乃との距離があく。

「閻魔党とかいう賊を討つということか」

　秋乃が訊いた。

「そうだ。閻魔が深川の町を蹂躙している。黙って見ているわけにはいかぬのだ」

　宗二郎は少し足をゆるめた。小つるを置いていくわけにはいかなかった。

「蓮見どのは、奉行所と所縁のある者か」

「縁も所縁もないが……、まァ、同じようなことをしておる」

　宗二郎は言葉を濁した。秋乃のような娘に、始末人のことを理解させるには、走りながらは適当ではない。

「ならば、秋乃も手助けをしよう」

「秋乃どのが」

「そうだ、秋乃も、あの賊どもには借りがあるゆえ、このままというわけにはまいらぬ」

　秋乃は当然のことのようにいい、宗二郎と肩を並べて走りだした。

第五章　騒《そう》　擾《じょう》

一

鳴海屋の階段を駆け上がってくる慌ただしい足音がした。部屋にいた文蔵と臼井は話をやめ、人影の映った障子に目をやった。

入ってきたのは彦七だった。だいぶ慌てて来たらしく、顔を真っ赤にし息もあがっている。

「彦七、場所はどこだ」

文蔵が訊いた。

「へ、へい、今川町で。……火の出たのは、この前燃えた仕舞屋から二町ほど先の町家で」

彦七は入口の畳に両手をついたままいった。

「くいとめられそうか」

「へい、燃え移る心配はねえようで」

彦七の顔はこわばったままで声もうわずっていた。どうやらただの小火《ぼや》ではないようだ。

「どうした」

「付け火で。……それに、閻魔党が利根屋《とねや》に押し入ったようです」

「利根屋だと！」

文蔵の顔に驚きの色が浮いた。

利根屋というのは、今川町にある薬種問屋だが、夫婦と番頭、それに手代が二人ほどいるだけの小体《こてい》な店《たな》だ。徒党を組んで夜盗が襲うような店ではない。

「元締め、今川町あたりはえれえ騒ぎだ。閻魔党が、仙台堀を大川方面に舟で逃げたってえんで、いま、南町の坂東藤四郎《ばんどうとうしろう》様と石野将監《いしのしょうげん》様、それに火盗改めの与力が手勢を連れて堀沿いに追っているようなんで。それに、騒いでる連中の話じゃァ、さらに、南町から三、四人の与力は出そうだと噂しておりやす」

「大がかりだな」

坂東と石野はともに南町奉行の与力である。月番が南町だから、南町の与力が出役するのは当然だが、深夜の捕物に与力が、五、六人も出るというのは異常である。通常与力は六、七人の同心と多くの捕手を引き連れていく。それぞれ手勢を引き連れた与力が、五、六人も出るとなるとかなりの人数になる。当然、火盗改めも出役するだろうから、周辺は捕り方でごった返しているのではあるまいか。

「へい、大捕物で。それに、深川の火消しも集まってますし、どういうわけか、長屋の連中や無宿人みてえなのが大勢出て、騒いでるようなんで」

彦七は不安そうな顔をした。

「煽られてるんだ。火のまわりに集まる夏の虫みてえに、我を忘れて騒いでるんだよ。……おおごとにならなけりゃあいいんだが」

文蔵が低い声でいった。

一揆や打ち壊しなどは溜まりに溜まった憤懣が一つのきっかけで一気に噴き出すことが多い。こうした火事や災害が人心の不安を煽り、追い詰められた者の大勢が暗黙のうちに通じ合い一つの流れになったとき、おおきな擾乱《じょうらん》となる。

「それにしても、与力の出がはやいではないか」

臼井が右腕に巻いた晒を左手で撫でながらいった。多少の痛みはあるようだ。惣右衛門に斬られた傷が完全には治ってはいないのだろう。

「あるいは、町方も、今夜あたりとふんで、出役の準備を整えていたのかもしれませぬな」

火盗改めも奉行所も今回の捕物は必死である。

ただの夜盗とはわけがちがう。ここまでくれば、賊たちに、人心の不安や末世の心情を煽り、幕政への不満をかきたてようとする意図があると読むだろう。その先は当然、執政者の追い落としや倒幕の謀反の企てであり、と推測するはずだ。

あるいは、執政者が恐れているのは謀反より騒擾そのものかもしれない。謀反なら一味を捕らえ、極刑に処すれば済むが、一揆や打ち壊しの騒擾は幕政に対する痛烈な批判となる。まして、将軍家のお膝元である江戸で頻発するとなれば、騒ぎを鎮圧し首謀者を処断するだけでことは済まない。

当然、幕政の中心人物である老中、田沼意次にも、不穏な騒擾の気配は伝わっているはずである。田沼は何とか騒ぎを食い止めたいと考えるだろう。田沼派の人脈を動かし、南北の奉行所と火盗改めに、早急に一味を捕縛するよう厳命をくだすはずだ。

「となると、今夜あたりは、閻魔党も年貢の納めどきかもしれぬな」

「さて、どうですかね。……もうひとつ、本所の方でも火があがってます。そっちには、あるいは、明番《あきばん》の北からも出てるかもしれませんぜ。総出で引っ括るつもりでしょうが、何匹、鼠が捕まりますかな」

文蔵は冷めた茶をすすると、黒ずんだ薄い唇を舌の先で舐めた。

「彦七の話では、賊を仙台堀に追いこんだようではないか」

「そのようですが、襲ったのが利根屋というのが気にいりませんな。……あの店では有り金残らず奪ったとしてもたかがしれてます。火付けまでして、徒党を組んで襲うような店ではありませんよ」

文蔵は断定するようにいった。

「さらに、閻魔党はなにか企んでいるというのか」

「でなければよろしいのですが。……鬼首の九蔵という男、転んでもただ起きる男ではございません。やつらの方でも、町方の動きは探っているはずですし、そう簡単に網にかかるとも思えませんな」

「そうかもしれん」

「なに、本所へいってもらった伊平さんもじき戻ります。それに、蓮見様や銀次さんも。そうすりゃァ、もう少し確かなことがわかると思いますが……」

文蔵はそういって、細い目を障子の方にむけた。

そろそろ夜が明けてくるのか、灯明から遠い部屋の隅の障子に黎明の兆しが仄白く映っている。

「そろそろ、夜が明けますな。……どうやら、延焼の心配はないようで」

しばらく鳴っていた半鐘の音も聞こえなくなっていた。

三人は払暁を映す障子に目をやり、夜通し起きていた者だけが感じる夜明け前のおも苦しさと取り残されたような寂寥感につつまれていた。

二

それから四半刻ほどして佐吉が鳴海屋に顔を出した。続いて銀次。さらに、小つるが鳴海屋に着いたころは東の空が白々と明らんでいた。

宗二郎が鳴海屋に顔を出したのは、それから、一刻ほどして陽もかなり高くなってからだった。

宗二郎は深川で小つると別れ、秋乃を菊川町近くまで送って引き返してきたので遅れてしまったようだ。

「おい、本所、深川あたりは、だいぶ、騒がしいぞ」

そう言いながら、疲れ果てたような顔で入ってきた宗二郎は部屋の中に臼井がいるのを目にとめて顔をくずし、

「おッ、だいぶいいようだな」

といって脇に腰を落とした。

「ああ、こう騒がしくては寝てもいられんのでな」

臼井は晒を巻いた右腕をまわしながらいった。

「……南町の与力と火盗改めが出て閻魔党を追っているようですな」

文蔵が言った。

「いや、閻魔党だけではないぞ。今朝、夜明けに深川今川町の大野屋が打ち壊しにあったようで捕り方はそっちの騒ぎを治めるのに、振りまわされているようだ」

宗二郎は本所からの帰りに、裏店の住人や左官、大工などの職人連中が騒いでいるのに出会ったことを伝えた。

「小火《ぼや》ですめばいいんですがね」

文蔵は腕を組んだ。

「なに、裏店の連中が十人ほど大野屋に押し入り、施米《せまい》を出せと要求したが、主人が出し渋ったので、家財や家具を打ち壊し、米を撒き散らして逃げただけだということだ」

宗二郎はお峰が運んできた茶を一気に飲み干し、

「文蔵どの、すまぬが何か食わしてはもらえんかな。夕べから何も食ってはおらん」

と情けないような声を出した。

「おお、そうでしたな。これはうっかりしておりました。さっそく、支度させますから」

文蔵は階下に向かって手を叩いた。

宗二郎が出された茶漬けを平らげ改めて出された茶に手を伸ばしたとき、障子を開けて伊平が部屋に入ってきた。

昨夜から今朝方にかけ、寝ずに深川周辺の騒ぎや町方の動きを探ってきたようだが、さほど疲れの色はなかった。

「閻魔党に襲われたのは、深川では今川町の利根屋と佐賀町の黒崎屋《くろさきや》。それに、本所松井町の堀川屋《ほりかわや》で」

「いずれも、小商人《こあきんど》ですな」

文蔵は低い声で呟くようにいった。

黒崎屋は主人と二人ばかりの手代のいる米屋で、堀川屋は夫婦と四、五人の使用人のいる呉服屋だということだった。

「襲われた店はそれぞれ死人が出てますが、皆殺しというわけでもないようで」

「それで、町方が大勢で追ったようですが、首尾は」

文蔵が訊いた。

「へえ、捕まったのは利根屋を襲った八人のうちの三人のようですが、いずれも、自身番に引ったてる前にてめえで喉を突いて……」

「死んだのか」

「へい」

「黒崎屋と堀川屋を襲った連中は逃げられたのか」

「そのようで……。ただ、お上もやっきになって追ってますから、そのうちひっ括られるとは思いやす。それに、今朝方からあちこちで起こってる騒ぎを静めるために、走りまわってるようなんで」

伊平の話によると、打ち壊しは深川の今川町だけでなく吉永町、それに本所の林町でも起こり、富裕な米屋や呉服屋が襲われたらしいという。

「それに、町のやつらは八丁堀や火盗改め以外の役人も出てると噂してましたぜ。……お上は、八丁堀や火盗改めだけじゃァ始末がつかなくなると考えて、御先手組《おさきてぐみ》あたりも市中警護にかりだしたんじゃァねえでしょうか」

伊平の声にもかなり昂ぶったものがあった。

その頃になると、昨夜のうちにそれぞれの持ち場に走ったまわり役の者が次々に顔を出し、深川、本所、両国あたりの様子を報告してきた。

いずれも、伊平の話を裏付けるような報告だったが、一人だけ、小野惣右衛門を見かけたという者がいて、

「今川町で、お上の手の者だと思いやすが、お侍の集団が閻魔党を追うのを物陰でじっと見てやした」

というのだ。

「おそらく、娘御のことが気がかりで探しに出たのでしょうな」

と文蔵がいった。

「その娘は、おれたちが助けた。今後、あの老人と娘がどうでるかだな」

少なくとも秋乃を勾引したのは宗二郎たちでないことは分かったはずだ。秋乃に手を出したのが閻魔党と知れば、一味に切っ先を向けるようになるかもしれない。しかも、宗二郎に助けられたことを秋乃から聞けば、いかに頑固者といえ、勝負はこの騒動が鎮圧されるまで先へ延ばしてもよい、とその程度には折れるだろう。

「いよいよですな。大きく動いてきました。……いずれにしろ、九蔵たちのことです。このままで終りゃあしません」

文蔵が前に座した宗二郎たちに視線をまわしながら低い声で言った。いつもの愛想笑いは拭ったように消えている。

「……もうひとつ、最後の大津波が、きっときます」

そう言った文蔵の細い目の奥に、ぞっとするような鋭さがあった。

三

深川、本所に付け火があり、閻魔党の襲撃騒ぎに誘発されたようにいくつかの打ち壊しが起こったが、どれも十人前後の小集団によるもので大集団の擾乱には発展しなかった。

天候にも大きく左右された。

付け火があった翌日は晴れたが、夕方から雨が降り出し、夜には本格的などしゃ降りになったのである。

裏店のぼてふりや左官、大工などの職人、日雇い、無宿人など、打ち壊しに参加する貧乏人の足を秋の冷たい驟雨がとめた。結果的に深川、本所を中心に近隣に点いた火が、雨のために小火のうちに消されたのである。

三日目に雨があがり、秋らしい穏やかな日和がもどってきた。

深川の町の通りにはいつもと同じように人の流れがあり、富ケ岡八幡宮も老若男女の参詣人で賑わっていた。

大川を上下する派手な屋形船もふだんと同じように遊覧していたし、その間を縫って走る猪牙舟《ちょきぶね》の数もいつもと変わりはなかった。

宗二郎と佐吉は鳴海屋に呼び出され、佐賀町にある船宿、清政《きよまさ》の二階へ足を運んだ。

清政は船宿よし野と懇意にしている店で、文蔵が内密に始末人を呼び出し、特別な依頼をするときだけ使う密会の場所でもあった。

料理は新鮮な魚だけを吟味して出し旨いと評判をとっていたが、店が狭く、芸者遊びなどに適した店ではなく、男同士の少人数の歓談の場に利用されたり、派手な遊びに飽きた通人が気心の知れた者と来て、おとなしく酒を飲んで帰るようなことの多い店だった。

清政の座敷には、臼井、伊平、銀次の三人が顔をそろえていた。ヒキやまわり役の者はいなかった。

「少し遠いが、いつも、同じ料理では飽きると思いましてな」

文蔵は口元に穏やかな微笑を浮かべてそういったが、目は笑っていなかった。

「大津波のくる前兆《まえぶれ》があったようだな」

宗二郎は腰から刀を抜き手に持ったまま、文蔵の前に座った。

始末人たちを清政に集めたのは相応の理由があるはずである。今のところ、閻魔党の絡みしか考えられない。

「はい。……やつらは今夜、動くと読みましたので」

文蔵はそう切り出したが、なかなか本題に入らない。

酒と肴が運ばれ、仲居が部屋から姿を消すと、

「今夜は、酒の方はほどほどにしておいてもらいましょうか」

と言って、やっと話しだした。

文蔵によると、今朝方、深川、本所近辺の商家の板塀に、例の張り紙がしてあったという。

「まわり役の者が、知らせてきましてな」

文蔵は懐から折り畳んだ紙片を何枚か取り出すと、それぞれ広げて見せた。

大地鳴動し、火焔走り、
黄泉より、総《すべ》ての亡者蘇る
是、此ノ世の地獄なり
深川閻魔党、子、参
とある。それぞれ、文面は同じだが、深川閻魔党、本所閻魔党、両国閻魔党となっている。

「なるほど、今度は前兆《まえぶれ》とはいってないな」

宗二郎が鯛の刺身に箸を伸ばしながらいった。

「それだけじゃァねえんで。やっと、こいつの本当の狙いが読めましてね」

文蔵はそう言うと、懐から別の紙を取り出し、

「こいつをもう一度見てください」といって、料理の載った膳を脇へずらすと、膝行して、五人に見えるように畳の上に広げた。

亡者共甦り、家々に火を放つ

是、大凶変の前兆なり
深川閻魔党、丑、参

「こいつは、今川町の丸菱屋が襲われたときの張り紙じゃァねえか」

伊平がいった。

「はい、そんとき、あたしらは、こう読んだはずです。……世の中の不安を煽るために閻魔党が所かまわず張ったんじゃねえかと」

「そのとおりだ。橋の袂ばかりじゃあなく、天水桶や板塀にも張ってあったからな」

「丑は、丑の刻、参は参上の意味だと思ったわけでして……」

「そうじゃァ、ねえのかい」

「まァ、今になって気付いたんだが、まったく、別の見方もできるんですよ。……つまり、こうです。火を放ったあと、深川閻魔党は丑の刻に参上し、狙った丸菱屋を襲うという、仲間うちだけの触状《ふれじょう》にしてたんじゃないかと思うんですがね。……そして、前もって襲う店を知らせるために、死骸《おろく》を墓から掘り出して店先においたんじゃないかと」

「だが、なぜ、丸菱屋だ。仏は枡乃屋にも吉崎屋にも置かれていたではないか」

宗二郎が訊いた。

「火ですよ。あれが、知らせる合図で」

「狼煙か」

「はい」

「しかし、元締め、こいつは襲われた翌朝にも橋の袂に張られていたぜ」

伊平は張り紙を指差し、まだ納得できねえといった顔付きになっていた。

「たしかに……。でも、あの夜のことを考えてみれば、丸菱屋を襲った連中と亡者の装《なり》で火を点けたのが別の集団だと判る。つまり、経帷子を着込んで仕舞屋に火を点けたやつらは、その姿を人目に触れさせたあと、目立つ白装束は脱いじまって、騒ぎの人込みの中に紛れこんだに違いない。……そして、人目にたたないように明け方にでも橋の袂に張り紙をしておいたってわけですよ」

「しかし、翌朝のものは触状にならぬぞ」

臼井がいった。

「いや、この張り紙は前もって何枚も書かれ、仲間うちの触状に使うときは、決められた商家の板塀に張るというふうに取決めがあったとしたらどうでしょうか。そして、ことが終われば、決められた場所以外なら、どこに張ってもかまわない」

文蔵はそれをだれの目にも触れるような場所に何枚も張り出しておけば、人心を惑わす効果もあるし、あとで、持っていることが他人に知れても何とでも言い逃れができるといった。

「そうでしょう。橋の袂で拾ったといえば、だれも疑ゃァしません。……ここにも、こうして一枚あるくらいですからな」

「しかし、なんだって、そんな面倒なことをするんだい。どっかに集まって話をすりゃあ、それですむじゃあねえか」

伊平はまだ得心がいかぬらしい。

「前もって、相談はできます。……ですが、そのうち、お上の目が厳しくなり夜も歩けなくなると読んだはずです。深川や本所、あるいは両国にちりぢりに住んでるお侍が、深夜、どこかに集まってるところを岡っ引きか夜まわりにでも見られたら、それでお終いでしょう。……それに、もし、仲間の一人でも捕まり役人に吐きでもしたら、一網打尽ですよ。へたに、決めておくわけにもいかないし、状況の変わるときもあるだろう。襲う直前に、場所とときが仲間に知らせられりゃァそれにこしたことはないはずです。それに、ばらばらに集まれるし、なにより、町の連中が駆けずりまわってるんですから、どんな顔つきで駆けて行こうがだれにも見咎められねぇしない。……親分、子分の盗人連中でさえ、仲間の口から割れるのを一番恐れてるんですよ。まして、閻魔党はどこの冷や飯食いとも知れぬ連中が寄り集まってるんです。いつ、なんどき、やる、などと迂闊に決めてはおけませんでしょう」

「なるほど、うまく考えたもんだな」

宗二郎は文蔵のいう通りだろうと思った。

言われてみれば、事件の起こる前後にはやたら張り紙が目についたし、事件の内容も文面とあっている。

どうやら、一度、人心を惑わすための張り紙と思いこんでしまうと、またか、と思うだけで、別の見方ができなくなってしまうらしい。閻魔党はその盲点をうまく利用したともいえる。

「ですが、張り紙で仲間うちに知らせるなんぞという知恵は、盗人のもんじゃありませんな」

文蔵は続けた。どういうわけか、双眸《そうぼう》に憤怒の光がある。

「……閻魔党を束ねている九蔵とは別な男が考えたに違いありません。おそらく、小野という剣術遣いを使って臼井さまを斬らせ、娘を勾引《かどわか》したのもそいつの仕組んだことでしょうな」

「林崎か」

そうかもしれぬ、と宗二郎は思った。あるいは、妻子を失い、己を見失っていた石津を仲間に引き入れ、与野屋を襲わせたり、辻斬りとして富裕な商人を斬らせたのも、林崎の企みによるのかもしれない。林崎という男は巧みに人心を操る術を持っているようだが、居合の師である秋吉と娘を利用するだけして、用がなくなるとぼろ巾《ぎれ》のように平気で捨てた非情な男でもある。

居合もかなり遣う。勝負のかけひきにも長じているのだろう。

「……元締め、ですが、どうして今夜だとはっきりしたんです」

今まで黙って聞いていた銀次がはじめて訊いた。

「そいつは、この紙の張ってあった場所ですよ。……こいつは、扇橋町、要橋の近くの米屋の板塀に張ってあったそうです。あまり目立たない裏手にね。もし、通行人に知らせ、騒ぎを大きくするためのものなら張るのは橋の袂がいい。……それに、今までのことを考えてみれば、ことの終わった後は橋の袂に、しかも、いやでも目につくように何枚も張られていたようですが、事件を起こす前のものは、目立たない商家の天水桶や板塀が多かったようですからな」

「たしかに……」

宗二郎がはじめて目にしたのは、汐見橋の袂で亡者のことだけが書いてあった。たしかに、そのときは丸菱屋や枡乃屋などに墓から掘り出された仏が店先に捨てられていた後である。たしか、甚十が殺され、丸菱屋が襲われた後も永代橋の袂に張られていたはずである。だが、火つけや辻斬りの起こる前は、商家の店先や武家屋敷の塀などそれほど人目につかぬところに張られていたことが多い。

それにしても、文蔵はよく見ている。

「それだけじゃァありませんよ」

文蔵は頭上に載っている白い小さな髷に、ひょいと指先をやって、始末人たちの顔を覗くように見ていった。

「張り紙は、本所閻魔党、両国閻魔党というのもある。そして、どの張り紙にも、子、参、と。……そしてね、今までのものと違うところがもうひとつ。見てください。ただ、亡者共甦り、ではなく、黄泉より、総《すべ》ての亡者甦る、となっていますでしょう」

宗二郎たちにむけられた文蔵の目が、深い闇の底を垣間見たように鈍く光った。

「つまり、こういうことじゃァありませんかね。深川、本所、両国に身を潜めている総ての閻魔党は、今夜、子の刻、いっせいにことを起こせと」

「……！」

「どこだ、場所は！」

伊平が声を大きくした。

「火ですよ。きっと、また、狼煙をあげるはずです。……いつものように今夜は風もないようですからな」

四

文蔵の言うように表は静かだった。深川の町を暮色が包みはじめる頃だが、風の音はなく、階下からの人声や、客を乗せた猪牙舟が渡し場に着いたらしい足音などがときおり聞こえてくるだけだった。

「たしかに、火を点けても風で大火にでもなれば、自分たちの逃げ道がなくなるからな」

宗二郎がいった。

文蔵のいうように、賊が火を放った夜はほとんど風がなかった。

「文蔵、閻魔党の動きを察知しているのは、おれたちだけではないかもしれぬぞ」

臼井が右腕の晒に手を置いていった。

あるいは、癒えかけた傷口が痒いのかもしれない。晒の上からしきりに撫ぜている。

「町方でしょうか」

「町方もそうだが。とくに火盗改めの建部《たてべ》甚《じん》右衛《え》門《もん》は切れ者だと聞く。あるいは、同じように今夜の襲撃を読んでいるかもしれぬな」

建部は千石取りの御先手鉄砲頭だったが、安永九年の十一月に火盗改め増役《ましやく》として就任している。これは再任で、この前年にも火盗改めの任にいた男である。

この年の十月に、著名な長谷川平蔵の相方としても知られる堀帯刀《ほりたてわき》が定役《じょうやく》に就くが、まだこの時点では後に堺奉行に転ずる贄安芸守《にえあきのかみ》が建部の相方であった。

「はい、それに、奉行所の方も、手をこまねいて見ているわけではございませんから、今夜あたりは何か動きがあると承知していましょうな。……とにかく、田沼様としても、ここで騒ぎを大きくしては、今後、ずいぶんとやりづらくなりましょうから、場合によっては御先手組あたりを繰り出す事態になるかもしれません。……今夜は、戦《いくさ》のような騒ぎになりましょうな」

文蔵は口元にうすく皮肉な嗤いを浮かべた。

「それで、文蔵どの、おれたちはどうする」

宗二郎が訊いた。

それだけの騒ぎになれば、鳴海屋が総力を繰り出したとしてもたいした働きはできないだろう。

「そこでございます。鳴海屋の仕事は始末料をいただいている店と依頼人の命を守ること。……賊を捕らえるのが仕事ではありませんから、わたしらは、前もって一味の襲撃しそうな店に張り込み、押し込みを防げばいいわけです」

「すると、また、丸菱屋と枡乃屋、それに吉崎屋か」

「いえいえ、それだけじゃあございません。じつは、つい先日ですが、清住町にある米問屋の大黒屋《だいこくや》さん、本所松井町、魚油問屋の伏見屋《ふしみや》さん、それに、木場町の多田屋《おおたや》さんが相次いでおいでになりましてな。……何としても、この騒ぎから店を守ってくれ、と頼まれましてな。それぞれ、二百という大枚を積まれたものですから……。それに、こんなときのための長年のお付き合いもございますし、断るわけにはまいりませんでな。……むろん、皆さんのご苦労には、相応の始末料をお支払いしますし、ヒキやまわり役の者にも応分のお手当てを……」

文蔵は呑み込むように語尾を小さくして、ニヤリと笑った。

米問屋の大黒屋、魚油問屋の伏見屋、材木問屋の多田屋は江戸でも名の知れた大店だった。二百両という始末料は分相応なのだろうが、まったく文蔵という男は抜け目がない。この期に及んでも始末料をしっかり取り立てている。

「何ですな、始末屋というのは世の中が騒がしくなればなるほど繁盛する商売ですな。フッフフ……」

と、細い髷に手をやりながら人を食ったような笑い声をたてた。

「しかし、な」

宗二郎が不機嫌そうにいった。それだけ手を広げられては、始末人としては動きようがなくなる。

「いやいや、わたしも、みなさんのご懸念はよく承知しております。たしかに、これだけの店にそれぞれ張り付くわけにはまいりませんし、火の手が上がってから駆けつけたのではどうにもなりません。そこで、こっちは、相手の動きを読んで狙いを定めるより他に手はないわけです。……まずは、こいつを見てください」

文蔵はそう言うと、懐から幾つにも折った絵図面を出して畳の上に広げた。深川、本所界隈の絵図面だった。

「どこだと読みます。……わたしは、今川町の丸菱屋さんと本所松井町の伏見屋さんが危ないとみてるんですが」

文蔵によると、先日、襲われた今川町の利根屋と松井町の堀川屋は小商《こあきな》い過ぎるし、丸菱屋と伏見屋を襲う足慣らしの意味もあったのではないかというのだ。

「それに、まさか、町方も、二度も三度も同じ店を襲うまいと思うはずですから、裏をかくという狙いもありますな」

文蔵は絵図面の丸菱屋と伏見屋を指差しながらいった。

丸菱屋は深川では中堅の呉服屋だが、伏見屋の方は江戸でも一、二を争う魚油問屋の大店である。闇魔党や九蔵一味が最後の大仕事として押し入るのに適当な店かもしれない。

「……そういえば」

今川町と本所の名を聞いたとき、宗二郎は秋乃の話を思い出していた。

「小野の娘が、監禁された押し入れの中で、今川町と松井町、それに浅草の平右衛門町を襲うような話を聞いておるぞ」

「そういャァ、舟で運ぶというようなことをいってましたね」

脇から佐吉が口をはさんだ。

「思ったとおりですな。……では、こういうことにいたしましょうか」

そう言って、文蔵は四人の始末人を丸菱屋と伏見屋に二分した。

宗二郎と銀次が丸菱屋、臼井と伊平が伏見屋に張り込むことになった。

「むろん、相手の動きによって、別の場所へ動いていただくようなこともあるかと思いますが、そのときはまわり役の者を走らせましょう」

「浅草の平右衛門町の方はどうする」

「蓮見様、浅草の方からの依頼はありませんでね。始末料をいただかない店なら、焼かれようと皆殺しにあおうと、あたしらとはかかわりのねえことで……」

文蔵はそう言うと膳を前にもどし、あらためて箸をとった。

五人はそれぞれ料理に箸をつけたが、さすがに酒は控えているようで、佐吉でさえ、出された銚子を空けただけだった。

清政を出ると残照が西の空に残ってはいたが、町は暮色につつまれはじめていた。まだ、提灯はなくとも歩けたが、首筋を吹き抜ける川風は冷たかった。川岸で穂をなびかせるすすきにも秋の色があり、背を丸めて足早に通り過ぎる町人の姿にも宵闇においたてられるようなせわしさがあった。

「やっぱり、きますかね」

佐吉が宗二郎と並んで歩きながらぽつりといった。

二人はゆっくりした足取りで大川端を歩き、今川町にむかっていた。銀次は一足早く丸菱屋にむかっている。

「おれも今夜だと思うが」

「蓮見のだんな、ほら、あの天水桶のそばで下駄の歯を直している男、やつは黒江町の岡っ引きだ。……それに、猪牙舟を浮かべてる野郎。あいつも、顔に覚えがある。間違いなく町方の者ですぜ」

佐吉の言うとおり、天水桶の陰にいる男は下駄を手にしたまま、ときどき油断のない目を通行人にむけている。大川の川岸近くをゆっくり猪牙舟で下っている男も船頭らしからぬ風体をしていた。

「厳重な警戒だな。これでは、下手にことをおこせば袋の鼠だぞ」

「どうやら、八丁堀もこのあたりと睨んでるようですね」

「あるいは、すでに、一味の者を捕らえ、吐かせたのかもしれぬぞ」

「……ねえ、だんな、どうも、あっしはすっきりしねえんで……」

珍しく佐吉が思案顔でいった。

「なにがだ」

「へえ、あの秋乃という娘が今川町と松井町を襲う話を耳にしたってことがです。どうも、でき過ぎのような気がしましてね」

「どういうことだ」

宗二郎は立ち止まって顔を佐吉の方にまわした。

「なに、銀次さんが踏み込んだとき、たしか、黒蜘蛛の久吉と葛西のおけいの二人がいたといってましたな。……押し入れの娘を刺し殺すぐらいの間はあったと思うんですがね。そのままにしておけば、自分たちの計画がばれることぐれえなことは、思いつくはずですぜ」

「……すると、秋乃をわざわざ生かしておいたと」

確かに、おけいと久吉には、秋乃を殺すことはできた。それを無傷のまま生かしておいたのは、何か魂胆があってのことなのかもしれない。

「そっちに目をむけさせとけば、別のところは留守になるんじゃねえでしょうか」

「しかし、佐吉、秋乃どの話では、大勢の武士の声がしたというぞ。間違った情報を流すために秋乃に話を聞かせたのなら、そこまでしなくともいいように思うがな」

「へえ、あっしも、そこんとこが腑に落ちねえんで……」

佐吉は細い目をさらに細くして、足元に目を落としたまま歩いていた。

言われてみれば、宗二郎もこの警戒の中で事を起こすのは、火の中に飛び込むような無謀な計画のような気がした。林崎のような深慮遠謀の策士が、大勢の者に襲撃の場所と方法を前もって伝えるはずはないし、そもそも場所は死骸を置いたり、火を放ったりし、方法や日時は貼紙を使って直前に知らせていたのではないのか。

「……やはり、罠か」

佐吉の危惧したとおりなら、秋乃を使って鳴海屋や町方にわざと間違った情報を流したことになる。

五

子の刻ごろ、眠らずに刀を抱えて柱に寄り掛かっていた宗二郎は、表通りの慌ただしい人声にはね起きた。宗二郎が丸菱屋の二階の雨戸を開け放って首をつき出すと、佐吉も脇から身を乗り出すようにして、夜闇を赤く染める彼方に目を凝らした。

火の手の上がったのは深川今川町と本所松井町の二箇所。そして、ほぼ同時刻に、浅草平右衛門町でも空き家が燃えていたが、宗二郎たちの目には入らなかった。文蔵が予測したとおり、三つの町で子の刻を期してほぼ同時に火の手が上がったのである。

「燃えているのは、どこだ！」

「だんな、あそこだ。せんだって燃えた仕舞屋の近く」

佐吉が指差した。

くっきりと炎が見えた。紅蓮の炎が家屋から夜闇に絡みつくように赤い舌を伸ばしていた。白煙が上空にまっすぐ上っている。風はないようだ。延焼の心配はない。

「来るぞ！　掘割だ。裏木戸はだれが来ても開けるな」

宗二郎は階下に怒鳴った。闇魔党が来るとすれば、舟で掘割伝いで裏木戸から侵入するはずだ。

半鐘が激しい勢いで鳴り出した。

三半（連打）……。

「佐吉、見ろ！　八丁堀だぜ」

表通りを走って行く捕り方の集団が見えた。

火事羽織に陣笠、与力らしい男の後ろに、鎖鉢巻に小手、脛当などで身を固めた同心が続き、十数人の捕り方が従う。

呼び子が八方から響いた。二、三人の武士らしい男が捕り方に追われているのが、家並みの間から見えた。すでにどこか傷を負っているらしく、抜き身をひっ提げたままよろよろした足取りで逃げて行く。岡っ引きらしい男が、何か叫びながら後を追う。

通りで大勢の足音がした。

「だんな、建部様だ！」

捕物装束に身を固めた集団が、前の通りを急ぎ足で通り過ぎる。火事羽織に野袴、黒塗りの陣笠を被り、先頭で十手を振りかざしている男が火盗改めの建部甚右衛門のようだ。

掘割の土手沿いの道の方から叫び声がおこり、火盗と書いた提灯が夜闇に舞う。半鐘、バリバリと家屋の燃え落ちる音の中に、刃物を打ちあう音、叫喚が響く。

「だんな、閻魔党はやっぱりここへ……」

「だが、火の中へ飛び込む虫だ。襲うどころか、ここまでたどりつけねえぜ」

宗二郎は家並の間から見える捕物の様子を見下ろしながら、吐き出すようにいった。

「蓮見のだんな、えれえ騒ぎだ」

顔を出したのは銀次だ。

「外の様子を見てきたが、路地から川の上まで捕り方で埋まってますぜ。……閻魔党のやつら、集まってきたのはいいが、逃げ場もねえ」

宗二郎たちより早く、火事に気付き部屋から抜け出して様子を見てきたらしい。

「みんなひっ括られちまう。なんだって、こんな捕方の集まってる中に……」

佐吉が呟くようにいった。

その声を聞いたとき、ふいに宗二郎の胸に閃くものがあった。

――もしや、これが林崎たちの狙いではないのか！

閻魔党が自ら火の中に飛び込むように仕向けたのではないのか。

――閻魔党そのものを燃やしてるのではないか！

林崎や九蔵一味にとって、閻魔党そのものが膨らみ過ぎたのではないのか。このまま続ければ、閻魔党が自分たちの首を絞める。その前に不用な部分を削ぎ落とすつもりで、火中につっこませたのではないのか……。

となれば、林崎や九蔵は別の場所にいることになる。

「佐吉、ここじゃあねえ！　本隊は別の場所だぜ」

宗二郎は大声を出した。

「ど、どういうことです」

佐吉と銀次が同時に宗二郎を振り返った。

「ここに捕方やおれたちを集めておいて、本隊は別の場所を襲ってるんだ」

「どこです」

「今、深川で、一番手薄な所はどこだ。金があり、舟が使える場所だ」

「清住町の大黒屋！　それに、木場の多田屋」

「清住町はだめだ。ここから近過ぎる。大川端は捕方の舟で埋まってるはずだ」

「するってえと、木場の多田屋！」

「そうだ、あそこだけ離れてる。今ごろ、町には番太《ばんた》ぐれえしか残ってないぞ」

宗二郎は言いながら階段を駆け下りた。

「だんな、本所の方へは」

銀次が背後を追いながら訊いた。

「佐吉、おめえの足で知らせてくれ。おれと銀次とで、このまま木場へ向かう」

「元締へは」

「それは、あっしが通りしなに」

銀次が言った。

「銀次、おめえは、猪牙舟を使ってくれ。一味は、多田屋の裏の船着き場から仙台堀へ抜ける気だろう」

「へい」

銀次は丸菱屋の裏木戸を開けると、よし野の印半纏を翻して通りへ飛び出していった。

そのころ、深川木場町、多田屋の二階から、今川町の方へ目をやっている二人の男がいた。林崎藤十郎と鬼首の九蔵である。

林崎はいつもと変わらぬ小袖に袴姿だが、九蔵の方は黒布で頬っかむりし、黒の股引きに草鞋履きという盗人装束である。

二人の立っている遠方、闇に沈んだ家並の彼方に闇を舐める蛇の舌のような細い炎が見えた。

「林崎さま、いいんですかい、閻魔党を根こそぎ潰しちまって」

九蔵が林崎を振りかえって言った。

「根こそぎというわけではない。子組の笹崎をはじめ、おれに心酔しておる腕利きは残してある」

「そうでございましたな」

「それに、閻魔党の役割はとりあえず終わった。……当初から騒ぎを起こし、田沼父子が牛耳っている幕政の足元を揺すぶるのがあの者たちの役割。死は覚悟の上のはず」

「お上も肝を冷やしたでしょうな」

「もう少し、町人どもが騒ぐかと思ったが、こんなところかもしれぬな」

林崎は目を細めたまま口元にうすい嗤いを浮かべていた。

「まだ、時期尚早ということでございましょうかね」

「いや、筋書き通りよ。……幕政に不満を持つ牢人や御家人の子弟が徒党を組み、閻魔党と名乗って軍資金を得るために商家を襲ったのだ。……月番の南町だけでは手に負えず、幕府は火盗改めから御先手組までくり出してやっとのことで鎮圧した。それでいいのよ。田沼に反目する方たちも江戸の町が灰燼に帰するほどの大乱を求めてはおらぬ」

林崎は公方様のお膝元で幕政に不満を持った者の騒擾がおこり、前例のない御先手組まで繰り出させたことに意味があるのだといった。

「間違いなく世の憤懣や飢餓への恐れは田沼父子の執政にむけられ、私利私欲を肥やすことのみに奔走している収賄政治に批判の目が集まるはずだ。当然、反田沼派は勢いづくことになろうな」

「八丁堀の白河藩邸におられる松平様も、さぞかしご満足のことでしょうな」

「おい、九蔵」

林崎が九蔵の方に顔をまわして、ニヤリと嗤った。

「いらぬことを口走らぬことだな。考えてもみろ、将軍家の血筋を引き英才のきこえの高いお方が、おれのような冷や飯食いの話をまともに聞くと思っておるのか」

「すると、あの話は嘘で」

九蔵は驚いたような顔をした。

「いや、嘘ではない。松平定信様の用人の植森又右衛門《うえもりまたえもん》様と会い、すでに奪った金の一部は渡し、今度の計画は伝えてある。……半信半疑で聞いていたが、こうしてことが起こり、幕閣のみか世情までが反田沼色を濃くすれば、おれの計略の巧妙さがいやでも分かるというもの。……九蔵、何のために、おれがここで閻魔党の大半を始末したかわかるか」

「さて」

九蔵は覗くような目で林崎を見た。

「田沼父子に反目する者たちは、今度の騒ぎが田沼を追い詰めるいい口実になることを思い知ったはずだ。しかし、当然、これだけでは足りない。さらに、閻魔党が、第二、第三の乱を起こすことを願うはずだ。閻魔党によって、大規模な一揆や打ち壊しが誘発されれば、それが直接田沼父子の首を絞めることになるからな。……今度は三顧の礼をもって向こうから来る、腐敗した田沼政治を一掃するために、ぜひおれの力を貸してくれ、とな。……そのためには、今は、一度引かねばならぬのよ。考えてみろ、田沼という男は、六百石の小身から四万七千石の大名にまでのし上がり、幕政を思うように牛耳る実力者。わずか五十石の冷や飯食いが、矢を射るのに手段を選んではおられぬだろう」

林崎は火の手の上がっている町並に視線をもどし、薄い唇を歪めるようにして嗤った。

「……そのために、仲間も火の中に投じるってわけで。恐ろしい方ですな。もっとも、あなた様がただの牢人なら、井筒屋であっしに近付いてきたとき始末してましたがな」

九蔵も口元にぞっとするような凄味のある笑いを浮かべていた。

「おれも、貴様がただの盗人なら、いよが死んだとき斬り捨てて、井筒屋をおれのものにしようと思ったかもしれぬな」

「林崎様はあっしらの盗みの手口が必要だった。あっしらは、林崎様が深川をひっかき回してくれることが有り難かったわけで」

「お互い、利用しあったというわけだな。……だが、九蔵、これで終りではないぞ。さらに、第二、第三の閻魔党の乱が起こらねば、この騒ぎも無駄になる」

「そういうことなら、また、ほとぼりが冷めた後、ご一緒して稼げるわけですな」

九蔵は下から掬うような目をして林崎を見あげた。

「貴様の方も、はじめから、一度で深川から手を引く気などなかったくせに。そのために、始末人がいることを承知で手を出したのではないのか」

「そりゃァそうです。深川はあっしら盗人にとっちゃあ、稼ぎになる町なんで」

九蔵は遠い火に目をもどして嗤った。

そのとき、階段を駆け上がってくる足音がし、二人は同時に振り返った。

「林崎さま、いかがいたしましょうか。店の者は縛り上げ帳場に集めてありますが」

笹崎梅之進だった。

頬がこけ、目ばかり異様に光らせているが、感情の籠らないくぐもった声で話す。

「斬る。多田屋は閻魔党に襲われたのだ。……閻魔党の中枢は逃げ延びたことを知らせておかねばなるまい。……笹崎、すべて首を刎ねよ」

「はッ」

笹崎は小さく頷いただけで、すぐに踵を返した。

「あのお方も役に立ちますな。女子供の首も平気で刎ねられる」

「大意のために多少の犠牲はやむを得ない、と信じておる」

「それに、林崎さまの命令なら火の中でも飛び込む。……信ずるとは怖いことでございますな。……さて、そろそろ蔵から金を運び出したころでございましょうか」

九蔵は言いながら、ゆっくりと階段の方へ歩き出した。

そのとき、荒々しい足音で階段を駆け上がってくる者がいた。九蔵の片腕の福耳の利助である。

「親分、き、来やがったぜ」

めずらしく利助の声はうわずっていた。

階下で何事か起こったらしい。店先の方から子分のものらしい悲鳴と怒鳴り声が聞こえてきた。

「誰が来たってえんだ」

九蔵は夜盗の頭領らしい荒々しい声で怒鳴った。

「蓮見ってえ、さんぴんで」

「蓮見、一人か」

「いえ、もう一人、あの剣術遣いの爺《じじ》いが来てやがるんで」

「小野惣右衛門がか！」

林崎が驚きの声をあげた。

同時にその白皙秀麗な顔が朱に染まり、割れたように歪んだ。

六

宗二郎は多田屋の裏木戸に立っていた町人風の男に足早に近寄った。風体は鳶か大工のようだったが、一目で夜盗の見張り役と察知した。

男はまっすぐ走り寄る宗二郎の姿に気付くと一瞬驚愕の目をむけたが、くるりと背を向けると裏木戸から中に駆け込もうとした。

その男の背後に駆け寄り、宗二郎は抜きつけの一刀を袈裟に浴びせた。血飛沫があがり、男はのけ反るように背を伸ばして短い悲鳴をあげた。男はそのまま、よろよろと木戸に歩み寄り戸を押し開けると、呻き声をあげながら中に転がりこんだ。

宗二郎はその男に続いて中に入ろうとしたが、その足がとまった。中から二人、武士が飛び出して来たのだ。

宗二郎はその武士の前に立ち塞がり、

「おぬしら、閻魔党か！」

と血に塗れた刀身をむけた。

二人の武士は無言だった。すぐに抜刀し、一人は宗二郎の正面に立って青眼に構えた。もう一人がすかさず宗二郎の背後にまわる。顔がひき攣ったようにこわばり、短い息を吐いていた。斬り慣れた者の構えではなかったが、死を恐れぬ捨て身の気迫が身体に漲っていた。

斬らねばならぬ、と宗二郎は思った。

相手の斬り込みを待っているのは危険だった。前に対峙した者を斬るとき、背後から捨て身で斬りこまれたら避けようがない。

宗二郎は八相に構え、横面を斬り込むと見せながら前に走った。前に対峙した武士は宗二郎の一気の寄りに呑まれ、面を防ごうと切っ先が浮いた一瞬の隙をつかれた。

宗二郎はやや腰を沈めながら、胴を薙いだ。擦れ違いざま、胴を両断するほどの激しい斬り込みだった。

対峙した武士の体が腹で折れたように傾げ、そのまま前に倒れこむ。断末魔の悲鳴が闇の地表を裂くように宗二郎の足元から聞こえた。

間髪をおかず、宗二郎は反転し背後の敵に備えた。

が、背後の敵の攻撃はなかった。

三間ほど離れた薄闇の中に、一人の老武士が立っていた。

――小野惣右衛門……！

その足元に背後にいたはずの武士が横たわっていた。小野に斬られたらしい。

「蓮見宗二郎か」

「いかにも、小野どのが、どうしてここへ」

「今夜の騒動、鳴海屋はかならず動くと思い、近くで待っておったが、おぬしの姿を見かけてな。後を尾けたのじゃ」

「……………」

そういうことか。宗二郎は寄らなかったが、鳴海屋の店の前を通ったとき、姿を見られたらしい。それにしても、執拗だ。どうあってもおれと勝負したいらしい。

「それほどまでに勝負にこだわるのなら、やるしかあるまいな」

宗二郎は八相から青眼に構えなおした。

「待て、おぬしとの勝負は、闇魔党などとほざき、町家を襲っておる莫迦者どもを始末してからじゃ。……こやつらは放っておけなくなってのう」

惣右衛門の声には怒気があった。

「闇魔党が多田屋を襲っていることをご存じか」

「いや、知ったのは今じゃ。この両名、物に憑かれたような狂気の面《つら》をしとった。おそらく、林崎とかいう男に操られて我を失っておるのじゃろう」

「……」

「秋乃を勾引《かどわか》したのもこの一党の仕業だったようじゃな」

小野の言葉がちいさくなり、視線が宗二郎からはずれた。

おそらく、秋乃から事情を聞いているのだろう。宗二郎たちの手で助けられたことも知っているようだが、詫びの言葉はなかった。

「秋乃は秋乃、わしはわしじゃ」

そういって、また鋭い目を宗二郎にむけた。

そのとき、裏木戸からばらばらと武士が走り出てきた。十人はいるだろうか。いずれも白刃をかざし、血走った目をしていた。

その集団の背後にいた林崎が、

「小野どの、聞こえぬか。今、市中の火焔の中で上がっている叫喚は、窮民の怨嗟の声ぞ」

と喉を震わせて叫んだ。

「このようなことで、世は変わらぬ」

「われらの蜂起はこの世を正すため、小野どの、せめて、その場を退かれい」

林崎の声は甲高くうわずっていた。

「士道を捨てた者の声など、聞く耳持たぬわ」

小野が一歩間合をつめると、林崎は配下の武士たちに、斬れ！　と命じて二、三歩下がった。

「林崎、鬼首の九蔵はどうした」

宗二郎が訊いた。

宗二郎と小野を取り囲んでいる者はいずれも武士で町人姿の者はいなかった。金蔵を開け、千両箱を担ぎ出し、舟を操るのは九蔵たちの役目のはずだ。

「そのような男、知らぬな」

「中か」

店の者を縛り上げ、金蔵から千両箱を担ぎ出しているのかもしれない。とにかく、店の者を助けねばならない。

宗二郎が中に入ろうと、二、三歩、木戸の方に歩み寄った瞬間、取り囲んだ集団の輪に殺気が走り、左後方にいた一人が、青眼から腹を突くように踏み込んできた。

そのとき、ふいに小野が動いた。スーと左後方にいた男のそばに身を寄せると、下段から斬り上げた。白刃が弧を描いて一閃し、突いてでた男の両腕が刀を持ったまま、夜闇に飛んだ。

ギャッ、という悲鳴と同時に両断された両腕から血が噴き出し、男は顎をふりまわすように身を捩り、天空の闇を裂くような叫び声をあげた。

小野は下段から斬り上げた刀を高く八相に構えなおすと、腰をわずかに沈め、そこから伸びあがるように男の首筋を斬った。ほんの一瞬の流れるような身のこなしだ。

叫喚を引きながら首が飛ぶ。

小野の右手から一人、獣の咆哮のような気合を発し、上段から斬り込んできた。小野はサッと体を捌き、一瞬あいた武士の胴を横に薙いだ。

男の上半身が横に折れたように曲り、両断された腹から臓腑が溢れ出た。さらに、反転すると、一気に背後にいた武士との間合を詰め、その気迫に怯んだ隙をついて、上段から一気に斬り下ろして頭を割った。

小野の太刀は凄まじかった。

身体の触れ合うような鋭い寄り身から、渾身の力を込めて太刀を揮う。一閃するごとに首が飛び、胴が両断され、八方に血が飛び散った。

小野の鬼神のごとき激烈な太刀捌きに、二人を囲んだ武士たちは恐怖に浮き足立ち、集団がばらけた。

「小野どの、この場はお任せしたいが」

「よかろう、店の者を助けるがよい」

「かたじけない」

宗二郎はそう言いざま立ち塞がった男の刀を払い、裏木戸から中に入った。

七

狭い庭があり、その先から明かりが漏れ、くぐもったような話し声が聞こえた。勝手口に通じる木戸が外され、黒装束の男がちょうど出てきたところだった。

九蔵の手下の一人らしい。

宗二郎はまっすぐその男の方へ走り寄った。

男は宗二郎の姿に気付くと、反転し、出てきた勝手口へ飛び込むように逃げ戻った。

宗二郎は後を追い、店の中に踏み込んだ。

右手が台所になっていて、正面に帳場へ続く短い廊下があった。帳場に行灯があるらしく、仄明《ほのあ》かりが廊下を浮き上がらせている。

宗二郎は廊下を走った。

帳場の柱のまわりに、何人かずつ蹲るように座っていた。全員が猿轡をかまされ、後ろ手に縛りあげられている。中に女も混じっていた。店の者らしい。そのそばに武士が一人立っていた。だらりと下げた刀身が行灯の火を映して、薄く光っている。

血の臭いがした。

見ると、男の足元に首が転がり、そばに首のない死体があった。その首根から血が噴いたらしく、辺りの床は血に染まっている。

「貴様、店の者を手にかけたのか！」

宗二郎の声は怒りに震えた。

「まだ、一人だけだ。これから順次、この者たちの首を刎ねる。そこで、見物するか」

武士の声は低く、抑揚がなかった。

「林崎の手の者か」

「いかにも」

「名は、貴様の名は」

「深川閻魔党子組頭、笹崎梅之進」

「始末人、蓮見宗二郎。その刀を振り下ろす前に、おれが貴様のそっ首を刎ねてやる」

「できるかな」

笹崎はだらりと下げた刀をゆっくりと持ち上げ、右上段へ構えなおした。

宗二郎が大きく踏み込もうとしたとき、笹崎の前に縛られた男の目が一瞬、天井に向けられたのを見た。

上だ！

咄嗟に宗二郎は前方の床に頭から飛び込んだ。

間一髪、頭上から落とされた投網は、宗二郎の脛あたりにかかった。同時に、頭上から落ちてきた黒い猿のような男の匕首を跳ね起きざま刀で撥ね上げると、笹崎の前に踏み込み縛られた男の前に立ちふさがった。

天井から襲った男は黒蜘蛛の久吉。

歯をむき出し、ぎろりとした目で宗二郎を睨んだ。その顔が悔しげに歪んでいる。わずかの差で投網が役に立たなかったのだ。

それでも、久吉は背を丸め、低い姿勢で匕首を突き出すように構え、宗二郎の左手にまわりこんだ。

笹崎は背後に退いて、青眼に構えなおすと、やや峰を寝せて、切っ先を下げた。突きにくる構えだ。やや上体が浮き、両腕を突き出すように構えている。

それほどの腕ではない。が、一撃必殺。相打ち覚悟で正面から突いてくるつもりだ。こうした捨て身の戦法は、なまじっか腕のある者より怖い。

左手にまわった久吉は、飛び込み脇腹を突いてくる気のようだ。

どっちが先に仕掛けてくるか。攻撃を受け、体の動きがとまったときに隙ができる。激しい動きの中で、先に仕掛けた敵を仕留めねば勝機はない。

宗二郎はやや切っ先を下げた青眼に構え、呼吸を静め、対峙した笹崎の切っ先から視線をはずして観《かん》の目で両者の身体の動きを読んだ。

くる！

先に仕掛けたのは久吉だった。その丸い体が一瞬わずかに沈み、跳ねるように突き進んでくる。匕首が顔の前で牙のように光った。

一瞬、その動きを察知した宗二郎は大きく背後に跳びながら、青眼から小さく振り上げ、体ごと突いてきた久吉の肩口に斬り落とした。

久吉の肩口から背中あたりまで深く抉った宗二郎の切っ先は、小さな弧を描いて右手から突いてきた笹崎の太刀を弾いた。

久吉は呻き声を上げ、背を丸めるようにしてよろよろと廊下の方へ逃れる。

笹崎の太刀を弾いた宗二郎は、鋭く踏み込みながら一瞬上体を崩した笹崎の額に渾身の一刀を浴びせた。

頭蓋が割れたらしく額から血が噴き、脳漿が散った。笹崎は悲鳴もあげず、血の噴く音だけを残してその場に崩れ落ちた。

宗二郎は逃げる久吉を追い、背後から背中を突き刺した。その切っ先は胸骨を砕き、心の臓を貫いたとみえ、歩を止めグッと喉を鳴らして上体をのけ反らせた。

宗二郎が刺した刀を抜くと、前に倒れる久吉の背から太い棒のように血が噴き出した。床に倒れた久吉は長い両腕を立て必死の形相で猿のように歯を剝いたが、がっくりと前に伏してそれっきり動かなくなった。

宗二郎はすぐに引き返し、縛られた店の者の縄を切った。

「他の連中はどこにいる」

まだ、九蔵や配下の者が残っているはずだった。

「は、蓮見様、土蔵の方に……」

番頭らしい男が猿轡をとると、震え声で告げた。

「九蔵たちは金を奪って逃げる気か」

宗二郎は他の者の縄を解け、と番頭らしい男に指示して勝手口の方に走った。おそらく裏木戸を使わず板塀の一部を破って、屋敷裏の船着き場に金を運んだのだ。

八

思ったとおり裏通りに続く板塀が破られ、付近の雑草が踏み倒されていた。九蔵たちは裏木戸で斬りあっている小野の目を逃れるため、ここから金を運び出したようだ。

月があった。塀の外には材木を立て掛けた小屋があり、露天に積み上げられた丸太がごっごつとした影を刻んでいた。

宗二郎は周囲を見渡したが、九蔵たちの姿はなかった。辺りは夜闇に包まれ、月明かりに掘割の水面が鈍い銀色に揺れているのが見えた。

船着き場といっても板張りの小さな渡があるだけで、舫杭《もやいぐい》に猪牙舟が二艘繋いであったが、人の姿はなかった。タフ、タフと舳先を打つ波の音が聞こえる。

あるいは、二艘の舟は小野と斬りあっている閻魔党の者を乗せるために舫《もや》ってあったのかもしれない。

水面を渡ってくる風が冷たかった。

宗二郎は仙台堀に続く掘割の先に目をやったが、人の姿はおろか、舟影も見えなかった。

頼みは銀次だけだな……。

すでに銀次も猪牙舟で着いているはずだったがその姿もなかった。銀次が九蔵たちの後を尾けていると考えていい。銀次の操舟の腕は確かで、しかも夜目が利く。舟での尾行ならまず見失うようなことはないはずだ。

宗二郎はその場から、小野のいる裏木戸の方にとって返した。

小野の前後に二人の武士が残っているだけだった。

月光に照らされた路上や掘割の土手に倒れている人影がいくつもある。すでに絶命していると見え、かすかな動きも呻き声もない。小野はそれぞれの敵に一太刀で絶命させるような凄まじい斬撃を加えたに違いない。

二人の武士はハア、ハアと荒い息を吐き、切っ先を震わせていた。両眼は攣り上がり、腰が引けていたが、逃げようとする気配はなかった。その蒼ざめた顔には、死を覚悟した者の凄絶さがあった。

辺りに三人以外の人影はなかった。まだ、佐吉や臼井も着いていないようだ。

小野はわずかに上気させていたが、表情も変えず、下段に構えた切っ先を前で対峙した膝先へつけるほど低くしてジリジリと間合を詰めていた。

イヤァッ！　喉を裂くような気合を発して、前に対峙した武士が正面から上段に振りかぶって斬り込んできた。

間髪をおかず、背後の武士も小野の肩口を袈裟に斬ってくる。

前後の相手がほぼ同時に仕掛けたのだ。一身を投げ捨てた必殺の攻撃といっていい。

対して小野は、前の武士が動いた瞬間わずかに体を捻り、すくい上げるように下段から斬り上げ、太刀をまわして背後の武士の斬り込みを弾いた。そのままくるりと反転し、背後にいた武士の胴を横に払いながら脇をすり抜けた。

一瞬の流れるような身のこなしだった。

前後にいた武士は小野の足元近くに折り重なるように倒れ、地を震わすような悶絶の呻き声が響いたが、それもすぐに聞こえなくなった。

小野は手にした刀をビュウビュウと血振りし、

「蓮見、閻魔党の者どもは片付けた。次はおぬしの番じゃな」

と言いながら、宗二郎のほうへ真っ直ぐ歩いて来た。

「林崎はどうした」

倒れている武士の中に林崎らしい人物は見当たらなかった。

「あやつは逃げよった。配下の者にわしと戦わせ、その隙に舟で逃げたようじゃ。どこまでも卑劣な男よ」

「気付くのが少し遅かったようだな」

多田屋の者で賊の手にかかって死んだのは一人だけだが、蔵を破られ、首魁の九蔵と林崎は捕り逃がしてしまった。

後は銀次が逃げた九蔵たちの隠れ家をつきとめることに期待するしかない。

「蓮見、勝負をつけようぞ。……ここでよいな」

そう言うと、小野は、持っている刀の峰を返した。

勝負はするが、斬らぬということか。

「小野どの、父、剛右衛門より、実貫流は斬殺のみを求めた実戦のための剣と聞いておるが」

「いかにも、その通りじゃ」

「そのため、父は真剣をもちいねば真に勝負を決することにはならないと考え、立合いを拒んだということだが」

「なんと、剛右衛門どのがそう仰せられたか」

小野の顔に驚きの表情が浮いた。

「さよう、真剣でなければ実貫流の本領は発揮できぬ、しかし、真剣で立合えば、かならず遺恨を残す、とな」

「うむ……」

宗二郎を見すえていた小野の視線がわずかにさがった。

「だが、おれの渋沢念流も斬殺の剣。人斬りのなかで磨いてきた。おれもまた真剣でなければ本領は発揮できぬ。……真剣で向かい、峰で打たれるようなことになれば、死を越えた屈辱が残ろうな」

宗二郎は静かに刀を抜いた。

「なに！」

「真剣にて、一手、御指南いただきたいが」

宗二郎は一歩下がり、わずかに腰を落とした。

小野の腕は、宗二郎をはるかに越えている。真剣で立合えば間違いなく斬られる。かといって、峰を返した相手と勝負する気にはなれない。

「……剣に生きようとする者なら、勝負に命を賭するは当然のことでござろう」

「臼井という男も真剣で向かってきよった。どうやら、わしの考え違いのようじゃ」

小野は峰を返しなおした。

青眼。ゆったりとした構えのまま、小野は真っ直ぐ間合を詰めてきた。

宗二郎の構えは、地を這うような下段。

「渋沢念流、地擦り下段でござる」

「実貫流、巌立。わが構えを崩してみよ」

磐石な構えの中に、一瞬、小野の身体が遠ざかったように感じた。剣尖だけで威圧しているのだ。

下段からの小野の切っ先を小さく弾いて剣尖を崩し、二の太刀を小手に落とす、それが咄嗟に閃いた宗二郎の戦法だった。

小野の切っ先は宗二郎の喉元に付けられ、槍の穂先のように真っ直ぐ伸びてくる。鋭い、しかも巌のように安定した構えだ。全身から放射する激しい剣気が、宗二郎を威圧し竦ませる。

――だめだ……！

この剣尖は崩せない。巌のような構えから伸びてくる剣尖は、生き物のように鋭く、すでに宗二郎の喉を突いているような不動の迫力がある。

ズルズルと宗二郎は後退した。

真っ直ぐ、小野は迫ってくる。

宗二郎の背が多田屋の板塀に着き、両者が一足一刀の間境を越えた刹那、ふいに、長柄のように伸びていた小野の剣が視界から消えた。

小野が袈裟に斬り上げようと、斜に剣を引いたからだ。

それは小野の誘いでもあった。尋常な遣い手であれば、威圧から解放された瞬間、弾かれたように前に打って出る。

出れば小野の袈裟に斬り上げる剣が、胴を両断するほど深く入るのである。

が、さすがに宗二郎はその場に踏み止まり、小野の剣の動きを追っていた。峰を返した小野の刀が袈裟に斬り上げてくるのをとらえた宗二郎は、その刀に向かって下段から大きく撥ね上げた。

キーン、という金属音が響いた。

間髪をおかず、宗二郎は小野の胸部を狙って突いて出た。

その動きをも読んでいたのか、小野はスイと体を捌き宗二郎を前に泳がせておいて、擦れ違いざま右肩口へ斬り込んだ。

宗二郎と小野は入れ替わりお互いに反転して、再び対峙した。

まさに、一瞬の動きだった。もし、端で見ている者がいたら、その間の両者の動きは、擦れ違いざま一合しただけとしか映らなかったはずだ。

宗二郎の袖口がぱっくりと割れ、露出した肩から血が流れ出ていた。

小野はまた下段に構えたまま、さっきと同じように躊躇なく間合を詰めてきた。

宗二郎は青眼のまま背後に退く。

なす術もなく、ジリジリと追いつめられる。まさに、窮鼠だった。しかも、小野は宗二郎が捨て身の覚悟で斬り込むのを待っているのだ。

突如、宗二郎の腰が砕けた。後退した宗二郎の踵が地面に露出した石の角にひっかかったのだ。

間髪をおかず小野の体が大きく眼前に迫ってきた。

尻を着いたまま切っ先を小野に向けたが、ふッとその体が巨大な巌のように膨れ、上空から覆い被さってくるような錯覚を覚えた。

斬られる！　と感知した瞬間だった。

アッという声を発して、小野が背後に跳んだ。

切っ先を左手に向け、射るような目を掘割の土手の方にむけている。何者か小野に向かって礫を投げた者がいるようだ。

宗二郎はその隙に跳ね起き、礫の飛んで来た方向に目をやった。

何者かが走り寄って来る。

「……秋乃だ！　筒袖に短袴。白い顔が薄闇に浮き上がったように見える。

「斬るな！　蓮見どのを斬るな……」

秋乃は走り寄ると、対峙した二人の間に割って入った。背筋を伸ばし、惣右衛門の前に立ってその顔を睨むように見つめたが、顔は蒼白で血の気のない唇が震えていた。

「秋乃、どうしてここに」

小野の顔に驚きと戸惑いがあった。

「父上の後を追ってきた。閻魔党に借りのあるのは秋乃だ」

「なんと」

「蓮見どのとの勝負も秋乃が先だ。すでに、蓮見どのに挑まれ、勝負を預けている」

宗二郎と小野の間に立った秋乃は、道場での経緯を早口で喋った。

小野は呆れたような顔をしたが、

「だが、秋乃、これは実貫流と渋沢念流との勝負、おぬしの出る幕ではないぞ」

そう言って秋乃に歩み寄ると、肩口を押して、宗二郎の前に進み出ようとした。

「だめ！　秋乃は蓮見どのの傷が癒えるのを待っていたのだ。父上がどうしてもやるというなら、秋乃を先に斬れい！」

秋乃は必死の形相で小野の前に立ち塞がったまま動かなかった。両肩が小刻みに震え、手は腰の刀に伸びていた。

「な、なんと……」

小野は目を剝いた。

そして、うぬうぅ、と呻き声を発したまま、動けなくなった。だが、すぐに、小野の切っ先が足元に落ちた。

「娘が斬れるか……！」

と顔を真っ赤にし、吐き捨てるように言うと、刀を納め、くるりと背をむけて歩きだした。

秋乃はその父の背を見送ると、宗二郎を振り返り、

「斬られたのか、これで、また勝負が先になるではないか」

と怒ったような顔をして言い、宗二郎の手にした手ぬぐいをひったくるように取って肩口をきつく縛った。

九

臼井勘平衛と佐吉が多田屋の木戸のそばに来たのは、小野が去って四半刻（三十分）ほどしてからだった。

よほど急いで来たとみえ、臼井の息はあがっている。

「遅かったな」

宗二郎はことの顚末を話し、ここにこれ以上いる必要はない、と言って入船町の方へむか

って歩き出した。鳴海屋にもどって、銀次が帰るのを待つつもりだった。臼井と佐吉の後を秋乃もついてきた。

「ところで、佐吉、そっちは何があった」

臼井の足は遅かったが、それでも宗二郎がここに来てから二刻は経つ。夜明けもまぢかと見え、東の空は仄白い紗幕のような雲に覆われていた。

「へえ、なんども足を止められましてね。それに、大通りはまともに歩けねえんで」

佐吉の話によると本所から深川の佐賀町辺りまで、大川端や小名木川、仙台堀などに沿う道はどこも捕り方でいっぱいでまともに歩けないという。

「……それで、人の通らねえ路地を選んで来たもんで手間をとっちまいました」

佐吉の後ろにいる臼井が話をひきとって、

「それに、町方や火盗改めだけではないぞ。野袴に草鞋履きの武士もいてな。……そやつら、召し捕るというより闇魔党とみると片っ端から斬っておった」

と唸るような声で言った。

「御先手組だろう。幕府も、ここで、一気に始末するつもりなのだ」

「どうかな。……風体は牢人か藩邸の武士といったところで、捕物装束ではなかったぞ。それに、どれもかなりの腕だ。……町方や火盗改めには見咎められぬようそれぞれ別個に動いていたように見たが」

「ほう」

宗二郎は臼井を振り返って見た。幕府側の者でないとすると、まったく別の組織が閻魔党を始末するために動いたことになるが……。

「わたしも、多田屋に向かう途中、家士ふうの男が、捕り方に追われていた武士を物陰で斬ったのを見ました」

秋乃が言った。

道場を出た父を追って、小名木川にかかる高橋を渡って海辺大工町にはいったところで目にしたという。

「どういうことだ……」

「あるいは、林崎という男の腹心の者が、口封じのため、別個に動いたのかもしれぬな」

臼井が言った。

「いや、多田屋の前を見たろう。あれは小野どのに斬られた林崎の部下だ。……さらに、別行動するほど腹心の者がいたとは思えぬな」

確かに林崎には、閻魔党の大半を始末する狙いもあったが、口封じだけが目的ではない。ここまでくれば、林崎や九蔵は一味の者が捕らえられ自白するようなことがあっても構わないはずだ。そのために、偽名の林崎藤十郎で通したし、九蔵は日本橋の小間物屋を名乗っている。彼らの目的は深川の町に騒乱を起こし、軍資金と称して大商人から金を奪うことにあったはずだ。すでに、その目的を達した以上、林崎や九蔵の名が出ても差支えないのだ。

捕らえられた閻魔党の者が知っている小間物屋と林崎藤十郎という名の男は、この世に存在しないのである。

宗二郎がその考えを話すと、

「すると、なにやつがどんな狙いで閻魔党を斬ったのだ」

と臼井が訝しそうな顔をした。

「何者か、閻魔党に喋られては困る者がいるということだろうな」

宗二郎は林崎とつながりのある者ではないかと思った。武家で、しかも腕のいい部下を何人も動かせる人物のはずだが、宗二郎に心当たりはなかった。

鳴海屋に着くと、宗二郎はお峰に秋乃を頼んでから二階へ上がった。明るくなったら、秋乃を菊川町の道場近くまで送り届けるつもりでいた。

二階にはヒキとつなぎ役の者が七人ほど集まっていたが、銀次の姿はまだだった。

文蔵は宗二郎たちの報告をひととおり聞いた後、

「丸菱屋さんと伏見屋さんは無傷ですし、多田屋さんもうまくいったほうでしょう。……金は奪われましたが、殺されたのは一人だけで店もそっくり残ったんですから、鳴海屋の面目は保てたわけです。それに、閻魔党もあらかた始末できたようですし、まずまずの首尾でしたな」

と口元をほころばせて宗二郎たちの働きを労った。

「あとは銀次が、どうつかんでくるかだな」

「はい、このさい、一気に始末をつけてしまったほうがあとあと面倒でないかもしれませんな」

　文蔵は他人事のような言い方をした。

「文蔵どの、ちょっと気になることがあるんだがな」

　と宗二郎が、閻魔党を始末するために町方や火盗改め以外の武家が何人か動いていることを話した。

「幕府が差し向けた御先手組のものでは……」

　文蔵は宗二郎の方に顔を上げて目を細めた。

「それが、違うようなんだ」

　臼井が応えた。

「そういえば、あっしも気になることを重吉親分から耳に入れたんですが」

　と膝でいざるように前に出ながら、いい出したのはつなぎ役の彦七だった。

「……閻魔党の残党が何人か、清水町の武家屋敷まで逃げ込んだらしいですが、そいつらを皆殺しにし、火を放ったやつがいるそうなんで。……その清水町の屋敷ですが、下にいるお嬢さんが勾引されていた閻魔党の隠れ家だったところなんで」

「そいつも、同じやつらですぜ」

　伊平が声を大きくした。

「すると、そいつらは清水町の屋敷のことも知っていたことになるな」

　たんに、深川今川町、本所松井町、浅草平右衛門町を襲った閻魔党を町方に気付かれないよう密かに斬殺しただけではない。ある程度、閻魔党の動きを知っていて一気に始末するために動いたようだ。しかも、一人や二人ではない。閻魔党が襲った三町の周辺や隠れ家だった清水町へも出かけたことからすると、かなりの大人数と思っていい。

「ねえ、みなさん……」

文蔵が煙管の火をとるために、火鉢の熾火《おきび》に顔を寄せながら、

「そこまで、あたしらはかかわりにならねえ方がいいのかも知れませんよ。どうも、あたしらの手の届かねえ、上の方が動いているようですし、だいいち、そいつらに手を出しても銭にはならないようですしね」

と小声で言った。

熾火がのっぺりした顔を照らし、肌を赤く焼け爛れたような色に染め、細い目が二つ、ぱっくり開いた傷口のように見えた。静かな声の調子とは裏腹に、始末屋の元締めらしい不気味な顔だった。

「何者なのだ、そやつらは」

宗二郎が訊いた。

「さて、あたしにも分かりませんな。……ですが、大方の察しはつきます。考えてごらんなさい。今度の閻魔党の一件、やつらがやったことは、亡者に、火事に、辻斬りに、押し込み、揚げ句のはてが、地震に噴火だ。……そのうえ、大凶変だ、大災変だ、この世の終りだ、と騒ぎたて、江戸の町をひっかきまわした。いったい、何のためです。世の中が乱れて

得をするのはだれです。……大店を襲うためだけなら、何もそこまでやることはないでしょうな」

文蔵は物静かな口調で話した。

「倒幕の謀反でもあるというのか」

「いやいや、この程度のことでお上のご威光は崩れやしません。ただ、公方様のお膝元の江戸で騒ぎが起きりゃァ、誰かが槍玉にあがりましょうな」

「田沼か」

「まァ、田沼様にとっちゃァ、閻魔党は癪に触ったでしょうな。だからこそ、火盗改めから御先手組まで繰り出して、一気に始末しちまおうと思ったに違いありません。……ですが、たとえ一味は始末できても、牢人や御家人が幕府のやり方に不満をもって騒ぎを起こしたという事実は消しようがありませんでしょう。そこに目をつけて、閻魔党を陰で操っていた者がいたと考えたらどうです。むろん、名など出しはしないでしょうが、閻魔党の残党の口から、それとなく自分たちの存在が浮かび上がることになったらまずいんじゃありませんかね」

「念のため残党の口を封じておくというわけか」

文蔵は煙管の首を長火鉢の角で叩いてから、

「まァ、そんなとこだと思いますがね」

といって、頰を膨らませて煙管を吹いた。

「幕閣の反田沼派だろうな。……だれなんだ」

「蓮見様、それがだれか、あたしらのような稼業の者に分かろうはずはないでしょうし、べつに知りたくもありませんな。だいいち、そんなことに首をつっこんだ日にゃァ、命がいくつあっても足りませんよ」

「うむ……」

文蔵のいうとおりだった。始末屋などの手に負える相手ではない。

「ですが、蓮見様、その陰の人物がもっとも口を封じたいと思うのはだれだと思います」

「……………」

「もっとも、その陰の人物に近い男が残っているでしょう」

「林崎！」

思わず、宗二郎は文蔵の方に顔をむけて声を大きくした。

「そういうことでしょうな」

文蔵の口元にうすい笑いが浮いた。

「すると今ごろは、林崎や九蔵もその者たちの手にかかって」

「いや、そこまではどうでしょうか。多田屋に姿を見せなかったということは、そいつらにも林崎たちの動きはわかってなかったということですし、陰の人物が生かしておく必要があると思えば、逆に匿うかもしれません。……それで、どうします、わたしどもはどう動きますかね」

「このままというわけにはいかぬな。おれたちは、甚十を殺《や》られている。林崎と九蔵だけは、おれたちの手で斬らねばしめしがつかんだろう」

宗二郎は仲間の始末人たちに視線をまわした。

臼井が、おれはまだ何の仕事もしていない、と言い、伊平が、このままじゃァ、あの世で甚十さんに会わせる顔がねえ、と小声で応えた。佐吉や他のヒキたちもちいさくうなずいてよこした。

「まァ、それが始末人のけじめでしょうな。……銀次さんがそいつらより早く、行き先をつかんでくるといいんですがな」

文蔵は障子に目をやり、夜が明けましたな、と小声で言った。

東の障子にほんのりと朝日が映じ、くっきりと黒い桟を刻んで薄曙色に染まっていた。灯明に刻まれていた男たちの影が薄くなり、女たちが起きだしたのか、階下で小さな物音がしだした。

第六章　老　将

一

鵜野ノ銀次が鳴海屋にもどってきたのは、出職の左官や大工などが長屋を出る六ツ半（午前七時）ごろだった。

宗二郎をはじめ他の始末人たちもお峰の用意した朝餉《あさげ》を馳走になり、いったん寝にそれぞれの住まいにもどろうかと、腰を上げようとした矢先だった。

「ごくろうでしたな。……だいぶ、底冷えが強《きつ》かったようで」

文蔵はお峰に熱い酒を運ばせ、銀次の死人のような顔色《がんしょく》に赤みがさすのを見てから言った。

「へい、ずっと、川風に当たっていたもんで、すっかり冷えちまいました」

銀次の話によると、九蔵と林崎たちを乗せた二艘の猪牙舟は、木場町の多田屋の裏から掘割伝いに仙台堀に出て吉永町へ入り、要橋近くの船宿に千両箱を担ぎこんだという。

「銀次さん、なんという船宿なんです」

文蔵が訊いた。

「亀乃屋で。……元締、船宿といっても、寂れた店で昨夜から雨戸も締めてましてね。明け方、近くを豆腐屋が通ったんで、陸に上がって訊いてみると、ここ三日ばかり戸を閉めたまんまだそうで」

「亀乃屋は繁盛してる店なんですがな……」

文蔵は怪訝そうな顔をした。

亀乃屋はこぢんまりとした店だが、料理が旨いと評判をとっていて木場のなかにも贔屓にしている旦那は多いというのだ。

「あるいは、すでに、九蔵たちに――」

店を乗っ取られ、一味の隠れ家になっていたのではないかと、文蔵がつけ加えた。

「そういやァ、戸を開けて仲間を中に入れた女は、見覚えがあった。あいつが、葛西のおけいだったかも知れねえ」と銀次が言った。

「そいつら、その店に入ったままか」

宗二郎が訊いた。

「へい、店に入ったきり、一刻《いっとき》あまりも物音ひとつしねえんで、それっきり寝ちまったんじゃねえかと。猪牙舟も杭に繋いだままなんで」

銀次は、夜が明け、明るいうちは一味も動くことはあるめえと読んで、とりあえず、知らせにもどったという。

「どうする、文蔵」

臼井が髯の伸びた顎を擦りながら訊いた。

「銀次さんのいうとおり、まず、明るいうちに動くことはありますまい。……それに、二、三日は亀乃屋になりを潜めて、仙台堀や大川から捕り方の目が薄れるのを待つかもしれませんな」

「たしかに、しばらくは動けんだろうな」

文蔵は、かえっていいかもしれませんな、と呟いてから顔を上げ、始末人の元締らしい凄味のある目で一同を見渡してから、

「今夜、やりましょう」

と、押し殺したような声音で言った。

まさか、と油断をしているときに、一気に片《かた》を付けてしまったほうがいいというのだ。

「それに、今なら、閻魔党の首領を始末したのは鳴海屋の手の者だと、噂は江戸中に広まりましょうからな」

鳴海屋の評判はいやがうえにも上がり、さらに始末の依頼が増えること間違いないという

のだ。文蔵という男、どこまでも抜け目がない。

「……これも、閻魔党が橋の袂に張り紙などして、騒ぎたててくれたお陰かもしれませんな。クッ、ククク……」

文蔵は小さな髷に手をやって、おかしそうに含み笑いを漏らしたが、畳に落とした両眼は笑っていなかった。

宗二郎たちはいったん寝に帰り、深川の町が夜の帳に沈むのを待って鳴海屋に集まった。銀次の漕ぐ猪牙舟に宗二郎と佐吉が乗り込み、伊平と臼井は掘割沿いに吉永町まで歩いて行くことになった。

すでに、日中、佐吉やまわり役の彦七などが亀乃屋の周辺を嗅ぎまわって、九蔵たちがひそんでいることはつかんで来ていた。

月のない夜で、どんよりとした雲が垂れこめていた。雨にでもなるらしく、暖かい湿り気のある風があり、それほど寒くはなかった。

天空は黒く蓋をされたように閉ざされていたが、両岸に続く家並からかすかな明かりが漏れ、水面を鈍色《にびいろ》に浮かび上がらせている。掘割の水面を割る舟の水押《みお》しからたつ波紋が、無数の黒蛇が岸に向かって泳ぎ渡るように見えた。

今にも降り出しそうな空模様のせいかもしれない。深川の町は、昨夜の騒ぎが嘘のような静寂に包まれていた。

多田屋から後を尾《つ》けた銀次の話だと、亀乃屋に入った一味は、九蔵と手下が三人、林崎と閻魔党幹部らしい武家が七、八人だということだった。

「それに、おけいと三、四人の手下が亀乃屋にいやしたから、都合十五、六人ということになりやすか」

と銀次は巧みに猪牙舟を操りながら宗二郎に応えた。

「亀乃屋にいたのはおけいたちだけか」

宗二郎は傍らの舟梁に腰を落として目を細めている佐吉に訊いた。

「おけいと九蔵の手下らしいのが三、四人。……亀乃屋には、主人の他に女房、それに、船頭と女中が何人かいたようですが、九蔵たちが店を乗っ取ったとすりゃァ、店の者は生きちゃあいねえでしょうな」

佐吉のいうとおり、これまで閻魔党は押し入った店の者を皆殺しにして金を奪ってきた。九蔵も鬼首と異名をとる残忍な盗人の頭である。それに、銀次の探ってきた話によれば、亀乃屋が九蔵たちの手に落ちて、四、五日は経つようだ。亀乃屋の者が今でも生きているとは思えない。

「腕のたつのは、林崎と九蔵、それに、福耳の利助か」

利助は匕首を巧みに遣うと聞いていた。

「林崎の配下の武家のなかにも腕のたつ者がいるかもしれませんぜ」

佐吉が夜風に目を細めたまま言った。

「林崎と仲間の武士は、おれと臼井で斬る」

鳴海屋を発つ前、そういう話ができていた。

「あっしは、利助を始末してえんですがね」

舟を漕ぎながら、銀次がいった。永林寺の境内で背中を切られた借りがあるという。

「銀次の腕なら、まず、心配はあるまいが、他の手下もいっしょだと厄介だぞ」

銀次の匕首の腕は宗二郎も知っていたが、匕首で複数の者を相手にするのは難しいはずだ。

「蓮見のだんな、今夜は、闇夜のようで……」

口数の少ない銀次は、表情のない顔を暗く閉ざされた天空にむけた。

かすかに浮かび上がった目が、夜闇に獲物を求める猛禽のように白く光っている。夜目の利く銀次にとって、まさにこの闇は天の助けなのだ。

二

亀乃屋は雨戸に閉ざされ、ひっそりと静まりかえっていた。店先の船宿と記された灯のない柱行灯が風に揺れちいさな寂しい音をたてていた。外から見るだけでは人のいるようには見えない。

「いるのか」

宗二郎がそばにいる銀次に訊いた。

「へい、二階の奥の座敷……。それに、一階の座敷からも明かりが漏れていやす」

銀次が二階を見上げながら言った。

宗二郎たちがいるのは亀乃屋の前で、生け垣で囲った狭い庭の前が掘割になっていてぴちゃぴちゃと自然石の石垣に満《さ》してくる潮の音がした。

あたりは真っ暗な闇に閉ざされているわけでもなかった。掘割を挟んだ向かいの料理屋の店先に置かれた行灯の灯や、浅蜊《あさり》、蛤《はまぐり》、むきみ、と書かれた腰高障子から漏れてくる明かりなどが、亀乃屋の周辺をぼんやりと照らしている。けだるいような三味の音や女の嬌声などが、かすかに聞こえてくるが、近くに人のいる気配はない。

「どうする、踏みこむか」

臼井が腰の刀に手をかけながら言った。

「押し込んだのを気付かれて、灯を消されると厄介だな」

闇の中で斬りあうほど危険なことはない。敵味方の判別がつかず、同士討ちする恐れがあるし、闇に紛れて取り逃がすことも多い。

「とりあえず、あっしと、銀次さんとで中の様子を探ってきやすよ」

佐吉が細い目で宗二郎を振り返りながら言った。

銀次は夜目が利くし、佐吉は猫足と呼ばれてほとんど足音をたてずに廊下を歩くことができる。深夜の家屋に忍びこみ、様子を探るにはうってつけの男たちである。

雨戸を外すのは伊平の役である。太めの泥鰌針《どじょうばり》を戸と敷居の間に差し込むと、並外れた腕力でいともかんたんに外してしまった。

口を開けた濃い闇の中に銀次と佐吉は姿を消したが、四半刻も経たないうちにもどってきた。

「思ったとおり、林崎たちは二階の奥の座敷で酒を飲んでるようです。……九蔵たちは一階の料理場の先の座敷で手慰みをしてるようで」

と佐吉が伝えた。

「二手に別れて押し入るか」

宗二郎は同時に仕掛ければ、取り逃がすこともあるまいと言った。

「いえ、家ん中は真っ暗でして、部屋の灯を消されちまったら、こっちが身動きできなくなりますぜ」

銀次が、あっしが、やつらをここに燻り出しますよ、と言ってその場を離れると、するりと家の中の闇に姿を消した。

銀次が家の中に姿を消してしばらく経つと、外された雨戸の闇の中からうすい煙が流れ出てくるのが目に入った。かすかに、焦げるような臭いも漂ってくる。

どうやら銀次は火を放って一味を屋外に飛び出させるつもりらしい。

「おい、火を放ったら、二階のやつらは屋根伝いに飛び下りるぞ」

臼井が慌てた声で言った。

「いや、心配ねえ。銀次さんは火をつけたわけじゃァねえ。燻り出すつもりなんで」

佐吉が、料理場の竈《かまど》に燃えの悪い木屑《きくず》でも焚きつけたに違えねえ、と言った。

佐吉が言い終わるや否や、家の中から、火事だ！　戸口からおもてに逃げろ！　という銀次の叫び声が聞こえてきた。

続いて、障子を開け放つ音や荒々しい足音が聞こえてきた。

「来るぞ！」

宗二郎たちは、戸口を取り囲むように立った。

まず、九蔵とおけいが姿を現し、続いて二人の手下、しんがりに利助が続いた。

「この騒ぎは、手前たちかい！」

前に立ち塞がった宗二郎たちの姿を見ると、九蔵の顔が怒色に染まった。

手下の二人が匕首を抜き、九蔵を守るようにさっと左右にまわった。利助は右手を懐につっこんだまま背後に目をやっている。二階の林崎たちが降りて来るのを待っているようだ。

すぐに、階段を駆け降りる大勢の足音がし、林崎たちが姿を現した。銀次の言ったとおり七、八人いる。若い武士がほとんどで、前に取り囲んだ宗二郎たちに気付くと、顔をこわばらせ、目尻を攣り上げ必死の形相で、逆に宗二郎たちを取り囲むように左右にばらばらと走った。

いっせいに抜刀し、いずれも青眼に構え、獲物を取り囲んだ狼のような目をして切っ先を宗二郎たちに向けてきた。敵は捕方ではなく、少人数の始末人と知って討てると思ったようだ。

「鬼首の九蔵。鬼の首はおれがもらうぞ」

臼井が刀を抜き放ち、大きく双手上段に構えると、早い足捌きでまっすぐ九蔵の正面に迫った。その巨軀が、急坂を転がり落ちる黒い巌のように見えた。

「や、やろう！」

臼井の迫力に圧倒された九蔵の二人の配下は、思わず腰を引いて背後に退く。

「利助！」

九蔵は怒鳴り声を上げて、背後にいるはずの利助に助けを求めようとした。だが、そこに利助の姿はなかった。

利助は林崎たちが外に出た後、入口の戸口のところに立っている黒装束の男を目にとめ、その男が鶫野ノ銀次と気付くと、

「やっと、こいつを遣うときが来たようだぜ」

といいながら、懐手で匕首の柄を握ったまま掘割の方にまわっていた。

掘割の水を背にして、銀次を迎え撃つつもりだったのだ。

伊平は臼井の巨軀に隠れるように、泥鰌針を握ったまま前に走った。伊平の狙いはおけいだった。

おけいは九蔵の逃げる姿を見て、悲鳴をあげながら亀乃屋に逃げ戻ろうとした。その背後に伊平が迫る。

臼井は切っ先を背後に引いたまま、九蔵を追っていた。いったん、腰を引いた手下の一人が匕首の切っ先を返し、腹のところに構えたまま臼井の脇腹を狙い捨て身で体ごと当たってきた。

臼井は走りながら、双手上段から手下の肩口へ袈裟に斬り落とした。

「南無……」

拝み斬りだった。

手下の一人は肩口から脇腹へ斬り下げられ、体が二つに割れたように裂け血飛沫が噴いた。悲鳴もあげずにその場に崩れ落ちる。

壮絶な臼井の太刀に動揺したのか、宗二郎たちを取り囲んだ武士の集団の輪が大きく揺れた。

臼井が動いたのを見て、宗二郎は柄に手をおいたまま林崎の方に歩み寄った。

「蓮見、どうあってもおれを斬るつもりか」

林崎はめずらしく顔を紅潮させ、怒りに声を震わせていた。

「始末人、蓮見宗二郎。請け負った始末はつける」

宗二郎は林崎だけ討てば、他の武士は取り逃がしてもいいと思っていた。この若侍たちは、林崎から離れれば憑き物が落ちるように正気にもどり、閻魔党として世を騒がせ悪業を尽くした罪を己の身で償うはずだった。

「この腐りきった世に清風を送らんとする我らの願いを、金のために踏みにじろうというのか」

林崎は鋭い刺すような声をだした。

「清風とは思えんな。きさまたちが歩いた後は、死人の悪臭がたちこめている」

「世直しのための、やむをえぬ犠牲。……大乱を起こすための小火、そのわずかな炎に目を奪われ、この世を焼き尽くす悪政の地獄の業火が見えぬか。哀れな」

「死者をあばき、民家に火を放ち、人を斬って、何が世直しだ。地獄の閻魔はそっちだろう」

宗二郎は林崎の前に迫り、刀を抜き放った。

「うぬ。……われらの行く手を阻む者に天誅を加える。き、斬れぃ！」

林崎はそう叫ぶと、柄に手を置いたまま武士の集団の背後に身を隠すようにまわった。配下の武士たちに宗二郎を斬らせるつもりらしい。切っ先を宗二郎にむけた武士の集団の輪が一気に狭まり、林崎を背後に押し出した。

宗二郎は八相に構えたまま、正面に対峙した集団の中では年配と思われるがっちりした体軀の武士に走り寄った。「風走《かぜばしり》」をつかうつもりだった。

敵が複数の場合、中心人物と思われる相手にまっすぐ迫り、一刀で斃《たお》し戦力をそぐと同時に敵の体勢を崩す。集団と対戦するときは、常に一対一で対峙するように動かねばならない。そのためには、敵の体勢を崩し、迅い動きで敵を翻弄する必要がある。風走は剣技というより迅い体捌きの技で闇の中で集団に対したとき威力を発揮する。

宗二郎の峻烈な寄り身に一瞬、正面の武士が腰を浮かせた。すかさず、宗二郎はわずかに体を開きながら青眼に構えた切っ先を弾き、側頭を払うように斬りあげた。

左耳が飛び、右目から額にかけて榴《ざくろ》のように割れ、血潮が夜闇に飛び散った。ギャッという叫びと同時に身体を激しく慄《ふる》わせ、闇雲に刀を振りまわし闇の中によろよろと突き進んでいった。闇の天空を突き刺すような激しい叫喚をあげ、血を撒きながら歩く姿に、宗二郎たちを取り囲んだ武士たちはたじろぎ、顔をひき攣らせて後退した。

ザブン、という音がした。

側頭部を斬られた男が、掘割から落ちたらしい。

宗二郎は逃げる林崎を追って走った。その動きに我に返ったのか、数人の武士たちが、宗二郎の行く手を阻むようにまわりこみ、背後からも迫ってきた。

鵺野ノ銀次は、掘割を背にして闇に沈んでいる福耳の利助の両眼がうすく光っているのを見ながら、爪先を擦るようにして間合を詰めはじめた。

利助の匕首の切っ先が、銀次を誘うようにかすかに左右に揺れている。銀次は利助の後ろ足の踵が掘割の石垣についているのを見ていた。

やつは、これ以上後ろへはさがれねえ……。

一突きに勝負を賭けるつもりのようだ。おそらく、正面から腹を狙って突いてくる気なのだろう。

銀次は己の黒装束の身体が、溶けたように深い闇の中に沈んでいるのを知っていた。都合よく、亀乃屋の家屋が向かいの町の灯を遮り、辺りを濃い闇に包んでいるのだ。もっとも、銀次が利助をこの場に誘ったともいえる。

わざと利助の背後に立ち、その身体を利助の目に触れさせ、背後から襲うと見せてこの場へ追い込んだのだ。

「福耳の、どうやら年貢の納めどきのようだな」

闇は銀次の世界だった。夜目の利く銀次には相手の動きが見えるが、利助は気配で闘うより術はない。

「そうかね、殺《や》れるかね」

小さな、おっとりした声だった。どうやら、感情が昂ぶると声の方はやわらかくなるようだ。福々しくさえ見える色白のふっくらした顔が闇に浮かびあがり、銀次の姿をとらえようと細い両眼が闇に白く瞠《ひら》いている。

「……背中を撫ぜただけじゃあ、中途半端でいけねえ。ずっと、こいつは、腹を抉ってやりてえと疼いてたんだぜ」

利助は口元に嗤いを浮かべながら、玩ぶように匕首の先を小さく上下させているが、目は銀次の隙を窺うように油断なく動いていた。

「いくぜ！」

銀次は両腕を開き、蝙蝠のように半纏を翻して利助を襲った。

その姿は猛禽が獲物を狙い、羽を広げて樹上から降下する姿に似ていた。

一瞬だった。

ぶっつかり合ったとき、利助の匕首は銀次の腋の下の半纏を突き刺し、銀次のそれは利助の下腹を抉るように刺していた。

「鵺野ノのォ……」

利助は目を糸のように細めて、銀次の耳元で絞り出すように何か言ったが、聞きとれなかった。

銀次の腹に熱いものが伝わってきた。しなだれかかるように倒れた利助の腹から熱い血が噴き出し、銀次の半纏の下の丼《どんぶり》を濡らしているのだ。

三

泥鰌屋の伊平は、逃げるおけいを亀乃屋の戸口のところでつかまえた。腕力のある伊平が襟首を摑むと、おけいはヒェッという喉を裂くような悲鳴を上げ、木戸に手を伸ばしたまま立ち竦んだ。

「観念しなよ」

「嫌だ、その手を放しゃァがれ」

おけいは木戸を揺すって逃れようとした。

「苦しまねえように、あの世に送ってやるぜ」

伊平は泥鰌針を振り上げた。

「嫌だよ、あたしは死にたくないんだ」

おけいは伊平の腕を引き千切るように前に出ようとした。襟首が後ろに引かれ、白い盆の窪から肩口が伊平の前で露になった。ふいに、八幡橋の上で刺し殺した甲月の盆の窪と重なった。思わず伊平の針を握った手がとまったが、おけいの襟元から漂ってきた汗と白粉の匂いがその迷いをふっ切った。

闇の中でなめらかな女の肌が白い陶器のような光沢を放ち、息をするように躍動している。伊平はその盆の窪に、深く泥鰌針を刺しこんだ。

グッとおけいの体が背後にのけ反り、折れたように伊平の胸元に崩れてきた。一瞬、クッと小さく喉を鳴らしただけだった。悲鳴も呻き声もなかった。ふいに気を失ったように伊平に身を預け、わずかに眉根を寄せて苦悶の表情を浮かべただけで絶命した。

亀乃屋の店先は壮絶な修羅場と化していた。片腕の利助とおけいが始末人の手にかかったのを九蔵は目にしていた。

「きやがれ！　おれは鬼首の九蔵だ。一人じゃァ死なねえぜ。てめえの首もかっ斬ってやらァ」

九蔵は匕首を胸のところで水平に構え、腰を低く落とし、飛びかかるような体勢のまま臼井と対峙していた。

九蔵を守ろうと臼井の前に立った手下の首を刎ねたとき、その首根から噴きあげた血が、九蔵の半顔を黒く斑に染めていた。両眼が燃えたようにひかり、血を刷《は》いたように厚い唇が赤黒く濡れている。

九蔵は追い詰められ、逃げられぬと観念したらしい。商人らしい穏やかな顔貌をかなぐり捨て、野獣のような本性を剥き出しにしていた。残虐非道のかぎりを尽くした盗人の頭目の顔だった。

「臼井勘平衛、人は拝み斬りの勘平衛ともいう。……もっとも、鬼の首に念仏は似合わぬか」

臼井は呟くように言いながら上段に構えた。

巨軀でしかも伸び上がるような大きな上段は、臼井の姿を巨樹の幹のように見せた。

だが、九蔵は引かなかった。匕首の切っ先を前に突き出すようにし、むしろ自分から間合を詰めた。獰猛な野犬のような目で、覆いかぶさるような巨樹に飛びかかろうとしていた。

「南無……」

ぴくりと九蔵の体が動いた刹那、真っ向から臼井の剛剣が振り下ろされた。前に突いて出ようとした九蔵の体が一瞬落雷にでも撃たれたように静止し、次の瞬間にその頭が血飛沫を上げながら二つに割れた。

臼井が九蔵を斬ったとき、宗二郎は林崎を守ろうとする二人の武士を屠っていた。だが、残った五人の武士は、宗二郎を取り囲み一様に目をひき攣らせて挑んできた。腕は未熟だが捨て身の果敢さと鋭さがある。前後左右から切っ先を向けられると、さすがに、宗二郎も迂闊に動けなかった。

「蓮見、手を引け、われを討てば必ずや後悔する。われらの目的は私欲にあらず。天下に擾乱を起こし、腐敗堕落した幕政に粛正改革を迫るためぞ」

林崎は宗二郎に向かって叫んでいるのではない。甲高い声を張り上げ、配下の武士を叱咤、鼓舞しているのだ。その声に煽られるように、武士たちは身を捨てて斬り込んでくる。

だが、宗二郎の背後にいた武士の間に動揺が走った。九蔵を斬った臼井が、割り込んできたのだ。

「有馬一刀流、臼井勘平衛、くるがいい」

臼井は宗二郎の背後にいた二人の武士の前に立ち塞がった。

臼井の出現で、宗二郎と武士たちの力の均衡が崩れた。ふいに、正面で対峙していた一人の若い武士の顔から闘気が消えた。ひき攣った顔が押し潰されたように歪み、切っ先が震えだしたかと思うと、二、三歩、背後から腰でも引かれるように退いた。獣に睨まれた小兎のように左右に怯えた目を動かす。

臼井の出現で、己の置かれた状況が分かったようだ。

「怯むな、討て！　われらの背後には、田沼に代わり、老中となるべきお方がついている。八丁堀の屋敷からわれらの働き見ておるぞ。ここで引いてはならぬ」

林崎は声を張り上げる。

「はッ……」

が、若い武士は荒い息を吐くだけで、竦《すく》んだように動けない。

「林崎、もはや、逃れられぬ。立ち合え」

宗二郎はかまわず林崎との間合を詰めた。

これ以上は逃れられぬと観念したか、林崎はふいに表情を変え動きをとめた。わずかに腰が沈む。居合腰である。やっと自分の刀を抜く気になったようだ。

「おれは、このようなところで死ぬわけにはいかぬ」

柄に手をかけたまま林崎は、宗二郎の爪先に細い目を落としていた。闇の中に小さな呼息が弾んでいる。

間合と呼吸をはかっているのだ。

居合は抜きつけの一刀に勝負を決することが多い。

林崎は新向流居合の達者だと聞いていた。迂闊に間合に入れば、どこにくるかわからない居合の太刀を防ぐのはむずかしい。

宗二郎はやや腰を沈め下段に構えた。呼吸を整え、足裏を擦るようにして間合をつめる。剣尖《けんせん》を相手の水月《すいげつ》（鳩尾《みぞおち》）につけ、敵の踏み込みを押え、一足一刀の間境を越えた。一点にとらわれない観の目で相手をとらえながら、宗二郎は一気に剣気を漲らせる。そして、相手を威圧している剣尖をピクッと外した。

誘いである。

林崎がこの誘いにのった。

右肩がわずかに隆起し、鋭い気合と同時に、横一文字の一刀がきた。

宗二郎は林崎の抜刀の起こりを察知すると同時に小さく背後に跳んで、その切っ先を胸先一寸の見切りではずし、敵の手元に鋭く踏み込んで、小手を斬った。

林崎は刀を抜いたまま大きく背後に跳んだ。

右手から血が流れている。深手ではなかったが、居合にとって抜いたまま敵の間合の中に踏みとどまっていることは、即、敗北を意味していた。

一瞬、背後に跳んだ林崎の顔に、絶望の翳《かげ》がよぎった。

間髪をおかず宗二郎は踏み込み、肩口に一太刀浴びせ、さらに、息の根をとめるべく大きく上段に振りかぶった瞬間だった。林崎の脇にいた若い武士が、遮二無二脇腹を狙って突いてきた。

宗二郎はわずかに体を捻ってその切っ先をはずすと、上段から若い武士の肩口に斬り下ろした。

若い武士は、絶叫とともに宗二郎の足元に崩れる。地に伏した若い武士を跳び越え、林崎を追ったが、その一合が林崎に逃げる間をつくった。

生垣を越え、掘割沿いの道を逃げる林崎の黒い後ろ姿は、五、六間先の闇の中にあった。逃げ足が速い。これだけ追い詰められてもまだ逃れようとする。生に対する強い執着なのか、あるいはこの場さえ逃れられればという勝算があるのか。その後ろ姿には必死で逃れようとする執念があった。

「臼井、この場は任せたぞ」

そう叫ぶと、宗二郎は林崎の後を追った。

ここまで追い詰めて、首謀者の林崎を逃がすわけにはいかなかった。

生垣を越え、左手に掘割、右手に雨戸を閉めた八百屋、舂米屋《つきごめや》、古着屋などの小体な店が軒を連ねる通りに出ると、半町ほど先に行く手を遮っている黒く高い塀のようなものが見えた。大きな材木置き場らしい。

林崎の逃げる道はそこに通じている。

四

材木が立て掛けてあるのだろう。闇の中の黒い尖端が巨大な鋸の歯のように見えた。掘割の水面には、向かいの料理茶屋や船宿などから漏れてくる灯がぼんやり映り、よろよろと泳ぐように逃げる林崎の後ろ姿を黒く浮かび上がらせていた。

両手を前に突き出すようにし、何かに追いすがるような格好で逃げて行く。

亀乃屋の生垣を越え、十間ほど宗二郎が追ったときだった。ふいに、土手沿いの灌木の陰から何者かが飛び出し、行く手を塞いだ。

「蓮見、ここまでじゃ」

しゃがれ声は小野惣右衛門だった。

「小野どの、なにゆえ、ここに！」

宗二郎は驚いた。ここに小野が現れようとは思ってもみなかったのだ。

「わしも、林崎という男には興味があった。いや、きゃっの背後で、暗躍する者たちにな」

「……！」

「すでに、おぬしと林崎の勝負はあった」

「小野どの、そこを退かれよ。あの者が閻魔党の首領、ここで逃がすわけにはまいらぬ」

宗二郎は何としてもここで林崎にとどめを刺したかった。

「すでに、あの者の命運は尽きておる。見るがよい」

小野は道の脇に寄り、林崎の逃げた方向に顔をむけた。

林崎の後ろ姿が闇の中にかすかに識別できた。その先は漆黒の闇で、仄かな明るみのある家並の上空に牙のように尖った材木の尖端が見えた。そこは、巨大な魔物の口中のようでもあった。

林崎は縺《もつ》れるような足取りで走っていた。その行く手を塞ぐように長く横に並んだ集団が見えた。人らしい。二、三十人はいるだろうか。

林崎はその集団にすがるように両腕をのばし、歓喜の声をあげた。林崎を助けにきた味方なのか。

だが、その集団に押し包まれたように見えた瞬間、ギャッ！という悲鳴が起こった。

闇の中で白光が一閃し、林崎の倒れる姿が見えた。

「斬られたようじゃ……」

「何者！」

闇の中に無数の人影はくっきりと輪郭を見せはじめた。材木置き場を背にして数十人という集団が、こちらに向かって近付いてくる。一団はいずれも武士。黒覆面で顔を隠しているが、袴の股立を取り襷がけの戦闘集団であることが見てとれた。不気味だった。まるで、闇から湧き出た軍勢のように寄せてくる。

「あやつらが、鬼どもを操っていた閻魔大王の手の者かのう」

乱れた鬢の白髪が夜風に流れ、赤黒い肌の色は老人のものだったが、武士の集団に向けられた小野の両眼は燃えるような光を帯びていた。首筋から頬にかけて朱がさし、隆起した両肩や剛刀の柄にかけた腕には闘気が漲っていた。まさに、戦場に臨む猛将のような風貌であった。

「あの者たち、理由はどうあれ、我が小野家にとっては敵。討ち取らねばなるまいのう」

「敵！」

「そうじゃ、敵兵じゃよ」

「小野有慶どのは、田沼派か……！」

惣右衛門の兄、有慶が小野家を継ぎ、千石の旗本として御目付の役職にあることは父、剛右衛門から聞いていた。有慶が田沼意次の長男の意知《おきとも》の支配下にいることは十分考えられる。あるいは、小野は兄、有慶の命で閻魔党の動きを探っていたのではあるまいか。そう考えれば、ときおり市中を歩きまわっていたという話もうなずけるのだ。

「何派でもよい。ことあれば、主君のため一命を捨てるは武士たる者の宿命。わしも禄《ろく》を食む一族の者なれば、黙って見逃すことはできぬ」

小野は股立を取り、下げ緒を取ると素早く袖を絞った。

「あの者たちと、やりあうというのか」

無謀だ。いかなる手練《てだれ》でも、二、三十人もの屈強の武士を相手にして勝てるはずはない。

「蓮見宗二郎、おぬしたちは逃げよ」

「……しかし」

「心残りはない。実貫流は伐殺の剣、わしに相応しい死に場所じゃ」

「一人残される秋乃どのはどうされる」

「秋乃にとっても、この方がよいのじゃ」

た。

「どうあっても、一人で行かせることはできぬ」

敵わぬが、この老人一人を斬り込ませて逃げるわけにはいかない。宗二郎も股立を取った。

「莫迦者！」

宗二郎を振り返って、小野が一喝した。

「ここは、わしにとっての最後の戦場じゃ。わしは戦人《いくさにん》。老曝《おいさらば》えて生きとうはない。この歳になって、討ち死にできるは天の助けよ」

小野の両眼が爛々と燃え、首筋や唇が紅潮し全身に生気が躍動している。

「……なれど」

「見よ！　小野惣右衛門が極めし実貫流を！」

小野は剛刀を振り上げ、奇声ともとれる甲高い雄哮《おたけび》を上げながら向かってくる一団を目指して駆け寄った。まさに、敵陣へ一騎で突入する猛将だった。喉を裂くような雄哮が夜闇に響く。

黒い武家集団は、闇から膨れ上がり迫ってくる高波のようであった。その波に突き進む小野の姿には、最後の戦場に散り花を咲かせに行く老将の悲哀があった。

宗二郎の胸に衝《つ》き上げるものがあった。このままこの老人を死なせてはならぬという思いが強く込み上げてきた。

宗二郎も後を追おうとしたが、

「待っておくんなせえ」

と肩口を掴まれた。佐吉である。めずらしく宗二郎を見た細い目の奥に、真剣な訴えがあった。

「行けば、間違いなく殺《や》られますぜ。やつらは、あっしらとは別なところに棲む者たちで」

「だが、小野どのを見殺しにはできん」

いつ来たのか、佐吉の背後に臼井や銀次の姿もあった。

「蓮見様、やつら、三十人はいますぜ……」

と闇に目を凝らしながら銀次がいった。

「あっしらの始末は終わったんだ」

伊平が言った。

胸の辺りが濡れたように黒く染まっている。だいぶ血を浴びたようだ。

「蓮見、聞こえるか。あの老人、高らかに、哄笑《わら》っておるぞ」

痒いのか、臼井は頰や顎に飛び散った血糊をぼりぼりと搔き落としながら目を細めていた。

「…………」

闇の中で激しい剣戟の響きが起こった。大地を踏む荒々しい足音、悲鳴、怒号、気合……。なかでも、絶え間なく発する小野の甲高い気合には、夜気を震わす凜とした響きがあり、呵々大笑しているようにも聞こえた。

五

ゑびす屋の奥の座敷で宗二郎は佐吉と向かいあって酒を飲んでいた。体があったまるから、と言っておさきが酒を熱くし、湯気の立つ大根の煮物などを肴に出してくれたのだが、なかなか酒が進まなかった。

「あの爺さんの死骸《おろく》は、娘が引き取ったそうで……」

手酌で飲みながら佐吉がぼそっと言った。

「ああ……」

宗二郎も知っていた。ここに来る前、鳴海屋に寄って文蔵からその後のことを聞いていたのだ。

小野惣右衛門が死んで三日経つ。この間、文蔵がつなぎの者に調べさせ、聞き取った話によるとこうである。吉永町の船宿亀乃屋の前に闇魔党の残党と、全身に刀傷を受けた老武士が死んでいるのをぼてふりの豆腐屋が見つけた。その前夜、老武士と武士の集団が斬り合っている光景を目にした者がおり、町方は闇魔党の隠れ家をつきとめた市井の武芸者が、己の腕を過信して単身斬りこんで返り討ちにあったとみているという。

「ですが、それじゃァ、闇魔党の残党を斬ったのはだれだというんです」

佐吉が訊いた。

「御公儀さ。密命を受けた先手組の連中が密かに動き、隠れ家を見つけて襲撃したのだろうと噂してるそうだ」

「あっしらの話はでねえんで」

「そういうことだ。文蔵どのの思惑ははずれたようだが、それでよかったのかもしれぬぞ」

下手に鳴海屋の噂が流れれば、あの武装集団が始末人を消しにかかる恐れもある。

「それで、先手組の噂はどこからでたんです」

佐吉はまだ腑に落ちないような顔をしていた。

「あの夜、武装した三十人からの集団を見た者もいたのさ。あれは、どう見ても、御公儀か、どこぞの御家中の先手組か徒組の者だろう」

「で、実のとこ、あいつら何者なんでしょうね」

佐吉が杯を置いて、宗二郎の方に顔を向けた。

「さあな。……田沼に不満を持つ御三家、御三卿のうちのだれかとも、田沼父子に恨みを持つ白河藩主の松平様が密かに手をまわしたとも考えられるがな。だれにしろ、相手は大物過ぎる。始末屋などが手を出せる相手ではない」

林崎は田沼に代わって老中になるお方と言っていた。幕政の中枢に就くような人物で、八丁堀に屋敷を構える者といえば、田安家から奥州白河藩の養子となった松平定信ということになるが……。

定信は東照神君の血筋をひくお方として英邁《えいまい》のお声高く、次の将軍との噂があったほどの人物である。その定信を将軍継嗣の座から外すために、強引に白河藩の養子に押しつけたのが田沼だとの噂もある。

もっとも、宗二郎のような牢人には幕閣の闇で蠢《うごめ》く陰謀など知る術もないが、御三卿筆頭の格式を持つ田安家から将軍の御下命により白河藩に養子にいかされた定信が、背後に田沼の陰謀の臭いを嗅ぎ恨みを抱いているだろう、ぐらいのことは分かるのである。

この二年後の七月に浅間山が大噴火し、西日本の長雨による凶作と相俟《あいま》って天明の大飢饉となり田沼父子の権勢は弱まり、その後松平定信が老中に就き政治の実権を握ることになるのだが、そこまでは宗二郎にも想像さえできない。

「そのお方が、林崎たちを利用したってわけですかい」

「はっきりしたことは何も分からぬ。すべて推測だがな、江戸市中に騒ぎが起これば田沼のやり方に非難が集まるが、一味と背後でつながっていたことが知れれば、今度は自分の首を絞めることになるだろう。閻魔党の残党を斬ったのも、最後に林崎を始末しにかかったのも、これ以上生かしておくのは危険だと感じたからではないかな。……それに、まわり役の者が、こんな噂を聞いてきた。八丁堀の白河藩の屋敷内で植森又右衛門という用人が、腹を切って死んだそうだ。私憤にかられ、配下の若党に命じて密かに閻魔党を斬ったという科《とが》でな」

閻魔党を操った巨大な影の深慮遠謀を感じる。おそらく、それが事実なら今後に禍根を残さぬために、尻尾を切っておいたのであろう。

「……やな連中だな。押込み連中まで利用して、いらなくなったらそっくり斬り捨てるってわけですかい」

佐吉は少し冷えた酒を一気に喉に流しこみ、

「ところで、あの秋乃とかいう娘はどうなるんで」

「伯父の小野有慶は、千石の直参旗本だ。ひきとって、相応の身分の者に嫁がせるだろうよ。あの娘にはそれしか道はあるまい」

小野は、秋乃のためにもこの方がよい、と言い残して斬り込んでいった。女武芸者として野生の狼のような生き方をさせるより、千石の旗本の姪として相応の家格の者へ嫁がせる方が幸せになれる、との思いが小野にもあったのだろう。

しかし、宗二郎は何となくすっきりしなかった。脳裏には、粗末な衣装で素足のまま凜として木刀を構えた秋乃の姿が鮮やかに残っていた。若武者のように凜々しく駿馬のように美しい。薄暗い屋敷の奥で大きな髷を結い、長い着物の裾を引いて歩く姿は、秋乃に似合わなかった。

宗二郎は、からになった銚子を振りながらおさきを呼んだ。

「熱いのを頼む。どういうわけか酔えねえ」

ほんの一時待つと、おさきは燗をした酒を持って来て宗二郎の脇に腰を落とし、

「あたしにも飲ませてよ。ここんとこ、やなことばっかりなんだから」と言って、頰を膨らませた。

「閻魔党の騒ぎはおさまったはずだがな」

「ここんとこ、何か変なのよ。一昨日は近くの長屋で親子三人の首吊りがあるし、昨日の晩は、うちの店で川並の連中が大喧嘩さ。みんな気のいい連中で、今までこんなことはなかったのにね」

「飲み過ぎたんじゃねえんですかい」

佐吉が言った。

「そんなんじゃないよ。肚ん中じゃァ、みんな怯えてるのさ。いまに、閻魔より怖いものが来るんじゃないかって」

「どういうことだ」

宗二郎は手にした杯を置いた。

「なんとなく、世の中が暗くて息がつまりそうなんだよ。……ここんとこ、米の値段は上る一方だし、ころりが流行ってるっていうし、地震はあるし、閻魔党のいうようにこの世の終りじゃァないかって、気がしてならないんだよ」

おさきは陰気な顔をして、宗二郎の杯に酒をついだ。

「よせよ、おさきにそんな顔は似合わねえぜ。さァ、おめえも飲め。酔って、そんな気鬱《きうつ》は吹き飛ばしてしまえ」

宗二郎は銚子の口をおさきの方に突き出した。

おさきは杯を持ち、肩先を宗二郎の方に寄せながら、

「そうだね、あたしにやァ、宗さんがいるもの。閻魔も疫病神も怖かァないんだ」

と、つがれた酒をクイと喉に流しこんだ。

「それじゃァ、あっしも、厄払いに」
二、三杯、手酌で続けざまに、佐吉が杯を空ける。
そんな調子で三人して一刻（二時間）も飲むと、さすがに宗二郎も酔いがまわってきた。

酒のよわいおさきは顔を真っ赤にして、宗さんがいつまでも煮え切らないから、あたしがこんな気持になるんだ、と矛先を宗二郎にむけて悪態をつきだした。

佐吉は猫のように目を細めたまま、手酌で勝手にやっている。この男、その気になると酒は底無しなのだ。

「おさき、また来る」

といって、宗二郎が腰を上げたときは町木戸の閉じられる四ツ（十時）をまわっていた。

おさきは足元をふらつかせながら、戸口まで送って出、

「また、来ておくれよ」

といって、宗二郎の腕をとり胸に抱きかかえた。

「……どうです、そろそろ身を固めちゃァ」

店の前の通りに出たところで、佐吉が後ろを振り返りながら呟くような声で言った。

まだ、おさきは暖簾を潜ったところに立ったまま、宗二郎と佐吉の帰るのを見送っている。

「馬鹿をいえ、あの女の亭主になったら、こうやっておまえと酒も飲めなくなるのだぞ」

「そりゃァ、そうでしょうな。いっしょになっちまうと女は強えから……」

佐吉は急に情けない顔になった。女房に酒を断つように強く言われているのを思い出したのかもしれない。
五、六間、ゑびす屋から離れたところで、宗二郎の足がふいにとまった。掘割沿いに植えられた柳の陰にだれかいる。
一瞬、濃い闇の中に浮かんだ白い顔は男とも女とも判別できなかったが、宗二郎の目にはその姿が触れ難い美しいもののように映った。秋乃だった。秋乃は宗二郎の姿を認めると、まっすぐ近寄ってきた。

「……秋乃どの」

木綿の筒袖に短袴。少しやつれてはいたが、宗二郎を真っ直ぐ見つめる黒い眸《め》や小さな唇ははじめて道場で会ったときの秋乃のままだった。首筋や頬が上気したようにほんのりと朱に染まり、小さな胸の膨らみが波打つように上下している。

秋乃は怒ったように眉根を寄せ、

「蓮見宗二郎、待ちかねたぞ」

と尊大な口調でいった。

「いつから、ここに」

「一刻ほどじゃ」

「……！」

この娘は、一刻もここに立ったままおれが店から出てくるのを待っていたのか、と思うと、スッと冷風が体を流れたように酔いが覚めた。

「おぬしとの勝負、まだついておらぬ」

秋乃は訴えるような眸で見つめ、唇を震わせていった。

「……しかし」

秋乃は父惣右衛門を失い、女の身一つになったばかりではないか。剣の勝負どころではないはずだ。

そのとき、宗二郎の背後にまわっていた佐吉が、

「こまったもんですな。……後門の大虎、前門の荒馬。どっちにします」

と耳元に口を寄せ小声で言った。

宗二郎は佐吉の冗談にもとりあわず、

「……しかと、承知。明朝、菊川町の道場にて、お手合わせ願いたい」

と、まじめな顔で応えていた。

一瞬、秋乃の顔に刷《は》いたような喜色が浮いたが、すぐに消え、ちいさくうなずいただけで、くるりと背を向けると夜道をスタスタと遠ざかっていった。

秋乃が立っていた先の掘割の水面に、丸い月が映り、佇《た》ったままの宗二郎に笑いかけていた。

解説

小椰治宣《おなぎはるのぶ》

本書は、すでに講談社文庫に収められている『鱗光の剣——深川群狼伝——』に次ぐ「始末人」シリーズ第二作目にあたる。とはいっても、それぞれに独立した物語となっているので、本書から読み始めてもいっこうに差支えない。もっとも、本書を読めば、前作も手に取らずにはいられなくなるはずではあるが……。

前作同様に本書でも、渋沢念流の達人、蓮見宗二郎、鵺野《ぬえの》ノ銀次、菅笠《すげがさ》の甚平、臼井勘平などの「始末人」たちが、深川を舞台に活躍することになる。この始末人というのが、なかなか面白い。字面からすると、殺しを請け負って闇から闇に「始末」してしまう、仕掛人・藤枝梅安（池波正太郎が生み出したシリーズ・キャラクター）のような存在を想像しがちである。

だが、始末人は、仕掛人とはちょっと違う。その違いが、本シリーズを新鮮なものにしているともいえる。彼らが雇われている始末屋・鳴海屋は、『万《よろず》揉め事始末料』とか『御守料』と称して、月々二分（四分で一両）の口銭を貰って、強請《ゆすり》、たかり、同業者との揉め事などの始末を引き受けていた。さらには、用心棒から喧嘩の仲裁、場合によっては火付けや押し込みから店を守るといったことまでしていた。安心を売る商売とでも言おうか、現在の警備保障会社に近いものがある。これが表の顔である。

とはいっても、時には命のやりとりに発展するような揉め事も起こる。月々口銭を貰っている（いわば契約している）店が、そのような事態に陥った場合には、別途料金（始末料）で「始末人」が動くことになる。始末人は必ずしも相手の命を奪うことで問題を解決するわけではない。むしろ、やむを得ない場合を除いては、できるだけ「殺し」は避ける。というのも、どんな悪人にも必ずつながりのある人間がいるもので、殺してしまうと、きっと誰かに恨みを残すことになるからだ。依頼人が後々恨みを買わないように、きれいな始末を心掛ける。それが、始末人の心得でもあった。

そこが、裏稼業といっても、仕掛人・藤枝梅安や十五屋・千切良十内（峰隆一郎のシリーズ作品の主人公）などとは、「ちょっと違う」ところなのである。この違いが、深川、裏稼業、田沼時代という、時代小説では頻繁に用いられる道具だてを用いながらも、本シリーズが新鮮に感じられる要因の一つであろう。新鮮さを生んでいるもう一つの要因は、同種の作品からは得られないような「凜《りん》とした雰囲気」が感じられるところである。そうした雰囲気を生むのに一役買っているのが、主人公・蓮見宗二郎なのである。

宗二郎は、北本所番場町で剣術道場を開いている蓮見剛右衛門の次男である。老齢の父に代わって、兄とともに門弟に稽古をつけていたのだが、兄が嫁をもらい子供ができると、なんとなく居づらくなって、代稽古に通うことを条件に家を出た。今は、棟割り長屋で、呑気だが、ちょっと侘《わび》しいやもめ暮らしをしていた。酒を呑み過ぎて朝寝をしてだらしのない格好で起きてきたり、好きな女の尻を触る程度で我慢したりと、普段の生活ぶりは、お世辞にもあまり凜々《りり》しいとはいえない。

ところが、刀を持たせれば、渋沢念流の秘剣を繰り出し、相手を見事に斬り伏せる。その姿たるや実に颯爽《さっそう》としているのである。

シリーズ第二作目の本書では、その蓮見宗二郎が、仲間の始末人たちとともに、深川を恐怖に陥れる残虐非道な謎の一団と死闘を繰り広げることになる。事の発端は、呉服屋の店先に墓から掘り起こされた経帷子《きょうかたびら》の仏が捨てられていたことだった。

十日後、その店が襲われ、女、子供まで皆殺しに遭う。世間では『亡霊のお礼参り』として騒がれるが、その後も何軒かの店の前に、墓から掘り出したと思われる仏が捨てられるようになった。そうした店では呉服屋と同じ様な目に遭うことを恐れ、始末屋・鳴海屋に始末を依頼してきた。そこで、前作で斃《たお》れた鉄棒の団六に代わって、新たに泥鰌《どじょう》屋の伊平を加えた五人の始末人たちの登場ということになる。

一方、町のあちらこちらには、

亡者甦り、門戸を叩く
是《これ》、大凶事の前兆なり
深川閻魔党、子《ね》、参《さん》

と墨痕鮮やかに書かれた、妙な貼紙が見られるようになった。閻魔党を名乗るこの一団は、ただの押し込みのための盗人《ぬすっと》集団ではなさそうだ。貼紙までして人心を操ろうとしているように思われるのだ。果たして、奴らの狙いはどこにあるのか……。民家に火を放ち、大店を襲う残虐非道な闇の一味から深川の町を守るべく、閻魔党と始末人たちの死闘が繰り広げられることになる。

さて、本書は、天明元（一七八一）年、十代将軍家治の時代が舞台となっている。小姓から立身して大名にまで昇り詰めた田沼意次が老中として政権を握っていた時代でもある。天明元年といえば、その田沼の権力にそろそろ陰りが見え始めてきた時期でもあった。

三年前の安永七年には三原山が噴火、その鳴動は江戸にまで響きわたったという。その翌年の安永八年には桜島が三百年ぶりに大噴火してもいる。奇才・平賀源内が人を殺《あや》め獄死し、将軍の世子・家基《いえもと》が十八歳で突然死したのも安永八年のことだ。その後の将軍の嗣子は一橋家から出ることになったが、その背後では、御三家の一橋家と田安家との間で暗闘が繰り広げられていた。その犠牲となって、田安家から奥州白河藩に強引に養子に出されたのが、松平定信であったのだ。本書には、田沼に恨みを抱くその松平定信の影もちらほら見え隠れするようだ。

この田沼時代は、岡場所がもっとも繁盛（その中心は深川）した時期でもある、小説の舞台にするには格好なためか、柴田錬三郎『曲者時代』（集英社文庫）、藤沢周平『闇の傀儡師』（文春文庫）をはじめとして、これまでに枚挙に遑《いとま》がないほどの作品が、多くの作家によって書かれてきている。ということは、書きやすい反面、新鮮味を出すのは容易なことではないということだ。

その難しいハードルを、作者は、先にも述べた要素に加え、ミステリー作家として培《つちか》ったプロット作りの妙技をも駆使しながら、あっさりとクリアしてしまったように私には思えてならない。だから既存の作品にはない面白さを堪能できるのであろう。

とはいえ、時代小説、とりわけ、剣豪小説は、ただ面白いというだけでは困る。すくなくとも、私の場合には、魅力的なヒーローが登場し、活劇場面が臨場感に溢れているというだけでは、その作品を十分に評価することはできない。手放しで褒めるには、そこに、もう一つ必須条件が加わる必要がある。

では、その条件とは何か？「風格」である。どんなに面白い小説でも、風格の備わっていない作品は、その場限りの面白さで終わる。感動も余韻も残らない。人の首や腕が切り落とされる小説だからこそ、剣豪小説には風格が備わって欲しいのである。それは、人間の生きざまを描くことによって初めて生まれるものでもある。中山義秀（『新剣豪伝』）、川口松太郎（『新吾十番勝負』）、五味康祐（『柳生武芸帳』）、柴田錬三郎（『眠狂四郎無頼控』）、池波正太郎（『剣客商売』）、さらには隆慶一郎（『吉原御免状』）、北方謙三（『風樹の剣』『降魔の剣』『活路』）

といった作家の書いたものを読んでも、そこには自ずと風格が備わっていることが知れよう。

そして、鳥羽亮もまた、こうした系列に加えられるべき作家の一人なのである。現役作家の書く時代小説のなかで、エンターテインメント性と風格とを同時に備えているという点では、北方謙三とともに、鳥羽亮の作品が双璧であると、私は思っている。

さて、その作品が風格を備えるためには、例えば、剣戟場面では、人を斬るシーンよりも、むしろ、刀を抜くまでの心の動き、斬る（斬られる）間際の一瞬の心のありよう、互いに対峙したときの場の雰囲気といったものが、大切になってくる。読んでみれば分かることだが、本書を含め、鳥羽亮の筆になる時代小説では、そのあたりの描写が実に秀逸なのである。

本書に風格を与える上で、さらに、大きな役割を演じているのが、一撃必殺の実貫流を遣い、蓮見宗二郎に執拗に勝負を挑む、謎の老剣士・小野惣右衛門の存在である。彼の凄まじくも清々《すがすが》しい生きざまが、彼の娘の女剣士・秋乃の可憐さとともに、読後に深い感銘を残さずにはおかない。

一九九〇年に『剣の道殺人事件』で第三十六回江戸川乱歩賞を受賞して作家活動に入った鳥羽亮だが、このごろは、時代小説にかなりウエイトが置かれているようで、鳥羽版剣豪小説のファンとしては嬉しい限りである。

本シリーズの他にも、講談社文庫に収められている直心影流・毬谷《まりたに》直二郎を主人公にした

『三鬼の剣』『隠猿《おぬざる》の剣』（秋にはシリーズ最新作が出る予定）、他社のものとしては、介錯人

・野晒《のざらし》唐十郎シリーズ（『鬼哭《きこく》の剣』『妖し陽炎《かげろう》の剣』『妖鬼飛蝶の剣』、祥伝社文庫）や『首売り——天保剣鬼伝——』（幻冬舎文庫）などがある。

また、講談社からはまだ文庫にはなっていないが『幕末浪漫剣』という傑作も出ている。

この機会に風格のある剣豪ミステリーの世界をじっくり味わってみていただきたい。

本書は一九九七年五月に小社より書き下ろし作品として刊行されました。

蛮骨《ばんこつ》の剣《けん》

鳥羽《とば》亮《りょう》

2000年5月15日第1刷発行

発行者――野間佐和子
発行所――株式会社 講談社
東京都文京区音羽2-12-21 〒112-8001
電話 出版部 (03) 5395-3510
販売部 (03) 5395-3626
製作部 (03) 5395-3615

Printed in Japan

デザイン―菊地信義
製版――信毎書籍印刷株式会社
印刷――信毎書籍印刷株式会社
製本――株式会社国宝社

講談社文庫
定価はカバーに
表示してあります

落丁本・乱丁本は小社書籍製作部あてにお送りください。送料は小社負担にてお取替えします。なお、この本の内容についてのお問い合わせは文庫出版部あてにお願いいたします。 (庫)

ISBN4-06-264870-9

講談社文庫刊行の辞

二十一世紀の到来を目睫に望みながら、われわれはいま、人類史上かつて例を見ない巨大な転換期をむかえようとしている。

世界も、日本も、激動の予兆に対する期待とおののきを内に蔵して、未知の時代に歩み入ろうとしている。このときにあたり、創業の人野間清治の「ナショナル・エデュケイター」への志を現代に甦らせようと意図して、われわれはここに古今の文芸作品はいうまでもなく、ひろく人文・社会・自然の諸科学から東西の名著を網羅する、新しい綜合文庫の発刊を決意した。

激動の転換期はまた断絶の時代である。われわれは戦後二十五年間の出版文化のありかたへの深い反省をこめて、この断絶の時代にあえて人間的な持続を求めようとする。いたずらに浮薄な商業主義のあだ花を追い求めることなく、長期にわたって良書に生命をあたえようとつとめるところにしか、今後の出版文化の真の繁栄はあり得ないと信じるからである。

同時にわれわれはこの綜合文庫の刊行を通じて、人文・社会・自然の諸科学が、結局人間の学にほかならないことを立証しようと願っている。かつて知識とは、「汝自身を知る」ことにつきていた。現代社会の瑣末な情報の氾濫のなかから、力強い知識の源泉を掘り起し、技術文明のただなかに、生きた人間の姿を復活させること。それこそわれわれの切なる希求である。

われわれは権威に盲従せず、俗流に媚びることなく、渾然一体となって日本の「草の根」をかたちづくる若く新しい世代の人々に、心をこめてこの新しい綜合文庫をおくり届けたい。それは知識の泉であるとともに感受性のふるさとであり、もっとも有機的に組織され、社会に開かれた万人のための大学をめざしている。大方の支援と協力を衷心より切望してやまない。

一九七一年七月

野間省一